LES MONDES D'EWILAN

LES MONDES
D'EWILAN

LES TENTACULES DU MAL

Pierre Bottero

RAGEOT • ÉDITEUR

Illustrations : Jean-Louis Thouard
Suivi éditorial : Florence Rech et Guylain Desnoues

ISBN 2-7002-3115-5

Lettre de Sil' Afian, Empereur de Gwendalavir, à Hander Til' Illan, Seigneur des Marches du Nord.

Cher et noble ami,

Bien que mon dernier courrier ne date que de quelques jours à peine, la gravité de la situation requiert que je vous écrive à nouveau. Un cavalier porteur de cette missive quittera Al-Jeit dès ce soir. L'accès à l'Imagination est devenu impossible depuis que cette redoutable entité que nos dessinateurs nomment méduse a envahi les Spires, et il nous faut pour l'instant nous contenter de ce moyen de communication.

Les craintes que j'exposais dans ma dernière lettre se sont avérées fondées. Éléa Ril' Morienval menace toujours l'Empire. Elle a réussi à circonvenir un des plus respectables professeurs de l'Académie et à pousser à la trahison une escouade entière de légionnaires, fleurons des armées alaviriennes. Son but était d'éliminer Ewilan Gil' Sayan et le jeune Illian, originaire de Valingaï. Elle a échoué, mais gardons-nous de croire qu'elle s'arrêtera là.

Pour preuve, je viens de longuement converser avec Ewilan Gil' Sayan qui m'a donné des nouvelles de ses parents Altan et Élicia, envoyés en mission de l'autre côté du désert Ourou. Dans la missive que m'a transmise Ewilan et que je joins à ce courrier, ils disent avoir découvert les cités évoquées par Éléa Ril' Morienval. Les hommes qui vivent dans la cité appelée Valingaï paraissent animés d'intentions belliqueuses à l'égard de Gwendalavir. Comment ne pas discerner dans cette attitude le venin de la félonne ? J'ai donc annulé la deuxième expédition que conduisait Edwin. Ewilan doit lui transmettre un message le priant de traverser seul la mer des Brumes pour communiquer mes nouvelles instructions à Altan et Élicia : rentrer immédiatement à Al-Jeit.

Il y a indiscutablement un lien entre Éléa Ril' Morienval, la méduse et Valingaï. Tant que je n'en saurai pas davantage, je considérerai que l'Empire est en danger. Par conséquent, je vous demande de positionner vos troupes sur la frontière est et de vous tenir prêt à toute éventualité.

De mon côté, j'ai chargé un groupe de jeunes dessinateurs talentueux, récemment issus de l'Académie, de repousser la méduse ou, au moins, de la contenir. J'ai également envoyé des émissaires en pays faël et d'autres chez les Nimurdes, bien que ces derniers ne se soient pas manifestés depuis cinq siècles.

Ces précautions vous sembleront sans doute excessives, mais le pressentiment qui hante mes jours et vole mes nuits est trop fort pour que je l'ignore.

Pour Gwendalavir.

Sil' Afian, Empereur.

Post-scriptum : Ci-joint la lettre d'Altan et Élicia.

Hurindaï, dix jours de marche
à l'est de la mer des Brumes.

Sire,

Devant notre incapacité prolongée à vous contacter en utilisant l'Art du Dessin, nous nous résignons à nous séparer de Bjorn et de Mathieu afin qu'ils vous remettent ce courrier, porteur de notre inquiétude.

Conformément à vos ordres, l'expédition que nous dirigeons a traversé la mer des Brumes puis le désert Ourou. Comme prévu, ce dernier nous a coupé de l'Imagination mais, alors qu'en le quittant nous aurions dû retrouver la maîtrise de nos pouvoirs, communiquer à distance nous est resté impossible. L'entité menaçante qui est apparue dans les hautes Spires, et que les Sentinelles n'auront pas manqué de remarquer, est à l'origine de cette perturbation. La Dame fasse qu'il ne s'agisse que d'un problème passager !

Éléa Ril' Morienval disait vrai : il y a des hommes à l'Est de l'Empire. Nous avons atteint, hier, Hurindaï, une cité-état où nous avons été accueillis chaleureusement par un peuple qui ignorait jusqu'à l'existence de Gwendalavir.

Nous avons pu ainsi collecter de nombreux renseignements. Le continent sur lequel nous avons pris pied est immense. Sept de ces cités-états au moins s'y dressent. Si elles passent le plus clair de leur temps à se quereller pour de complexes histoires de territoires ou de commerce et se livrent parfois à quelques escarmouches, elles ne sont jamais vraiment en guerre.

« N'étaient » jamais en guerre serait plus exact.

La plus puissante de ces cités, Valingaï, a changé radicalement d'attitude. Son roi, KaterÃl, a autorisé, il y a peu, le culte d'un démon sanguinaire et, comme s'il était sous l'influence de cette religion maléfique, il ne cache plus sa volonté d'envahir ses voisins, en ne reculant devant aucune exaction.

Cette attitude, lourde de présages funestes pour cette partie du monde, n'aurait toutefois aucun lien direct avec l'Empire si la première cible de KaterÃl n'était justement Hurindaï. Sachez, Sire, que cette cité n'est pas la plus proche de Valingaï, ni la plus riche. Ses armées sont puissantes mais peu menaçantes et ses habitants n'ont jamais été vindicatifs. En fait, Hurindaï possède une seule particularité susceptible d'attirer KaterÃl : elle se dresse au pied d'une chaîne de montagnes, l'échine du Serpent, qui court du nord au sud du continent, et commande la seule passe permettant de la franchir aisément. Une armée bien menée empruntant cette passe pourrait atteindre Gwendalavir en moins d'un mois.

La déduction est hâtive et il est, certes, trop tôt pour affirmer que Valingaï a des vues sur l'Empire, mais nous ne devons pas oublier qu'Éléa Ril' Morienval est venue jusqu'ici. Ne sous-estimons pas la perfidie de ses plans ténébreux et son talent indéniable de manipulatrice.

Une seule chose est sûre : les armées valinguites partent vers l'ouest. Leur objectif n'est peut-être pas Gwendalavir, mais la coïncidence est inquiétante. Suffisamment inquiétante pour que, avant de poursuivre notre route vers Valingaï, nous vous fassions parvenir cette lettre afin que vous jugiez de la situation.

Dès que communiquer à distance sera à nouveau possible, nous ne manquerons pas de vous contacter pour vous faire part de l'avancement de notre mission et connaître vos ordres.

Force pour l'Empire.

Respect pour l'Empereur.

Altan et Élicia Gil' Sayan, Sentinelles.

TRAVERSÉES

1

La mer des Brumes communique avec le Grand Océan du Sud, pourtant les pirates alines n'y naviguent jamais. Il n'y a rien à piller sur ses côtes.

Encyclopédie du Savoir et du Pouvoir

Du brouillard.

Partout du brouillard.

Un univers de brouillard se déroulant en circonvolutions ouatées, étouffant les sons et limitant la vue à un simple jet de pierre. Un nuage gris argent filtrant la lumière jusqu'à ravaler le soleil au rang de lumignon et distillant une inquiétante aura d'étrangeté.

Malgré la quasi-absence de vent et le manque total de visibilité, le *Destin* filait à une allure respectable, son étrave fendant les flots sombres sans soulever d'écume. Cinq mâts se dressaient en éventail au centre du pont, le plus court pointant vers le ciel, deux partant en oblique et les deux derniers, les plus longs, s'élançant à l'horizontale jusqu'à effleurer la surface de l'eau. Chaque mât était garni de voiles rectangulaires qui captaient la brise ténue soufflant de l'ouest et permettaient au navire d'avancer là où d'autres, au gréement plus classique, seraient restés immobiles.

Salim s'enveloppa dans la couverture qu'il avait jetée sur ses épaules.

– Quel temps de chien, pesta-t-il. On n'y voit rien, on se gèle... J'ai l'impression que l'air est liquide tellement il fait humide.

– Tu devrais demeurer à l'intérieur avec nos compagnons, lui conseilla Bjorn.

– Et vomir mes tripes en continu ? Non merci !

Les deux amis étaient assis sur un filet de pêche soigneusement roulé contre le bastingage, non loin de leur chariot amarré au pont.

Le chevalier acquiesça.

– J'éprouve un sentiment identique, affirma-t-il. Être malade au lendemain d'un festin trop arrosé ne me gêne nullement, mais me répandre car mon estomac s'avère incapable de supporter ce roulis est contraire à mon éthique personnelle. Je préfère endurer la perversité des éléments déchaînés.

– La perversité des éléments déchaînés ? releva Salim en jetant un œil sur la mer étale. Un peu excessif, non ? Nous avons quitté le port il y a plus de quatre heures et je n'ai pas observé le moindre signe de tempête, ni la plus petite tornade, ni même un bébé ouragan. Juste ce fichu brouillard...

– Ne fais pas le malin, rétorqua Bjorn. Tu as parfaitement compris le sens de mes paroles. Vagues ou pas vagues, tu es, comme moi, sujet au mal de mer. Sinon tu ne serais pas là, enroulé dans ta misérable couverture, alors que nos amis ripaillent dans leur cabine.

L'idée que l'on puisse manger sur un bateau, pire, dans un bateau, était assez répugnante pour que Salim sente la nausée l'envahir. Il se hâta de changer de conversation.

– Trois jours de traversée et ensuite ce sera le désert Ourou. Comment un désert se trouve-t-il à cette latitude ? Nous sommes à la hauteur des plateaux d'Astariul et des Marches du Nord, deux des endroits les plus froids de Gwendalavir.

– C'est qu'il y a désert et désert, bonhomme.

– Mais encore ?

– Si le désert des Murmures au sud-est de Gwendalavir est une fournaise de sable, tous ne sont pas identiques, expliqua Bjorn. Ourou porte le nom de désert car rien ou presque rien n'y pousse. À certains endroits, la terre est aride, balayée par des vents violents, à d'autres, marécageuse et putride, mais il n'y fait pas chaud. Au contraire.

– Je vois. Encore un coin accueillant...

– Les déserts le sont rarement. Ourou serait toutefois supportable sans les créatures qui y vivent.

– Quel genre de créatures ?

– Des serpents partout, des araignées venimeuses et des scorpions gros comme ma main, mais aussi des bestioles plus cocasses, des coureurs avec des dents et des ergots capables de déchiqueter un homme, des crapauds carnivores dans les marais, des brûleurs, des...

– Des brûleurs ! reprit Salim en frissonnant.

Un brûleur les avait attaqués alors qu'ils remontaient vers le nord de Gwendalavir, tuant deux soldats de la Légion noire avant qu'Edwin et ses compagnons ne réussissent à l'abattre.

Les brûleurs n'étaient pas censés vivre en dehors des plateaux d'Astariul et personne ne savait pourquoi celui-ci s'était soudain trouvé sur leur route. Salim gardait de cette rencontre funeste un souvenir effrayant.

– Plus petits que ceux que l'on croise chez nous, le rassura Bjorn. Mais plus nombreux ! Il nous faudra également compter avec les terreux.

– Vu le début de ta liste, terreurs conviendrait davantage. Qu'est-ce que c'est ?

– C'est le nom que, faute de mieux, nous avons donné à des êtres bipèdes grands comme des enfants qui s'enfouissent dans le sol et attendent la moindre occasion pour se jeter sur leur proie. Ils la réduisent ensuite en bouillie avec leurs ongles et leurs dents. Séparément, les terreux sont aussi inoffensifs que des siffleurs d'élevage, mais en horde ils sont redoutables. Ce sont eux qui ont causé le plus de dégâts à notre expédition.

– Super, commenta Salim. Tu ne regrettes pas de repartir avec nous ? Mathieu et toi avez déjà affronté ces dangers lors de votre passage avec la première expédition. Puisque les parents d'Ewilan vous ont demandé de porter un message à l'Empereur, vous auriez pu continuer vers Al-Jeit.

– Ewilan s'est occupée de transmettre le message en question.

– Elle ne s'est pas occupée des monstres !

– Quels monstres ?

– Les monstres que tu te plais à nous décrire depuis que nous nous sommes retrouvés, soupira Salim. À t'entendre, ils sont mille fois plus terribles que ceux que l'on côtoie en Gwendalavir.

– Justement. Tu crois que nous allions laisser nos amis s'amuser seuls ? Hors de question !

Le navire tangua légèrement et Salim grimaça. Il s'accrocha au bastingage, tentant de réprimer le mal de cœur qui montait, irrésistible. Il n'avait pas été malade lors de la traversée du Grand Océan du Sud quand il avait fallu gagner l'archipel Alines. Se retrouver le seul, ou presque, à l'être cette fois-ci lui paraissait particulièrement injuste.

Le pont vibra de nouveau, comme si une série de vagues rapprochées déferlaient par le côté. Bjorn, le visage verdâtre, se leva d'un bond.

Salim n'en eut pas la force. Il ferma les yeux, priant pour que ce supplice ne soit qu'un cauchemar. Il allait se réveiller. Dans son lit. L'estomac délivré de cette monstrueuse nausée. Il lui suffisait de le vouloir avec assez de force !

– Salim...

La voix de Bjorn n'était qu'un murmure.

– Salim...

– Laisse-moi mourir, Bjorn.

– Tu mourras plus tard. Approche-toi doucement et regarde.

Quelque chose dans le ton du chevalier convainquit Salim. La situation méritait peut-être un effort. Il souleva une paupière. Bjorn, immobile, était penché au-dessus du bastingage, comme pétrifié. Il ne bougea pas lorsque Salim le rejoignit.

Une forme gigantesque, dix fois plus grande que le bateau alors qu'une partie de son corps se perdait dans le brouillard, émergeait à deux encablures d'eux. La forme luisante d'un cétacé géant, effilé et puissant. Une forme reconnaissable entre mille.

La Dame.

Une nageoire caudale démesurée s'agita dans les profondeurs de la mer et la tête de la Dame apparut, ruisselante d'eau. Un œil d'une taille inouïe, pailleté d'or et porteur d'une sagesse infinie, se braqua sur les deux amis, soudain ravalés au rang d'insectes. Bjorn posa une main tremblante sur l'épaule de Salim.

– Va chercher Ewilan, chuchota-t-il. Nous avons de la visite...

2

Le réseau hydraulique souterrain de Gwendalavir est gigantesque. Il est donc logique de penser que l'Œil d'Otolep communique avec le Pollimage.

Encyclopédie du Savoir et du Pouvoir

– Sil' Afian souhaite que nous poursuivions l'expédition mais je ne comprends toujours pas pourquoi il n'a pas écrit les ordres que tu m'as communiqués.

Ewilan sentit son visage s'empourprer. Sil' Afian avait ordonné que l'expédition renonce à son objectif et qu'Edwin gagne seul Valingaï. Le maître d'armes était censé y rejoindre les parents d'Ewilan et les soldats de la Légion noire qui les accompagnaient pour leur demander de rentrer en Gwendalavir. Était censé ! Ewilan n'avait aucune intention de renoncer au voyage et n'avait pas transmis ces consignes à Edwin. Les deux missions qu'il lui appartenait de mener à bien, raccompagner Illian chez lui et affronter la méduse, ne souffraient pas d'être différées et peu importait qu'elle soit la seule à en avoir conscience.

Elle avait donc menti, transformant les paroles de l'Empereur pour qu'elles servent ses propres buts.

Elle éprouvait toutefois trop de respect envers Edwin pour prolonger cette supercherie. Le temps était venu d'avouer la vérité, et tant pis si l'explication qui en résulterait risquait d'être houleuse. Elle était prête à se lancer lorsque Salim entra dans la cabine en titubant.

– Je crois que tu es attendue sur le pont, ma vieille, lança-t-il à Ewilan. Par une copine à toi...

Ses traits tendus démentaient ses paroles enjouées. Ellana et Edwin se levèrent d'un même mouvement.

– Que racontes-tu ? aboya Edwin.

– Éléa Ril' Morienval ! s'exclama maître Duom, pétrifié d'inquiétude.

Illian poussa un cri de frayeur et se blottit dans les bras de Mathieu, Artis Valpierre devint blanc comme un linge, Siam tira son sabre à moitié.

Seule Ewilan comprit immédiatement le sens des paroles de Salim.

Elle sortit en courant avant qu'il ait pu ajouter la moindre explication. Elle emprunta l'échelle qui conduisait sur le pont et se précipita vers le bastingage où se tenait Bjorn. Le chevalier fit un pas dans sa direction, mais elle ne lui accorda aucune attention.

– *Tes rêves m'ont guidée jusqu'à toi, Ewilan.*

Ewilan plongea son regard dans l'œil mordoré de la Dame. Comme à chacune de leurs rencontres, un formidable courant de sérénité s'empara d'elle, évacuant en un souffle magique fatigue et tracas.

– *Je suis heureuse de vous revoir, ma Dame.*

– *Ton destin semble voué aux quêtes impossibles, jeune humaine.*

– *Que voulez-vous dire ?*

– *L'Œil d'Otolep m'a parlé de toi. La mission qu'il t'a confiée sera plus ardue que celle que tu as naguère accomplie pour moi.*

– Vous avez parlé à l'Œil d'Otolep ?

Surprise, Ewilan s'était exprimée à haute voix. Ses amis, qui l'avaient suivie, échangèrent des murmures étonnés.

– *Il t'a conduite à lui, tu as dormi une nuit entière dans ses eaux, il t'a guérie, pourquoi ne lui parlerais-je pas ? Nous nous connaissons depuis... une éternité.*

– *Que savez-vous de ma mission ?*

– *Beaucoup et très peu. La méduse évolue dans une dimension qui n'est pas mienne. Il faudra que tu croises à nouveau la route de mon Héros pour en apprendre davantage. Je sais en revanche qu'avant que tu ne te retrouves face à ton ennemie, tu devras affronter de nombreux périls. Prépare-toi.*

– *Comment ?*

– *Ton corps et ton âme ont baigné dans les eaux de l'Œil d'Otolep, mais la puissance que t'offrent ces eaux ne s'applique qu'à la méduse, et cette dernière a des alliés humains. Tu as commencé à renforcer ton esprit, continue jusqu'à ce qu'il soit pareil à de l'acier.*

– *Vous parlez de l'aide que m'apporte Illian ? Je ne veux pas lui faire courir de danger.*

– *Ne crains rien pour lui. La méduse ne peut l'atteindre quand il t'entraîne et tu as besoin de cet entraînement. Ta tâche sera difficile, Ewilan.*

– *Et il est impératif que je réussisse, n'est-ce pas ?*

– *Si tu échoues, le monde tel que tu le connais et les mondes tels que je les conçois n'existeront plus. Je ne te serai malheureusement d'aucun soutien et l'Œil d'Otolep a fait tout son possible pour toi. Tu seras seule, certaines des décisions que tu prendras seront des blessures qui ne guériront jamais, néanmoins je te fais confiance. Mes pensées t'accompagnent, jeune fille.*

L'œil de la Dame se referma. Ewilan s'attendait à ce qu'elle disparaisse dans les profondeurs de la mer, mais elle pivota lentement à la surface. Sans provoquer le moindre remous, elle se fondit dans le brouillard. Sa voix retentit une dernière fois dans l'esprit d'Ewilan.

– *Et elles t'accompagnent aussi, chevaucheuse de brume.*

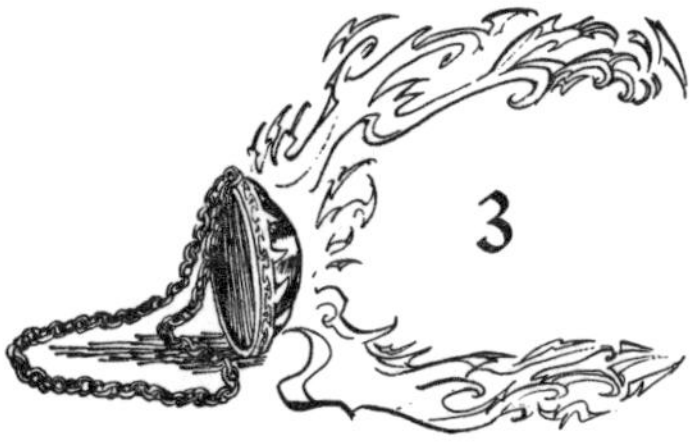

3

Balance des pouvoirs
Reflet des marchombres
Solitude.

Ellundril Chariakin,
chevaucheuse de brume

Ellundril Chariakin ne s'était pas embarquée sur le *Destin*. Elle s'en était expliquée, la veille au soir.

– J'ai déjà trop marché à vos côtés. Nos routes se croiseront à nouveau lorsque le moment sera venu.

Alors pourquoi la Dame avait-elle évoqué Ellundril Chariakin ? Non, elle ne l'avait pas évoquée, elle s'était adressée directement à elle. Ewilan envisagea pendant une folle seconde qu'elle se soit dissimulée sur le *Destin* puis, convaincue que c'était impossible et que, de toute façon, Ellundril ne se montrerait que lorsqu'elle l'aurait décidé, elle renonça à chercher une explication.

Elle se tourna vers ses compagnons.

– C'était la Dame.

– C'est ce qu'il m'avait semblé remarquer, nota Ellana avec un sourire.

– Votre entretien nous concerne-t-il ? interrogea Edwin, apparemment insensible à l'humour de la marchombre.

– La Dame ne m'a pas révélé grand-chose, répondit Ewilan. Elle a confirmé ce que m'a annoncé l'Œil d'Otolep, à savoir que les clefs qui nous permettront de comprendre la méduse et peut-être de la repousser se trouvent à Valingaï. Elle a également laissé entendre que notre expédition ne serait pas de tout repos.

Mathieu, qui se tenait près de Siam, fronça les sourcils.

– T'a-t-elle parlé de nos parents ? Ils n'ont pas donné signe de vie alors qu'ils devaient nous contacter une fois Valingaï atteinte. J'ai vérifié lors de notre premier voyage que le désert Ourou empêche l'accès à l'Imagination. En revanche, dès que nous avons franchi le Lazuli, un fleuve qui coule à l'ouest d'Hurindaï, j'ai pu dessiner mon pas sur le côté. Les Spires étaient libres.

– Tu oublies la méduse, lui rappela Ewilan. Ton dernier pas sur le côté ne t'a pas conduit à Al-Jeit mais dans la citadelle des Frontaliers. Les efforts de la méduse pour nous envahir s'accroissant, je doute que tu puisses en effectuer un désormais. La communication à distance est bloquée, comme tout ce qui touche à l'Imagination.

– Mais la Dame ne t'a pas parlé d'eux ? insista Mathieu.

– La Dame a beau être puissante au-delà de ce que nous pouvons imaginer, elle ignore ce qui se passe à mille kilomètres de la mer.

– Tu en es certaine ? demanda maître Duom.

– Pas vraiment, avoua Ewilan.

Puis le sourire qui s'était dessiné sur ses lèvres disparut. « Ta tâche sera difficile » avait déclaré la Dame. Ewilan n'avait pas le droit d'entraîner ses amis au cœur du péril qu'elle pressentait. Pas sur la base d'un mensonge. Tout à coup, la lettre de l'Empereur enfouie au fond de sa poche la brûlait. Ses joues s'empourprèrent.

– Il faut que je vous parle, annonça-t-elle.

Ils se retrouvèrent assis autour de la table commune dans la cabine centrale. Salim et Bjorn, alarmés par le ton grave d'Ewilan, avaient oublié leur mal de cœur pour suivre le reste du groupe.

– Alors ? commença Edwin. Qu'as-tu à nous révéler ?

En guise de réponse, Ewilan plongea la main dans sa poche et en sortit la lettre de l'Empereur qu'elle lui tendit. Edwin, soudain soucieux, s'en saisit et la parcourut rapidement. Lorsqu'il eut fini sa lecture, une rage contenue brillait au fond de son regard. Il abandonna la lettre à maître Duom et planta ses yeux dans ceux d'Ewilan.

– Comment expliques-tu cela ? énonça-t-il d'une voix aussi glaciale qu'une nuit d'hiver.

– Si je te l'avais donnée plus tôt, tu m'aurais interdit d'embarquer, répondit Ewilan sans sourciller.

– Et ?

– Et il est hors de question que je n'achève pas ma mission.

– Ta mission est celle que t'a confiée l'Empereur ! s'emporta Edwin. S'il te demande d'abandonner, tu n'as pas à poursuivre, s'il te confie une lettre, tu n'as pas à la dissimuler et s'il t'ordonne d'obéir, tu obéiras ! Est-ce clair ?

– Non ! rétorqua Ewilan. Ma mission ne m'a pas été confiée par l'Empereur. Je la tiens de l'Œil d'Otolep.

Il y avait tant de force dans sa voix qu'Edwin hésita. Il se tourna vers ses compagnons en quête d'un soutien. Ewilan ne leur laissa pas le temps de s'exprimer.

– Je suis désolée d'avoir menti, mais je n'avais pas d'autre solution, expliqua-t-elle. La méduse, Ahmour, doit être détruite. Je le sais même si l'Empereur n'en a pas vraiment conscience. L'Œil d'Otolep m'a guérie dans ce but unique.

– Ton acte s'apparente néanmoins à une trahison, jugea Bjorn, sévère, en reposant le message sur la table, et tu nous entraînes dans cette trahison.

– Pas du tout ! s'insurgea Ewilan. Vous serez libres de repartir vers Gwendalavir lorsque le bateau aura atteint les rivages du désert Ourou. Ce qui me motive est plus fort qu'une quelconque allégeance, mais vous n'êtes pas tenus de me suivre.

– Je pourrais te contraindre à faire demi-tour, intervint Edwin.

– Tu es incapable d'un tel acte et de plus...

– De plus ?

– Tu sais aussi bien que moi à quel point les circonstances sont particulières, et tu sais également qu'obéir n'est pas toujours une attitude intelligente.

Malgré lui le maître d'armes opina. Ellana en profita pour poser la main sur son bras.

– Ewilan a raison quand elle affirme que nous avons encore le choix. Que ceux d'entre nous qui considèrent que la volonté de Sil' Afian est incontournable rentrent à Al-Jeit. Ils en auront été quittes pour une double traversée de la mer des Brumes. Moi, je revendique mon libre arbitre, je continue avec Ewilan.

Edwin grimaça. La situation lui échappait. Puis maître Duom prit la parole et son dernier espoir d'être soutenu s'envola.

– Je suis certain que si l'Empereur avait eu tous les éléments en main, il n'aurait pas exigé que nous fassions demi-tour, dit l'analyste. L'essentiel de ses ordres concerne Altan et Élicia. Que ceux-ci soient prévenus par toi seul, Edwin, ou par nous tous, ne change pas grand-chose à l'affaire.

– Je suis d'accord avec ça, lança Bjorn. Puisque Ewilan va de l'avant, je nous vois mal partir en arrière.

– Pour moi, la question ne se pose même pas, affirma Salim.

– Pour moi non plus, renchérirent Siam et Mathieu dans un bel ensemble.

Artis Valpierre ne dit rien, mais son regard était éloquent. Il continuait aussi. Illian se contenta de serrer le bras d'Ewilan.

Edwin frappa du poing sur la table.

– Une armée de Frontaliers ivres serait plus facile et surtout plus reposante à diriger que le troupeau de mules que vous formez ! Écoutez-moi attentivement ! Puisque la seule solution serait de vous attacher et de vous renvoyer à Al-Jeit en vous bottant les fesses, nous poursuivrons cette expédition ensemble. Que les choses soient toutefois claires. Notre but est de retrouver Altan et Élicia puis de rentrer en Gwendalavir. Si, en route, nous trouvons un moyen de régler le problème de cette fichue méduse nous le ferons, mais en aucun cas nous ne nous écarterons de notre objectif. Me suis-je fait comprendre ?

La question n'en étant pas vraiment une, personne ne répondit. Le silence qui régna pendant quelques secondes sur la cabine mit en relief le sourire d'Ellana. Elle connaissait bien Edwin. Très bien. Il avait beau s'être exprimé d'une voix forte et autoritaire en feignant la colère, elle avait perçu ce qu'il avait été incapable de lui dissimuler. Il était heureux que le groupe reste uni.

Mathieu était inquiet pour ses parents, mais ses retrouvailles avec Siam l'obnubilaient. Mince, de petite taille, des cheveux blonds nattés encadrant un visage avenant, la jeune sœur d'Edwin dégageait une grâce sauvage qui l'avait conquis dès leur première rencontre. Elle était capable d'égorger un ennemi sans état d'âme, s'entraînait au maniement du sabre trois ou quatre heures par jour et avait tendance à croire que la violence résolvait tous les problèmes, mais il était amoureux.

Définitivement amoureux.

Occupé à la dévorer des yeux pendant qu'elle lui racontait comment elle s'était débarrassée du dernier adversaire qui l'avait défiée, il ne remarqua pas le regard dont le gratifiait Ewilan. Un regard un peu attristé. Contre toute attente, l'affection qu'elle avait pour lui, une affection indéniable, ne s'était pas encore transformée en véritable amour fraternel. Il leur avait manqué du temps pour apprendre à se connaître, apprendre à s'aimer. Un temps que ce voyage leur offrirait peut-être... Ewilan se morigéna intérieurement. Mathieu était son frère, le lien de sang qui les unissait valait toutes les discussions du monde !

Rassérénée, elle se tourna vers Illian.
– J'aimerais qu'on travaille un peu, lui dit-elle.
– D'accord. Qu'est-ce que tu veux qu'on fasse ?
– La même chose qu'à Al-Jeit. J'ai besoin que tu m'aides à renforcer ma volonté.
Illian fit la moue.
– Je n'aime pas ça. Tu m'as dit que c'était mal d'obliger les gens.
– C'est différent lorsque c'est moi qui te le demande. Je te l'ai déjà expliqué et tu peux me faire confiance.
Maître Duom avait suivi la conversation. En tant qu'analyste expérimenté, il considérait Illian comme un inépuisable sujet d'étude et de réflexion.
– Je souhaiterais aussi tenter l'expérience, intervint-il. Si les Valinguites sont belliqueux, autant s'exercer à résister à leur pouvoir.
Illian lui jeta un regard noir.
– Ça veut dire quoi belliqueux ? demanda-t-il à Ewilan.
– Maître Duom fait allusion aux habitants de ta cité qui ne seraient pas très gentils, répondit-elle. C'est en prévision d'une rencontre avec eux que nous souhaitons nous entraîner.
Alors qu'il n'avait montré aucun attachement à Valingaï lorsqu'il se trouvait en Gwendalavir, Illian avait fait preuve au fil du voyage d'une fibre patriotique de plus en plus aiguë, comme si des réflexes oubliés se remettaient en place. Il hésita un instant puis hocha la tête.
– C'est bon, accepta-t-il. Tu veux qu'on fasse le même exercice que la dernière fois ?
– Ce serait parfait. Nous allons nous isoler pour être plus tranquilles.

Suivis d'Illian, Ewilan et maître Duom quittèrent la cabine centrale pour gagner un endroit dégagé dans la soute. Ils s'assirent sur le sol tandis qu'Illian se plantait devant eux. Il les contempla de haut, un étrange sourire flottant sur ses lèvres, puis il cracha son ordre :

– Levez-vous !

Comme mû par un ressort, maître Duom se dressa d'un bond, s'attirant un regard dédaigneux d'Illian.

– Pas terrible, jugea-t-il d'une voix qu'Ewilan peina à reconnaître.

Elle avait contré sans réelle difficulté le pouvoir d'Illian, mais elle savait que le jeune garçon était loin d'avoir donné la pleine mesure de sa puissance.

– Lève-toi, lui ordonna-t-il d'un ton péremptoire.

Elle ne bougea pas.

– Lève-toi !

La volonté d'Illian était une flèche. Acérée. Brûlante. Difficile à arrêter. Il lui fallait bâtir un mur dans son esprit. Un écran pour la dévier.

– Lève-toi !

L'écran se mit en place.

– Lève-toi !

L'écran explosa. Elle le reconstruisit.

Instantanément.

– Lève-toi !

L'écran tint bon.

– Lève-toi !

L'exercice dura une demi-heure, l'air crépitant d'énergie à tel point que maître Duom dut s'éloigner. Ewilan, le front emperlé de sueur, refusa la moindre concession à la volonté d'Illian. Épuisé, il finit par renoncer.

– Pourquoi tu n'obéis pas ? s'exclama-t-il, sidéré.

– Tu ne peux pas forcer davantage ? l'interrogea-t-elle en retour, d'une voix que la fatigue faisait vaciller.

– Je ne sais pas... Je ne crois pas.

Un sourire las se peignit sur le visage d'Ewilan.

– Très bien, murmura-t-elle. Nous recommencerons tout à l'heure.

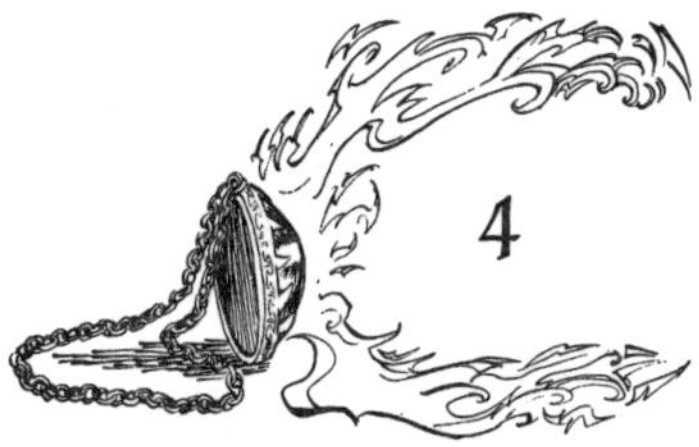

4

Quatrième jour dans le désert Ourou. Ce matin, nous avons été à nouveau attaqués par une horde de terreux. Nous les avons repoussés. Aucune victime à déplorer cette fois-ci.

Légionnaire Padjil, *Journal personnel*

La traversée de la mer des Brumes fut rythmée par les entraînements quotidiens qu'Edwin imposa aux combattants du groupe. Ils s'y plièrent avec plus ou moins de bonne volonté, mais Mathieu fut le seul qui étonna vraiment le maître d'armes.

Le frère d'Ewilan avait débuté son apprentissage sous la houlette de Siam et avait rapidement atteint un bon niveau. Ses gestes étaient fluides, rapides, précis et sa technique, bien qu'encore rudimentaire, d'une redoutable efficacité. Edwin, chose rare, ne tarda pas à le féliciter pour ses progrès, ce qui lui fit monter le rouge aux joues et amena sur le visage de Siam une expression de fierté ravie.

– Nous ferons de ce jeune homme quelqu'un d'intéressant, promit-elle à Edwin.

– Je n'en doute pas, répondit le maître d'armes en reprenant son assaut contre Mathieu.

Les sabres virevoltèrent un instant sous le regard attentif de la jeune Frontalière.

– Quelqu'un de vraiment intéressant, répéta-t-elle devant une botte audacieuse de Mathieu. Il se pourrait d'ailleurs qu'il devienne si intéressant que je décide de ne plus m'en séparer...

De stupeur, Mathieu baissa sa garde, s'emmêla les pieds, faillit tomber. Le sabre d'Edwin se posa contre sa gorge, délicat et mortel.

– Attention que compliments et promesses ne te fassent pas perdre tes moyens, le prévint-il avec un sourire amusé.

Mathieu ne l'écoutait pas. Les yeux plongés dans ceux de Siam, il venait de perdre un autre combat.

Il ne songeait pas à s'en plaindre.

Bjorn et Salim s'étaient habitués au roulis et avaient retrouvé leur place au sein du groupe. Bjorn, qui se serait volontiers contenté d'un rôle de spectateur, participait bon gré mal gré aux séances d'entraînement organisées par Edwin, tandis qu'Ellana avait repris en main la formation de Salim, ne lui laissant que très peu de liberté.

Cette situation arrangeait Ewilan qui peinait à se retrouver dans l'écheveau de ses sentiments amoureux. Elle se savait éprise de Salim, mais le souvenir de Liven résonnait si fort en elle qu'elle en perdait ses repères. Malgré le travail intense auquel elle se consacrait avec Illian, l'ambiguïté de ce qu'elle ressentait pour le jeune dessinateur occupait une partie de son esprit et, trop souvent à son goût, hantait ses rêves.

L'Imagination et ce qui s'y déroulait représentaient un autre sujet d'inquiétude. Si la méduse poussait de toute son incroyable puissance sur la frontière entre les mondes, aucune brèche n'était encore apparue. La rupture s'avérait pourtant inéluctable et, à chacune de ses incursions dans les Spires, Ewilan se demandait si vaincre cette entité maudite n'était pas au-delà de ses forces. Les révélations de Mathieu avaient confirmé ses doutes : la méduse était bel et bien le démon qu'invoquaient les prêtres valinguites, ce qui, loin d'éclaircir la situation, ne faisait que la parer d'effrayantes zones d'ombre.

Elle s'était donc jetée à cœur perdu dans ses exercices, autant pour trouver un exutoire à ses craintes que pour parfaire l'écran qu'elle avait mis au point afin de résister à la volonté du jeune Valinguite. Maître Duom, après deux nouvelles tentatives aussi infructueuses que la première, avait renoncé à ses velléités d'entraînement et elle travaillait seule avec Illian. Celui-ci, malgré ses efforts, ne parvenait plus à la contraindre à obéir mais cela ne suffisait pas à Ewilan. Elle voulait que son écran de protection se dresse automatiquement à la moindre tentative d'intrusion et demeure en place sans qu'elle ait besoin de s'en occuper. Elle œuvrait donc avec une résolution sans faille. « *Ton corps et ton âme ont baigné dans les eaux de l'Œil d'Otolep, mais la puissance que t'offrent ces eaux ne s'applique qu'à la méduse, et cette dernière a des alliés humains... Ta tâche sera difficile, Ewilan.* »

L'avertissement de la Dame n'était pas de ceux qu'on prenait à la légère.

Un soir, cinq jours après leur départ, un marin s'approcha d'Edwin.

– La côte est en vue, annonça-t-il.

Salim se précipita à la proue du navire. Incapable de percer le brouillard, il revint, déçu et sceptique.

– On ne voit rien ! s'exclama-t-il. Comment ce type sait-il que la terre est là ?

Edwin avait déjà commencé à donner ses ordres.

– Nous ne pouvons pas compter sur un quai pour débarquer. Placez nos affaires sur la chaloupe, les chevaux gagneront la rive à la nage.

– Et le chariot ? demanda Artis Valpierre.

– Il est en bois, il devrait flotter, non ? Au travail.

En quelques minutes, ils furent prêts à débarquer. La ligne de flottaison avait beau être basse, les chevaux rechignèrent un peu pour se jeter à la mer mais lorsque Murmure puis Aquarelle se furent lancés, les autres les imitèrent. Le chariot suivit dans une impressionnante gerbe d'eau. Edwin se dévêtit sous le regard appréciateur d'Ellana.

– Si l'eau était moins froide, et les spectateurs moins nombreux, je me serais volontiers baignée avec toi, lui glissa-t-elle à l'oreille.

Le maître d'armes secoua la tête en soupirant. La façon dont il la contemplait démentait pourtant son air désolé et la marchombre ne s'y trompa pas. Elle connaissait la force de leurs sentiments réciproques et savait que la carapace derrière laquelle s'abritait Edwin finirait, tôt ou tard, par voler en éclats. Elle espérait juste que ce serait le plus tôt possible.

Edwin se laissa glisser dans l'eau à la suite du chariot et l'attacha à une corde nouée aux licous des chevaux. Il les stimula ensuite de la voix avant de se hisser à bord de la chaloupe.

Ils sortirent du brouillard juste avant d'accoster. Une terre aride parsemée de maigres buissons épineux s'étendait devant eux à perte de vue.

– Le désert Ourou ! lança Bjorn. Sol inhospitalier, dangereux, sauvage mais, par le sang des Figés, que mon estomac est heureux de le retrouver !

Edwin observa la lumière du jour qui décroissait.

– Crois-tu que la plage soit sûre ? demanda-t-il au chevalier. Y avez-vous rencontré certaines des créatures que tu as évoquées ?

– Nous étions loin de la mer lorsque les premiers problèmes sérieux sont survenus, répondit Bjorn. Je ne me hasarderais pas à prétendre qu'un seul endroit de ce fichu désert est sûr, mais je pense qu'ici nous ne risquons pas grand-chose !

– Dressons le camp, décida Edwin. Salim, Bjorn, ramassez de quoi nourrir une flambée durant la nuit, les autres, occupez-vous du chariot et de nos affaires. Ce soir, nous utiliserons nos provisions, nous chasserons demain. Non, Artis, inutile de monter les tentes. Il ne fait pas assez froid.

Mécanique bien huilée, le groupe se mit au travail tandis que les deux marins qui les avaient conduits à terre reprenaient la mer sur leur chaloupe.

Lorsque la nuit s'installa, un feu crépitait et les compagnons se partageaient un sympathique pâté de termites servi sur d'épaisses tranches de pain d'herbes. La brume se cantonnait au-dessus des flots, le fond de l'air était frais mais supportable, le chant des insectes nocturnes semblable à celui qui avait bercé bon nombre de leurs bivouacs. Pourtant, par une infinité de détails – odeurs, clarté des étoiles, végétation –, le désert Ourou se démarquait des lieux qu'ils avaient traversés en Gwendalavir.

« J'ai une nouvelle fois changé de monde, songea Ewilan en observant ses amis, mais eux sont toujours présents. »

Mue par un réflexe soudain, elle saisit la main de Salim et la pressa entre les siennes. Il lui renvoya un sourire lumineux. Elle le regardait enfin.

Un poids s'envola de ses épaules.

Au milieu de la nuit, Artis Valpierre fut réveillé par le froid. Il se redressa sur un coude, cherchant des yeux la couverture qu'il avait repoussée en s'endormant. Le feu avait baissé et dispensait une lumière parcimonieuse, suffisante toutefois pour qu'il distingue Bjorn montant la garde à une dizaine de mètres d'un rocher bas. Le rêveur saisit sa couverture, s'en enveloppa avec un soupir d'aise, jeta un dernier coup d'œil circulaire, appréciant la présence rassurante du chevalier assis juste à côté du rocher. Il referma les yeux.

Juste à côté ?

Du rocher ?

Artis se leva d'un bond.

– On nous attaque ! hurla-t-il.

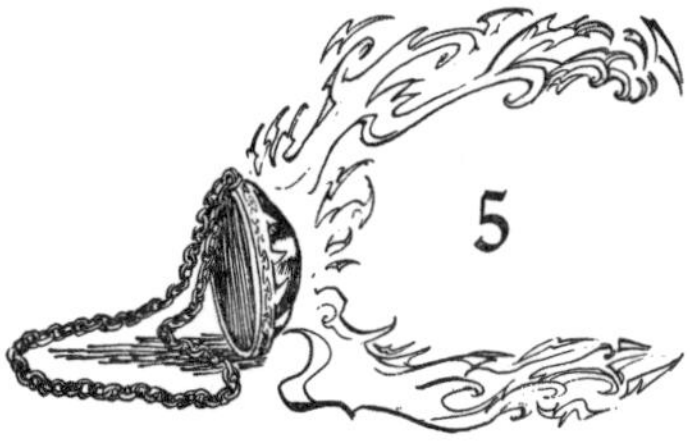

5

La Force est l'axe de l'univers. Ceux qui en sont dépourvus sont tout juste des animaux.

Livre noir des Ahmourlaïs

Salim fut réveillé en sursaut par le hurlement d'Artis Valpierre. Il roula sur le côté, tentant de se libérer de la couverture dans laquelle il était empêtré. À vingt centimètres de son visage, la terre se boursouflait comme si une taupe monstrueuse se frayait un chemin vers la surface, puis une main jaillit du sol. Une main minuscule, blafarde, aux doigts prolongés par des ongles sales aussi redoutables que des griffes. Salim ne put retenir un cri d'effroi. Il se contorsionna, ses mouvements désordonnés ne servant qu'à l'emprisonner davantage dans sa couverture. La main se tendit vers son cou...

Maître Duom combattait la méduse. Le pouvoir vibrait en lui, des sphères ignées jaillissaient de ses paumes ouvertes, calcinant les tentacules qui se tendaient dans sa direction. Un d'entre eux, pourtant, franchit le barrage de feu et le frappa au creux de l'estomac. La méduse poussa une clameur de victoire.

Le souffle coupé, maître Duom s'éveilla, voulut s'asseoir, n'y parvint pas. Un enfant était accroupi sur son ventre. Un enfant nu, monstrueux, livide, le corps couvert de terre, de rares cheveux filasses entourant un visage triangulaire qui n'avait rien d'humain. La bouche de la créature s'ouvrit en un rictus effrayant, laissant apparaître une multitude de dents aussi effilées que des aiguilles.

Maître Duom hurla...

Mathieu fut tiré du sommeil par la main de Siam se faufilant sous sa tunique. La jeune Frontalière, blottie contre son dos, lui caressait doucement les épaules. Mathieu frissonna de plaisir, songea qu'elle avait les ongles bien longs, puis se tourna pour l'enlacer...

Alerté par un sixième sens qui le rendait plus dangereux qu'un tigre, Edwin dégaina son sabre avant d'ouvrir les yeux. L'acier chanta, décapita un terreux, transperça l'estomac d'un autre. Le maître d'armes était debout alors que les créatures qu'il venait de tuer titubaient encore. Malgré son prodigieux sang-froid, il resta figé de stupeur devant l'incroyable spectacle qui s'offrait à lui.

Le camp était pris d'assaut par une multitude d'êtres pas plus grands que des enfants qui jaillissaient du sol tels des diables couverts de terre. Ils déferlaient sur ses compagnons abasourdis comme un raz-de-marée blême, tentant de les déchiqueter de leurs ongles et de leurs dents, poussant des cris stridents proches de l'ultrason qui donnaient envie de se boucher les oreilles. Edwin se secoua et entama une tâche qu'il accomplissait mieux que quiconque.

Tuer.

Ellana et Siam réagirent presque aussi vite qu'Edwin. Avec une moue dégoûtée, la jeune Frontalière embrocha le terreux qui étranglait Mathieu et plongea dans la mêlée aux côtés de son frère.

Ellana, elle, bondit au secours de maître Duom en passe d'être égorgé.

Son pied cueillit le terreux sous le menton et lui fit décrire une courbe harmonieuse accompagnée par le claquement caractéristique de vertèbres se cassant net. La marchombre pivota avec souplesse et tira son poignard. Les deux terreux qui l'assaillaient périrent avant d'avoir pu utiliser leurs dents. Ellana chercha ses compagnons des yeux.

Bjorn avait brisé la nuque du terreux qui l'avait attaqué par surprise alors qu'il montait la garde. Solidement campé sur ses jambes, sa hache brandie à deux mains, il entonna un chant guerrier et commença à moissonner le flot de créatures qui se ruaient sur lui.

Artis Valpierre n'était pas un combattant. L'idée de donner la mort le révulsait et il ne possédait aucune arme. La pensée d'Illian aux prises avec les êtres monstrueux qui déferlaient sur le camp lui donna pourtant le courage d'agir.

Il courut, saisit dans ses bras le jeune garçon qui dormait encore et, au risque de se rompre le cou, se jucha avec lui sur les arceaux maintenant la bâche du chariot.

Une forme sombre passa près d'Ellana. Des mâchoires puissantes claquèrent. Un terreux, puis deux, trois, dix, poussèrent un cri d'agonie. Salim s'était transformé en loup et menait son propre carnage.

Au centre du camp, non loin du feu, Edwin, Siam et Mathieu combattaient dos à dos. Les corps s'amassaient autour d'eux, pourtant les terreux ne renonçaient pas. Ils bondissaient sur leurs adversaires, cherchant à les faire crouler sous leur nombre, à les jeter au sol pour les déchirer et se repaître de leurs cadavres.

Maître Duom tenta de gagner l'Imagination. Ses efforts se heurtèrent au mur infranchissable des tentacules de la méduse et il dut renoncer.

Notant qu'une dizaine de terreux s'approchaient de lui, il saisit à deux mains la grosse poêle servant à préparer les repas de la troupe et la fit tournoyer devant lui.

– Avancez, grogna-t-il. Avancez si vous l'osez !

Ils avancèrent.

De tous les Alaviriens, Ewilan fut la plus lente à réagir. Elle émergea difficilement d'un sommeil de plomb que les cris de ses amis avaient mis de longues minutes à fissurer. Elle s'assit, contemplant avec stupeur la scène qui se déroulait devant elle. Maître Duom venait d'assener un redoutable coup de poêle à une créature qui aurait ressemblé à un enfant si elle n'avait pas été aussi inhumainement repoussante. L'impact de la poêle la projeta en arrière, mais une dizaine de ses congénères menaçaient encore le vieil analyste sans compter celles, innombrables, qui assaillaient ses compagnons.

Des terreux.

Ce devaient être les terreux dont avaient parlé Bjorn et Mathieu.

L'un d'eux braqua sur Ewilan deux yeux pâles au fond desquels brillait une lueur rougeâtre. Il poussa un cri aigu et bondit sur elle.

Un saut impressionnant.

Sans aucune mesure avec sa taille.

Il fut intercepté en plein vol par le loup. Des mâchoires capables d'arracher un bras à un homme se refermèrent sur lui. Gargouillis d'agonie. Le loup retourna au combat.

Sans vraiment s'éloigner.

Ewilan se ressaisit enfin. L'eau de l'Œil d'Otolep jouant son rôle répulsif sur les tentacules de la méduse, elle se jeta dans les Spires...

Ellana virevoltait au milieu des terreux, son poignard traçant autour d'elle un sillage sanglant. Elle n'aimait pas affronter un tel grouillement d'ennemis. Cela lui ôtait l'avantage de sa rapidité et de sa souplesse.

Autour d'elle, les terreux périssaient par dizaines mais ils étaient toujours innombrables et elle risquait à chaque seconde de trébucher. Tomber.

Elle savait ce que signifierait une chute.

La terre se fissura à ses pieds et la marchombre poussa un juron. Il en sortait encore !

Pourtant, à la place de la main griffue qu'elle attendait, ce fut une liane couverte de feuilles et de redoutables épines qui perça le sol. Très vite, la plante mesura plus de trois mètres de haut. Elle oscilla un instant puis fouetta l'air, s'enroula autour d'un terreux et le broya dans un écœurant bruit d'os brisés. Elle relâcha sa proie, s'abattit sur un deuxième terreux qui subit un sort identique. D'autres lianes jaillirent, des dizaines et des dizaines de lianes qui poussèrent à une vitesse inouïe avant de fondre sur les créatures qui assaillaient les Alaviriens.

Ce fut le signal de la débandade.

Impuissants à défier un danger sortant comme eux du sol, les terreux survivants disparurent dans la nuit en abandonnant derrière eux un nombre incroyable des leurs. Les lianes ondulèrent un moment puis, une à une, leurs feuilles se flétrirent, leurs tiges se desséchèrent, leurs épines tombèrent. Elles se racornirent, se transformèrent en poussière que le vent dispersa.

Sa poêle à la main, maître Duom s'approcha d'Ewilan.

– Je suppose que tu es à l'origine de cet étonnant jardin qui nous a sauvé la vie ? demanda-t-il, haletant après l'effort qu'il avait fourni.

– Oui, répondit-elle. J'ai eu du mal à m'y mettre mais lorsque j'ai aperçu un terreux sortir du sol...

– ... tu as eu l'idée des lianes.

– C'est ça.

– Bien vu, approuva Siam. Ils n'étaient pas épais pourtant j'avoue que je n'étais pas à mon aise. Je préfère combattre de gros guerriers musclés plutôt que des hordes de nains faméliques.

– Moi de même, renchérit Ellana. Souhaitons maintenant que ces créatures n'aient pas l'idée de revenir...

Bjorn qui arrivait vers eux en enjambant les terreux morts les rassura.

– Par expérience je sais qu'ils ne renouvelleront pas leur attaque avant plusieurs jours.

– Et ton expérience ne t'a pas soufflé que nous étions en danger en dormant ici ? lui lança Ellana. Tu es un guide redoutable... pour tes amis !

– Du calme, rétorqua Bjorn sans s'offusquer. Nous serons en danger tant que nous n'aurons pas quitté le désert. Autant t'habituer à cette idée. Il faut en revanche désinfecter les blessures que vous avez reçues si vous ne souhaitez pas qu'elles se gangrènent. Ces bestioles se lavent les dents aussi souvent que maître Duom se déguise en soubrette !

L'intéressé leva sa poêle d'un air belliqueux mais le cœur n'y était pas et il joignit très vite son rire à celui de Salim, occupé à enfiler de nouveaux vêtements.

– En soubrette, maugréa-t-il tout de même. Tu ne perds rien pour attendre, espèce de caricature d'être pensant !

Il fallut aider Artis et Illian à descendre de leur perchoir mais dès qu'il fut à terre, le rêveur soigna les dégâts qu'avaient infligés les terreux. Quelques minutes lui suffirent pour dérouler son rêve et lorsqu'il eut fini, les blessures s'étaient refermées, les traces de morsures et de griffures estompées. Ce n'était pas la première fois qu'Artis guérissait ses compagnons, il était intervenu sur des plaies bien plus graves, pourtant, une fois encore, son intervention généra un silence admiratif. Edwin le rompit en ordonnant que le camp soit déplacé.

– Nous n'allons pas enterrer les terreux et je n'ai aucune envie de dormir au milieu de ce carnage. Sans parler des créatures que l'odeur du sang pourrait attirer. Il suffit de…

– Pourquoi ne pas nous remettre en route ? le coupa Ellana. Je doute que quiconque parmi nous, toi excepté, trouve le sommeil après cette petite bagarre.

Le maître d'armes observa ses compagnons avant de prendre sa décision.

– Tu as raison. La première expédition a mis une semaine pour traverser le désert Ourou. Autant partir tout de suite.

Chacun s'occupa de regrouper ses affaires et de les charger dans le chariot. Edwin se hissa ensuite sur sa selle et donna le signal du départ.

Lorsque le soleil se leva sur le théâtre de l'affrontement et que les premiers charognards arrivèrent, les compagnons étaient déjà loin.

6

– Tu as dû oublier de l'attacher !

– Non, je te jure que non. J'ai vérifié trois fois mon nœud. Quelqu'un a volé ma barque !

Puiwan Don, pêcheur de son état, hoche la tête avant de jeter un œil par la fenêtre. Le brouillard s'est enfin levé sur la mer des Brumes. Des nuages noirs s'amoncellent au-dessus du village, pâles reflets de ceux qui bouchent l'horizon à l'est. À une centaine de mètres de la maison, les vagues se creusent, viennent se fracasser sur les quais avec un tumulte de fin de monde. La saison des tempêtes est là.

– Fiston, si quelqu'un t'a volé ta barque, souhaitons qu'il n'ait pas eu l'idée de prendre la mer…

7

La Force régit tout. Elle est la raison et le but.

Livre noir des Ahmourlaïs

Edwin doubla les gardes, mais les trois nuits qui suivirent l'attaque des terreux furent aussi paisibles que s'ils avaient dormi dans l'enceinte du palais à Al-Jeit. Les journées, en revanche, furent émaillées d'alertes et d'incidents qui manquèrent parfois de tourner au drame.

Maître Duom se réveilla ainsi un matin et découvrit un scorpion gros comme sa main caché dans sa botte. Il poussa un cri strident qui ameuta le reste de la troupe. Sans un mot, Ellana s'empara de la botte et la secoua à l'écart du campement. Le scorpion disparut entre les pierres.

– Pourquoi ne l'as-tu pas exterminé ? s'indigna l'analyste. Cette saleté aurait pu me piquer !

– Il cherchait simplement un peu de chaleur pour passer la nuit, répondit Ellana. Cela ne mérite pas la mort.

– S'il m'avait piqué, c'est moi qui serais mort, insista maître Duom.

– Je connais beaucoup d'hommes qui sont prêts à tuer si on leur marche dessus, on ne les extermine pas pour autant.

Le vieil analyste jeta à Ellana un regard où la colère le disputait à l'incompréhension, mais il n'ajouta rien. Simplement, à partir de ce jour, chacun vérifia ses bottes avant de les enfiler.

Le désert Ourou ressemblait à une steppe rase et froide émaillée de fondrières et d'étendues caillouteuses où aucun brin d'herbe ne poussait. Le jaune et l'ocre dominaient, déclinés sur une palette fade que le bleu du ciel ne parvenait pas à égayer. Le regard cherchait vainement des points de repères familiers et leur absence jointe au silence qui régnait distillaient une sourde angoisse. Edwin, qui avait compté sur le produit de leur chasse pour se nourrir, dut revoir ses plans.

– Nous rationnerons les provisions que nous avons emportées avec nous, annonça-t-il au retour d'un affût infructueux.

Salim grimaça. Son estomac grognait en permanence. Si les rations diminuaient, la situation allait devenir intenable.

– Dis, ma vieille, tu ne pourrais pas dessiner un steak frites ou une daube avec des pâtes ?

Ewilan secoua la tête.

– Tu sais très bien que, depuis que nous avons quitté la côte, l'Imagination n'est plus accessible. Il nous faudra atteindre cette chaîne de montagnes que Bjorn appelle L'échine du Serpent ou au moins le fleuve Lazuli pour que je retrouve les Spires. De toute façon, la nourriture dessinée ne rassasie celui qui la consomme que le temps de vie du dessin.

– Tu n'as qu'à dessiner un steak éternel ! Tu sais faire, non ?

– Bon courage pour le digérer, alors ! Non, je crains que tu ne doives te serrer la ceinture.

Salim poussa un gémissement catastrophé. Bjorn et Mathieu qui partageaient sa faim l'entourèrent amicalement.

– Courage, tonitrua le chevalier. Notre force d'âme doit s'élever au-dessus des contingences matérielles, fussent-elles aussi dramatiques que l'étau qui broie aujourd'hui nos estomacs. Mais promesse est faite qu'une fois à Hurindaï, j'invite ceux d'entre nous qui auront survécu à la disette dans la plus renommée des auberges pour un festin digne d'un roi !

Ellana haussa les yeux au ciel.

– Je me contenterais d'un quignon de pain pour l'éternité si cela me délivrait de tes maudits discours, Bjorn !

Le chevalier fit mine de n'avoir rien entendu et talonna sa monture pour rejoindre Siam en tête du convoi.

– Les marchombres ne comprennent rien à la beauté du langage et à la richesse des personnages tels que moi, lui souffla-t-il. Ce sont des êtres frustes et bornés. Pour tout dire, je...

– Bjorn ! l'interpella Ellana qui n'avait pas bougé. Les marchombres sont frustes, mais ils ne sont pas sourds. Certaines parties de ton anatomie te gênent-elles au point de désirer que je les coupe ?

Le chevalier plaqua les mains sur ses oreilles avec une mine horrifiée.

– Ellana est obsédée par mes oreilles, expliqua-t-il à Siam en jetant un regard inquiet en arrière. Lors de notre quête pour libérer les Figés, elle a passé son temps à vouloir me les arracher. Je crains qu'elle finisse par réussir...

La marchombre n'avait toutefois pas l'air de vouloir mettre ses menaces à exécution dans l'immédiat, car elle demeura loin de Bjorn et se contenta d'éclater de rire.

Le problème de nourriture fut résolu en fin de journée. Edwin, qui menait la marche, arrêta soudain sa monture et se tourna vers Bjorn et Mathieu.

– Vous avez mentionné des coureurs carnivores, non ?

– Oui, acquiesça le chevalier, aussi féroces que des tigres.

– Est-ce qu'ils ressemblent à ça ?

Il montrait du doigt une silhouette qui venait d'apparaître sur leur droite.

– Bon sang ! s'exclama Salim. On dirait une autruche championne du monde de culturisme !

L'animal, haut de deux mètres, n'avait en effet rien à voir avec les paisibles volatiles qui peuplaient les plaines alaviriennes. Son corps musclé était couvert d'un plumage brun foncé, à l'exception du cou où il laissait la place à un duvet blanc constellé de noir. Son bec recourbé était conçu pour déchiqueter ses proies et un ergot acéré, long de vingt centimètres, armait chacune de ses pattes puissantes. Il ne possédait que des moignons d'ailes, mais paraissait capable de distancer à la course le plus rapide des chevaux.

– Je ne sais pas ce qu'est une autruche, répondit Bjorn, mais ce volatile est bien le redoutable prédateur dont je vous ai parlé.

– Je ne le trouve pas si impressionnant, intervint Mathieu. Ce n'est qu'un gros poulet.

– Tu étais en exploration avec tes parents lorsque un de ces poulets, comme tu dis, nous as attaqués. Il a tué trois de nos hommes avant que nous réussissions à le mettre en fuite. L'aurais-tu oubl... Qu'est-ce que tu fais, Edwin ?

Le maître d'armes avait saisi son arc. Il banda la corde jusqu'à ce que l'empenne de la flèche qu'il y avait placée touche sa joue. Il resta un long moment immobile puis expira en douceur et relâcha la tension de son arc sans ouvrir les doigts. Il rangea sa flèche dans son carquois.

– Trop loin, expliqua-t-il. Je ne suis pas certain de l'abattre à cette distance.

– C'est sans doute mieux, commenta Bjorn. Si nous ne lui cherchons pas des noises, il ira peut-être se nourrir ailleurs...

– J'aurais pourtant volontiers mangé du poulet, remarqua Siam.

Mathieu lui jeta un coup d'œil et carra les épaules.

– Dans ce cas, ma belle, tu vas en avoir à satiété, s'exclama-t-il en talonnant sa monture.

Son action prit tout le monde au dépourvu. Edwin lui hurla de s'arrêter, mais Mathieu était loin et n'avait aucune intention de suivre un quelconque conseil de prudence. Il poussa au contraire un cri de guerre pour stimuler son cheval et tira son sabre. Le coureur, tête penchée sur le côté, le regarda arriver en renâclant puis, alors que Mathieu était encore à une vingtaine de mètres, il se propulsa en avant.

L'effet fut saisissant. Passant de l'immobilité à une vitesse incroyable en une fraction de seconde, il franchit la distance le séparant du fou qui le défiait en trois formidables enjambées.

Mathieu ne s'attendait pas à ce déchaînement de puissance. Lorsque la masse du coureur percuta son cheval, il vida les étriers, roula au sol dans un nuage de poussière. Il se releva, à moitié assommé. Déjà le coureur revenait sur lui.

Mathieu chercha son sabre des yeux, mais il l'avait lâché au moment de l'impact et n'avait aucune idée de l'endroit où il était tombé. Un cri de ses amis lui fit relever la tête à l'instant où le coureur passait à l'attaque. Il n'eut la vie sauve qu'en se jetant à plat ventre. L'ergot de l'animal traça un long sillon sanglant dans son dos au lieu de le décapiter.

Il s'agenouilla, haletant. Il sentait un liquide chaud et poisseux couler sous sa tunique, ses forces le fuyaient, sa vue se troublait. Était-ce cela, mourir ? Le coureur leva une patte monstrueuse.

Mathieu n'eut pas le temps de fermer les yeux. L'animal dressé de sa formidable masse au-dessus de lui sursauta soudain. Il ouvrit ses ailes ridicules, poussa un cri perçant et, après avoir titubé quelques secondes, s'écroula près de Mathieu.

Deux flèches étaient fichées dans son cou.

À cent mètres de là, Edwin et Ellana baissèrent leurs arcs.

– Viens manger, Mathieu.

– Je n'ai pas faim.

Ewilan ébouriffa les cheveux de son frère.

Ils étaient assis à l'écart du feu et de leurs amis qui partageaient une viande fumante et cuite à point. De la viande de coureur.

– On ne peut pas toujours être un héros, tenta-t-elle de relativiser.

– Mais on n'est pas forcé pour autant de se couvrir de ridicule.

– Disons que tu as manqué de prudence...

– Disons plutôt que je suis un fichu imbécile, rétorqua-t-il. Grotesque et prétentieux.

Ewilan savait à quel point son frère était mortifié, ce qui était assez logique. Elle savait aussi qu'au-delà de son amour-propre froissé, la réaction de Siam l'avait blessé.

Profondément.

Edwin avait dit à Mathieu ce qu'il pensait de son attitude, sans prendre de gants mais sans acrimonie non plus, puis il avait tourné la page. Ellana avait souri, amusée et compréhensive, Artis avait soigné ses blessures sans émettre le moindre commentaire, maître Duom avait ronchonné sur la folie de la jeunesse, tandis que Bjorn et Salim tournaient l'événement en dérision. Siam, elle, lui avait jeté un regard méprisant et ne lui avait plus accordé la moindre attention.

Ewilan s'efforçait de ne pas juger la jeune Frontalière. Elle avait reçu une éducation où seuls l'honneur et la valeur guerrière comptent. À ses yeux, Mathieu avait failli au premier et montré qu'il ne possédait pas la seconde. Son attitude était explicable, même si Mathieu n'était pas en mesure de la comprendre. Il avait frôlé la mort, mais Siam s'en moquait, elle n'avait pas eu peur de le perdre. Cela n'avait pour lui qu'un sens possible : elle ne l'aimait pas.

– Tu ne changeras rien à ce qui s'est passé en te laissant mourir de faim, insista Ewilan. Ni en restant à l'écart de tes amis.

Mathieu serra les dents et se leva.

– Tu as raison, cracha-t-il, mais je te jure qu'un jour je serai le meilleur. Meilleur que Bjorn. Meilleur qu'Edwin. Vous verrez...

8

Extrait du journal de Kamil Nil' Bhrissau

Incroyable !

Liven s'est encore risqué dans les Spires.

C'est la troisième fois depuis ce matin.

Je ne sais pas comment il fait, ni ce qui le rend si fort, si sûr de lui. Il défie sans cesse la méduse, alors que je ne trouve ce courage qu'après m'être concentrée la moitié d'une journée. Et encore...

S'il n'était pas là pour nous soutenir, nous motiver, nous rassurer, je doute que Lisys, Ol, Shanira ou moi, serions capables de poursuivre la tâche que nous nous sommes fixée. Heureusement, Liven est présent, sans relâche et, grâce à lui, je commence à percevoir ce qu'il appelle la « frontière », cette limite étrange entre notre dimension et l'Imagination. Nos professeurs ne nous en ont jamais parlé. À croire qu'ils ne connaissent pas son existence !

Hier, Lisys a comparé la frontière à une écharpe tricotée par une grand-mère surnaturelle. L'image a fait rire Liven. Selon lui, Lisys est proche de la vérité.

« La laine qu'a utilisée la grand-mère n'est pas très solide, nous a-t-il expliqué. Nous allons apprendre à tricoter pour que l'écharpe devienne aussi résistante que de l'acier. »

9

Cinquième jour dans le désert Ourou. Ishmenil a été piqué au cou par une araignée. Il est mort en cinq minutes. Son visage, noir et boursouflé, était méconnaissable.

Légionnaire Padjil, *Journal personnel*

Le lendemain, lorsque maître Duom voulut puiser de l'eau dans le tonneau fixé à l'arrière du chariot, il découvrit, tapissant l'intérieur du fût, un foisonnement écœurant de filaments glaireux, chacun d'eux contenant une multitude de petites billes noires. L'eau avait pris une teinte grisâtre et dégageait une épouvantable odeur de moisissure.

– Des œufs de grouillards, annonça Artis Valpierre.

– Des œufs de quoi ? s'exclama Ewilan en réprimant un haut-le-cœur.

– De grouillards, une variété d'insectes proches de la blatte. Ils sont venimeux même si leur piqûre ne cause qu'une légère fièvre. L'eau de ce tonneau est désormais impropre à la consommation.

Edwin fit sauter le couvercle du deuxième fût et poussa un juron en découvrant les mêmes filaments d'œufs.

– Comment ces insectes sont-ils arrivés là ? s'étonna Bjorn. Les tonneaux étaient fermés, que je sache.

– Tu ne poses pas la bonne question, lança Ellana. Demande-toi plutôt ce que nous allons boire maintenant que nos réserves sont fichues.

Les comptes furent vite faits. En ajoutant le contenu des diverses gourdes et outres, ils détenaient assez d'eau pour que les chevaux tiennent deux jours...

... si eux-mêmes ne buvaient pas !

La situation n'était toutefois pas catastrophique. Selon Bjorn, ils atteindraient la limite est du désert Ourou le surlendemain et la température, plutôt fraîche, rendait la pénurie moins critique. L'incident jeta toutefois un voile d'inquiétude sur la troupe. Les conversations se firent rares, les mines soucieuses. Cette tension, déjà pénible, était renforcée par l'attitude de Mathieu. Lui d'ordinaire loquace et enjoué s'était renfermé, arborant un visage dur, des mâchoires serrées. Depuis l'épisode du coureur, il n'avait pas adressé dix mots à Siam, que cela ne gênait apparemment pas, et guère plus aux autres.

Ewilan ignorait comment l'aider et, bien qu'elle commençât à trouver son comportement pesant, elle s'était résignée à attendre un hypothétique revirement d'attitude.

En fin de journée, alors que les montures s'abreuvaient sous les regards envieux de leurs maîtres, un cri de Duom alerta ses compagnons. Le vieil analyste, malgré les consignes strictes qu'il avait reçues, s'était écarté pour satisfaire un besoin naturel et appelait à l'aide. Edwin s'élança, son sabre étincelant dans la clarté du couchant. Ellana et Siam se précipitèrent à sa suite, suivies des autres en ordre dispersé.

Ils franchirent en courant une butte couverte de touffes d'herbe jaunie avant de stopper près d'un arbre épineux au tronc rabougri. À trois mètres d'eux, maître Duom se débattait, enlisé jusqu'à mi-cuisses dans un sable pulvérulent qui ne lui offrait aucun point d'appui.

– Arrête de bouger ! lui ordonna Edwin.

L'analyste obéit avec un gémissement angoissé. Il s'enfonçait. Lentement mais avec régularité, comme dans un puits invisible et sans fond. Le sable qui l'avait piégé formait une surface plane, du pied de la butte jusqu'à une mare fétide à une vingtaine de mètres de là. Sa couleur noirâtre tranchait avec les alentours mais pas assez pour alerter un homme peu vigilant, ce qu'était sans conteste maître Duom. Edwin jeta un coup d'œil circulaire.

– Bjorn, donne-moi cet arbre, dit-il finalement.

L'ordre, curieux, eut beau tirer une grimace dubitative à Salim, le chevalier agit sans la moindre hésitation. Il leva son impressionnante hache de combat et l'abattit de toutes ses forces, tranchant net le tronc noueux. Insensible aux épines acérées qui le garnissaient, Edwin le saisit et en tendit une extrémité à maître Duom. L'analyste réussit à l'attraper mais lorsque ses amis commencèrent à le haler, il lâcha prise. Un deuxième essai puis un troisième s'achevèrent de la même façon.

– Je n'y arrive pas, se lamenta maître Duom. Mes doigts glissent !

Il était désormais enlisé jusqu'à la taille.

– Salim, une corde ! ordonna Edwin.

Le garçon partit en courant. Il n'avait pas atteint le sommet de la butte qu'Ellana, après une brève hésitation, s'avançait sur la surface noirâtre.

– Que fais-tu ? s'inquiéta Bjorn.

Elle ne prit pas la peine de répondre. Progressant avec une rapidité stupéfiante et sans s'enfoncer de plus d'un centimètre, elle atteignit maître Duom. L'analyste écarquilla les yeux, ouvrit la bouche... elle avait déjà fait demi-tour et regagné la terre ferme.

– Par le sang des Figés, à quoi joues-tu ? s'emporta Edwin.

– Le sable est assez résistant pour soutenir mon poids si je reste en mouvement, expliqua-t-elle en s'accroupissant. Je dois lui offrir une surface supérieure à celle de mes pieds.

– Lui offrir quoi ?

– Attrape ses chevilles ! s'exclama Ewilan. Vite !

Le buste de maître Duom avait à moitié disparu.

Edwin, comprenant enfin le plan de la marchombre, lui saisit une cheville. Bjorn s'empara de l'autre. Ellana plongea à l'horizontale. Elle glissa sur le sable comme sur de la glace, ses doigts se refermèrent autour des poignets de l'analyste.

– Tirez ! commanda Ewilan.

Maître Duom poussa un cri de douleur. Les muscles noués de Bjorn et Edwin exerçaient tout à coup une formidable traction qui, en s'opposant à la voracité du sable, lui meurtrissait les bras.

– Vous allez me briser les os ! vociféra-t-il. Arrêtez, vous me...

– La ferme ! le coupa Ellana.

La marchombre avait l'impression d'être écartelée tant la pression était forte et elle avait toutes les peines du monde à ne pas lâcher prise. Son corps, tendu à l'extrême, ne touchait pratiquement plus le sol. Elle serra les mâchoires. Quelque chose allait céder...

Ce fut le sable.

Centimètre après centimètre, maître Duom fut extirpé du piège. Lorsque ses mains furent à portée, Salim et Mathieu les saisirent, libérant ainsi Ellana qui roula à terre avec un gémissement soulagé. Le vieil analyste, épuisé, s'assit près d'elle, se répandant en remerciements aussi sincères que maladroits.

Le cœur d'Ewilan tardait à retrouver un rythme normal. Pendant toute l'opération de sauvetage, elle avait tenté de dessiner. En vain. Le désert Ourou bloquait bel et bien l'accès à l'Imagination. Rarement elle s'était sentie aussi désarmée.

Une fois remis de leurs émotions, ils rejoignirent le camp où un spectacle accablant les attendait. Livrés à eux-mêmes, les chevaux avaient éventré les outres suspendues au chariot. Il ne restait plus qu'une seule gourde intacte.

– Ne vous inquiétez pas, réagit Bjorn devant la mine consternée de ses amis. Nous sommes presque sortis du désert. Demain nous atteindrons les rives du fleuve Lazuli. Nous pourrons boire à satiété.

– Et la mare, là-bas ? demanda Salim. Elle n'est pas très engageante mais l'eau est peut-être bonne.

– Elle est parfaite pour quelqu'un qui envisage de se suicider dans d'atroces souffrances, rétorqua Artis Valpierre.

– J'ai pourtant repéré des traces sur les berges, insista Salim.

– Les créatures qui hantent les lieux sont immunisées contre le poison qui souille cette eau. Ce n'est pas notre cas, crois-moi.

Salim, fataliste, haussa les épaules.

– S'il faut être un monstre pour se rafraîchir le gosier, Bjorn ne mourra pas de soif. C'est déjà une nouvelle positive.

La boutade ne tira qu'un pâle sourire à Bjorn. Malgré ses assertions et son assurance de surface, il savait que la situation était grave.

Le lendemain, à l'aube, la troupe se remit en route. Maître Duom n'avait pu procéder au rituel de son infusion matinale, les gorges étaient sèches pourtant personne ne se plaignit. En milieu de journée, Edwin s'approcha d'Artis.

– Tu es sûr que l'eau des mares est mauvaise ?

– Certain.

– Il faut donc surveiller les chevaux. Ils commencent à souffrir et, dans peu de temps, ils seront prêts à boire n'importe quoi.

Ewilan caressa doucement la crinière d'Aquarelle. La petite jument lui avait sauvé la vie près de l'Œil d'Otolep, elle lui était chère. Très chère. Il était hors de question de la laisser s'empoisonner. Hors de question qu'il lui arrive quoi que ce soit. Ewilan avait toutefois conscience qu'il ne s'agissait que d'un vœu pieux. Elle jeta un coup d'œil à son frère pour vérifier s'il partageait son inquiétude, mais renonça très vite à déchiffrer le rictus amer qui semblait désormais la seule expression qu'il possédât. Mathieu était obnubilé par ses tempêtes intérieures. Était-il seulement conscient de ce qui l'entourait ?

Le paysage restait monotone. De grandes étendues rases ponctuées de rochers et de rares buissons faméliques, des dunes de sable et de pierrailles et, parfois, une série de crevasses qu'il fallait franchir avec précaution ou contourner lorsqu'elles étaient trop larges. C'est aux abords d'une de ces crevasses qu'Edwin releva les traces d'un brûleur. Il s'agissait à l'évidence d'un animal de taille modeste, pourtant la découverte serra les cœurs et para l'avenir de funestes couleurs. Le désert n'en finissait pas.

Les chevaux commencèrent à renâcler en passant à proximité des fondrières. Les empêcher d'y boire nécessita bientôt une poigne solide ainsi qu'une vigilance de chaque instant. Le soleil achevait sa course dans le ciel lorsque le chariot s'enlisa dans ce qui n'était, heureusement, qu'une étendue peu profonde de sable pulvérulent. Il fallut toutefois atteler quatre chevaux supplémentaires pour le tirer de là, et l'exercice finit d'épuiser hommes et bêtes. Edwin ordonna la pause.

– Reconnais-tu les lieux ? demanda-t-il à Bjorn.

Le chevalier écarta les bras pour marquer son embarras.

– Non, avoua-t-il. D'après mes prévisions, nous aurions dû rencontrer le fleuve depuis un bon moment...

– Ce sera sans doute pour demain, affirma Ellana. Ne t'inquiète pas.

La soudaine sollicitude de la marchombre envers Bjorn, qu'elle ne manquait habituellement pas de pousser dans ses derniers retranchements, acheva de convaincre Ewilan qu'ils étaient en mauvaise posture.

En très mauvaise posture.

10

La voile du frêle esquif a depuis longtemps été arrachée par la tempête. Prise au piège de vagues titanesques, battue par la pluie diluvienne, à moitié démembrée, la barque menace à tout moment de sombrer.

À son bord, arc-bouté sur ses rames, un homme lutte.

Inlassable.

11

J'ai rencontré plus d'animaux tordus et dangereux dans ce fichu désert que pendant mes campagnes contre les Raïs.

Légionnaire Padjil, *Journal personnel*

Au matin, les chevaux n'avaient pas récupéré de leur fatigue et le manque d'eau était devenu dramatique.

– C'est incroyable, pesta Salim. Il ne fait même pas chaud, il y a de l'herbe, des animaux et on ne trouve rien à boire. C'est quoi ce machin Ourou ?

– Un désert, misérable avorton, rétorqua Bjorn sans réelle conviction. Tu ne l'as pas encore compris ?

Salim ne releva pas la provocation. Trop las pour jouer.

Illian sauta du chariot dans lequel il avait dormi et s'approcha d'Ewilan en se frottant les yeux.

– J'ai soif, se plaignit-il.

Ewilan chercha Edwin des yeux. Il croisa son regard et hocha la tête avant de plonger la main dans ses fontes. Illian s'empara de la gourde que lui tendait le maître d'armes et l'emboucha avec avidité.

Il ne put retenir une grimace déçue en constatant qu'elle ne contenait presque plus rien, et la vida d'un trait.

Sans se concerter, les cavaliers renoncèrent à chevaucher leurs montures et c'est à pas lents que le voyage vers l'est reprit.

En début d'après-midi, Siam désigna du doigt une forme sombre à une centaine de mètres devant eux.

– On dirait un coureur, annonça-t-elle.

Sans prêter attention au juron étouffé de Mathieu, Edwin tira une flèche de son carquois et la plaça sur son arc. Ellana l'imita en remarquant :

– Si c'est un coureur, pourquoi ne bouge-t-il pas ?

– Avançons, décida Edwin, mais tenez-vous sur vos gardes.

Il s'agissait bien d'un coureur, énorme, couché sur le ventre, son bec gigantesque pointé vers eux. Sa position laissait penser qu'il dormait, pourtant il devint vite évident que, s'il était endormi, ce n'était pas profondément. Ses moignons d'ailes couverts de plumes brunes tremblaient comme s'il était pris de fièvre et son cou musculeux tressaillait par intermittence. Il ne semblait pas se soucier des hommes debout à moins de dix mètres de lui.

– Ce n'est pas naturel, grommela maître Duom.

– Il est peut-être malade, suggéra Ewilan.

– Alors on va le laisser récupérer tranquillement et poursuivre notre chemin, d'accord ?

Salim avait encore en mémoire la charge dévastatrice du coureur qui s'était attaqué à Mathieu et n'avait aucune envie d'être à son tour la cible d'un tel monstre. Il esquissait un pas en arrière lorsque l'énorme animal sursauta.

Sa tête pivota.

Ses ailes remuèrent.

Edwin et Ellana ouvrirent les doigts.

Deux flèches parfaitement ajustées fusèrent. Elles se fichèrent avec un bruit mat dans le corps du coureur, à la hauteur de son cœur, mais, étrangement, le flot de sang qui accompagne la mort ne jaillit pas.

Ce fut bien pire.

Le poitrail de l'animal se fendit sur toute sa longueur. Une multitude grouillante d'insectes en jaillit. De monstrueuses blattes longues de trente centimètres, à la carapace d'un noir brillant, aux antennes frémissantes et aux mandibules acérées.

– Des grouillards ! s'exclama Artis Valpierre.

Le cri écœuré d'Ewilan fut repris par Salim et maître Duom lorsque les blattes géantes tournèrent leurs têtes hideuses dans leur direction. Il y eut une seconde de flottement puis les grouillards, dans un ensemble parfait, se précipitèrent sur eux à une vitesse hallucinante.

– À cheval ! hurla Edwin.

Il happa Illian, figé de terreur, et le jeta dans le chariot avant de donner une claque violente sur la croupe d'un des chevaux de trait. Maître Duom et Artis, en train de se hisser sur le banc, faillirent basculer dans le vide lorsque l'attelage s'emballa.

Les Alaviriens bondirent sur leurs montures. Lorsqu'ils les talonnèrent, les grouillards étaient sur eux. Les chevaux en piétinèrent des dizaines, mais il en arrivait toujours plus et, pendant un instant de folle angoisse, Ewilan se vit submergée, déchiquetée, dévorée...

Puis, soudain, la voie fut libre.

Aquarelle s'élança, prit de la vitesse. Ewilan se retourna sur sa selle. Le cri de joie qu'elle s'apprêtait à pousser se figea dans sa gorge. Les blattes géantes se bousculaient derrière elle, si rapides que les chevaux épuisés peinaient à les distancer. Leurs pattes s'agitaient, leurs antennes chitineuses cliquetaient, leurs élytres formaient une vague noire et ondulante. Une vague de mort.

Le cauchemar sembla durer une éternité puis, avec la même soudaineté qu'ils avaient surgi, les grouillards se dispersèrent.

Se faufilèrent dans les failles et les trous.

Disparurent.

Les chevaux terrifiés galopèrent encore un moment avant que leurs cavaliers ne réussissent à les calmer. Ils s'arrêtèrent enfin au sommet d'une éminence peu prononcée. Derrière eux, le désert avait repris sa trompeuse apparence d'étendue morne et sans vie.

Devant eux, le fleuve Lazuli déroulait ses méandres paresseux.

Allongés sur le sol boueux, la tête enfoncée dans le courant, chevaux et hommes burent sans retenue, se délectant de la vie qui, avec l'eau pourtant trouble et peu ragoûtante, se remettait à couler en eux.

Lorsque leur soif fut enfin étanchée, ils remplirent leurs gourdes puis Edwin chargea Bjorn et Salim de récurer les fûts. La vision des filaments d'œufs de grouillards qui en tapissaient encore l'intérieur gomma les sourires béats qui s'étaient peints sur les visages.

Les Alaviriens regardèrent autour d'eux avec suspicion et Ewilan poussa un cri en sentant une innocente sauterelle grimper le long de son mollet. Artis Valpierre eut beau assurer que les grouillards ne reviendraient pas, il fallut du temps à ses compagnons pour cesser de guetter le moindre frémissement des herbes et de sursauter à l'apparition du plus petit insecte.

– Dressons le camp, ordonna Edwin, plus par volonté de créer une diversion que par réelle nécessité. Il est encore tôt mais les chevaux ont besoin de repos... et nous aussi.

– Bonne idée, approuva Bjorn. Éloignons-nous toutefois un peu de la rive du fleuve. Des crapauds carnivores énormes y pullulent et leurs morsures sont redoutables.

– Et c'est maintenant que tu nous en parles ! s'emporta Ellana. Alors que nous avons bu sans prendre la moindre précaution. Tu mériterais que je te jette en pâture à tes batraciens sauvages !

– Inutile ! s'exclama Salim. Les crapauds ne se mangent pas entre eux !

Le rugissement de colère de Bjorn et l'empoignade feinte qui lui succéda finirent de rasséréner les esprits. Les compagnons s'installèrent, goûtant au bonheur d'un repos bien mérité.

Lorsque les chevaux furent pansés, maître Duom et Artis Valpierre, aidés d'Illian, collectèrent du bois pour le feu. La nuit était encore loin, et Edwin proposa une séance d'entraînement.

Ellana et Siam, lancées dans une grande conversation sur les mérites comparés des lames courtes et des lames longues, déclinèrent l'offre mais, à la surprise d'Ewilan, Mathieu se porta volontaire.

Il se mit en garde face à Bjorn, sous le regard attentif du maître d'armes.

Le chevalier n'était pas un spécialiste du sabre, auquel il préférait de loin sa lourde hache de combat. Il n'en restait pas moins un adversaire expérimenté. Dès le premier assaut, Mathieu fut en difficulté. Ce n'était pas nouveau et il avait toujours accepté la situation de bonne grâce. Il répondit cette fois avec impétuosité aux attaques mesurées de Bjorn, compensant par la violence de ses coups son manque de technique, sans se soucier des risques qu'il faisait courir à son ami. Le chevalier ne dut qu'à sa science des armes de ne pas être blessé et eut toutes les peines du monde à protéger Mathieu de ses propres fautes. Après quelques minutes d'échanges, bien qu'il ne fût pas dominé, il rompit d'un pas et baissa son arme.

– J'arrête, dit-il, je ne voudrais pas que...

Le sabre de Mathieu se posa sur sa gorge. Menaçant.

– Tu t'avoues vaincu ? Lâche !

Edwin s'avança, mais le chevalier ne lui laissa pas le temps d'intervenir. Du plat de la main, il éloigna doucement la lame de Mathieu et vrilla ses yeux dans ceux du jeune homme.

– Tu es un ami, fit-il d'une voix dure, pour cette raison et malgré tes insinuations je ne te briserai pas les os. Sache toutefois que ton attitude est indigne.

Mathieu haussa les épaules, rengaina son sabre et s'éloigna. La scène n'avait eu pour témoins qu'Edwin et Bjorn. Ils échangèrent un regard soucieux mais ne commentèrent pas l'incident.

– Maniel me manque.

Ewilan, étonnée, dévisagea Bjorn qui s'était assis près d'elle. Elle songeait très souvent à l'homme-lige, en parlait parfois avec Salim mais croyait être la seule à regretter son absence. Le chevalier remarqua sa surprise.

– Je suis un guerrier, expliqua-t-il. Plus habile, malgré mes discours pompeux, à distribuer des coups qu'à exprimer mes sentiments. Maniel est un ami. Je regrette de ne pas m'être trouvé à ses côtés lorsqu'il avait besoin de moi. Je le regrette vraiment. Je voulais juste que tu le saches.

La main d'Ewilan se posa sur son bras au moment où il se levait.

– Merci, Bjorn, souffla-t-elle.

– Je t'en prie, demoiselle. Le fardeau qui pèse sur tes épaules est lourd, n'hésite pas à faire appel à moi si tu fatigues. J'ai des muscles, autant qu'ils servent...

Il lui adressa un clin d'œil et s'éloigna, contournant l'endroit où Mathieu était assis pour rejoindre maître Duom qui tentait, sans grand succès, d'enseigner une poésie à Illian. Ewilan lui lança un regard reconnaissant. Bjorn était un homme solide et généreux, elle était heureuse de son amitié.

Durant la nuit, des nuées de moustiques s'abattirent sur eux, s'infiltrant dans les moindres interstices de leurs vêtements pour s'abreuver de leur sang. Ils ne dormirent pratiquement pas et le matin les trouva couverts de plaques rouges, et d'une humeur massacrante.

Pour ne rien arranger, les berges du fleuve étaient marécageuses et le chariot s'enlisa à trois reprises, les obligeant à descendre de cheval et à se couvrir de boue pour le dégager.

Durant l'un de ces éreintants exercices, Siam fut mordue par un crapaud aussi gros qu'une outre de bonne taille. Le batracien referma ses mâchoires sur la jambe de la jeune Frontalière, juste au-dessus de sa botte. Au cri que poussa Siam, Mathieu se précipita. Elle avait déjà dégainé son sabre et coupé le crapaud en deux.

Lorsque Mathieu arriva à sa hauteur, Artis Valpierre s'affairait sur la blessure. La morsure était profonde, les bords de la plaie vilainement hachés mais lorsque Artis eut fini de dérouler son rêve, il n'en subsistait qu'une fine cicatrice vouée à disparaître en quelques jours.

Mathieu tourna les talons et recommença à pousser le chariot. Seule Ellana avait perçu l'inquiétude qui, pendant un instant, avait remplacé la morosité sur son visage.

Le Lazuli était un fleuve indolent, peu profond, au lit recouvert d'une vase traîtresse qui menaça plusieurs fois d'engloutir les chevaux. Nager était impossible et le moindre pas exigeait une énergie considérable. La traversée nécessita plusieurs heures d'efforts soutenus et si Edwin n'avait pas été intraitable, la plupart des compagnons auraient choisi d'abandonner le chariot. Lorsqu'ils atteignirent l'autre rive, ils durent encore batailler pour s'éloigner de la zone marécageuse. Ils furent toutefois récompensés par le spectacle qui s'offrit à eux lorsqu'ils émergèrent enfin des roseaux.

Le désert Ourou avait cédé la place à une étendue herbeuse vallonnée qui s'étalait sur des kilomètres jusqu'à la lisière d'une immense forêt. Au-delà des arbres se découpaient les sommets d'une chaîne de montagnes.

– L'échine du Serpent ! s'exclama Bjorn. Hurindaï se trouve dans cette direction.

– Je ne veux pas aller à Hurindaï !

Depuis la traversée de la mer des Brumes, Illian n'était plus l'enfant exubérant auquel ses compagnons de voyage étaient habitués. Il se prêtait volontiers aux exercices que lui demandait Ewilan pour travailler son écran de protection, mais le reste du temps il demeurait sur le chariot, perdu dans ses pensées. Son exclamation lui attira une série de regards surpris.

– Les Hurindites sont des ennemis, poursuivit Illian sans se démonter. Ils sont faibles et lâches. Je ne veux pas aller dans leur cité.

– Il se trouve que personne ne t'a demandé ton avis ! le rabroua Bjorn.

Le chevalier n'éprouvait aucune affection pour Illian. Il avait encore en tête l'accueil, pour le moins agressif, que le jeune garçon lui avait réservé lors de leur première rencontre, et le considérait comme un enfant têtu et mal élevé. Il observa avec ironie et sans aucun remords le regard haineux que lui adressa Illian en retour.

– La question d'aller ou non à Hurindaï ne se pose plus, intervint Ellana en désignant du doigt un groupe de cavaliers apparus au sommet d'une butte. C'est Hurindaï qui vient à nous...

HURINDAÏ

1

Le fort commande, le faible obéit. Le fort tue, le faible meurt.
Livre noir des Ahmourlaïs

Les cavaliers hurindites étaient vêtus de cottes de mailles légères, de bottes de cuir montant jusqu'aux genoux et portaient des casques à cimier. Ils étaient une vingtaine, armés de longues lances, d'arcs et d'épées droites différentes des sabres alaviriens. Manœuvrant leurs montures avec adresse, ils se déployèrent autour des voyageurs. L'un d'eux, certainement leur chef, un homme solide à l'impressionnante moustache noire, fit avancer son cheval jusqu'à Edwin et Bjorn qui s'étaient portés à sa rencontre.

– Nous sommes alaviriens, annonça le maître d'armes, et nous venons en paix.

– Les Alaviriens sont les bienvenus sur les terres d'Hurindaï même si la période est sombre et se prête mal aux échanges amicaux. Comment allez-vous, chevalier Wil' Wayard ?

Edwin, d'abord surpris d'entendre le nom de son compagnon, comprit très vite que Bjorn et l'Hurindite se connaissaient.

– La route n'est guère aisée entre nos pays, répondit Bjorn, mais je suis vraiment heureux de vous revoir, capitaine Orin. Qu'entendez-vous par période sombre ?

– Ce fou de KaterÃl et ses maudits Ahmourlaïs croient que le monde leur appartient. Leurs hordes déferlent en ce moment en direction de nos terres. Le ciel seul sait ce qu'ils nous reprochent, car nous n'avons pas eu de querelle avec eux depuis deux cents ans, mais une chose est sûre, c'est Hurindaï qu'ils visent. Notre roi a pris la tête des armées pour les arrêter, et si possible les détruire, devant les cols de l'Échine.

– Savez-vous si...

Un toussotement d'Edwin interrompit la phrase de Bjorn. Le chevalier, prenant conscience qu'il se comportait comme s'il était le chef de l'expédition, s'empourpra.

– Capitaine Orin, je suis confus, balbutia-t-il. J'ai omis de vous présenter Edwin Til' Illan, maître d'armes de l'Empereur de Gwendalavir, général des armées impériales et commandant en chef de la Légion noire.

L'enfilade de titres parut impressionner l'Hurindite qui gratifia Edwin d'un profond salut.

– Je serai fier de vous guider jusqu'aux murs de ma cité, s'exclama-t-il. Puis-je savoir ce qui a conduit un personnage tel que vous à accomplir ce périlleux voyage ?

– Sil' Afian, mon Empereur, souhaite instaurer des relations amicales avec Hurindaï et m'a chargé d'en jeter les bases. Il est également inquiet pour les membres de la première expédition qui a traversé la mer des Brumes. Avez-vous de leurs nouvelles ?

– Altan et Élicia Gil' Sayan sont partis pour Valingaï il y a trois semaines, juste avant que KaterÃl ne décide que les plaines Souffle étaient trop exiguës pour sa folie. Ils étaient accompagnés de leur escorte et d'une escouade de soldats hurindites. Depuis nous n'avons pas d'informations.

– Je dois les rejoindre.

– C'est impossible, général Til' Illan. Il n'y a qu'une passe pour franchir l'échine du Serpent, et en l'empruntant vous croiseriez les armées valinguites qui sont assoiffées de sang. Venant d'Hurindaï, vous seriez considérés comme des ennemis et abattus. Le risque est trop grand.

Les mâchoires d'Edwin se contractèrent.

– Je décide seul des risques que je dois courir, capitaine Orin.

Sa voix avait l'inflexibilité de la glace et ses yeux gris sa froideur. L'Hurindite s'agita, soudain mal à l'aise.

– Le trajet est long jusqu'à Hurindaï, dit-il finalement. Je propose que nous nous mettions en route et que nous reparlions de vos projets plus tard.

À son grand soulagement, Edwin acquiesça. Encadré par les soldats hurindites, le chariot reprit sa progression vers l'est.

Ils campèrent au cœur de l'épaisse forêt de conifères qui s'étendait au pied de l'échine du Serpent. Lorsque le camp fut installé, le capitaine Orin s'approcha du tas de branches empilées au centre de la clairière qu'ils avaient choisie.

– Brûle ! ordonna-t-il.

Avec un grésillement sec, le bois s'embrasa et, très vite, des flammes montèrent vers le ciel.

– Pas terrible, souffla Illian à Ewilan. Il a eu de la chance...

D'un commun accord, les Alaviriens avaient décidé de ne pas mentionner les origines du jeune garçon. De son côté, le capitaine Orin, s'il avait paru surpris par la composition hétéroclite de leur groupe – un enfant, des femmes, un vieillard... –, ne s'était pas autorisé le moindre commentaire.

– Je croyais que seuls certains Valinguites possédaient ce pouvoir, s'étonna Ewilan à voix basse.

– Les Hurindites ne possèdent aucun pouvoir ! s'exclama Illian avant que Salim, assis près de lui, ne lui fasse signe de baisser le ton. Ce que tu as vu est à la portée de n'importe quel bébé et je suis certain que cette bouse de khazargante s'est entraînée pendant des jours pour y arriver.

De nouveau ce ton. Prétentieux et agressif. Une pointe d'inquiétude se ficha dans le ventre d'Ewilan.

– Cesse de parler ainsi, lui ordonna-t-elle. Jusqu'à preuve du contraire, le capitaine Orin est notre ami. Il s'est comporté de noble façon avec nous et je refuse que tu l'insultes !

– Cet Hurindite est peut-être ton ami, se révolta Illian, mais ce n'est pas le mien. Et de toute façon tu as entendu ce qu'il a dit, non ? Les armées de Valingaï auront bientôt rasé sa cité !

Avant qu'Ewilan, interloquée, ait pu répondre quoi que ce soit, Illian s'était levé et éloigné en direction de Mathieu installé sur un tronc abattu à la lisière de la forêt.

– Eh bien, ma vieille, en voici un qui ne cache plus son jeu, persifla Salim.

– Illian est un enfant, il ne sait pas ce qu'il dit.

– C'est justement ce qui m'inquiète, insista Salim. Si Illian est capable de parler ainsi, que valent les adultes qui l'ont élevé ? Il y a des chances que ce soient des monstres, non ?

Ewilan ne répondit rien.

Elle partageait les craintes de Salim.

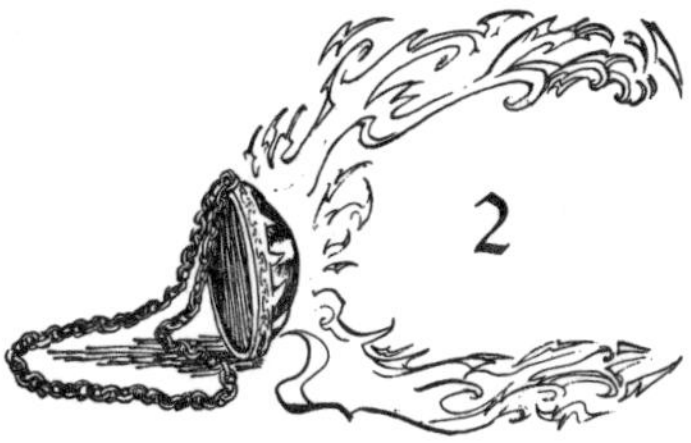

2

Hurindaï est la seule cité qui se dresse à l'ouest de l'échine du Serpent. Elle est donc la seule cité à bénéficier de pâturages où n'errent pas des troupeaux de khazargantes.

Thésaurus katinite de la connaissance

Hurindaï était un nid d'aigle, un monstre de pierres et de remparts soudé à la montagne. Dix fois plus vaste que la Citadelle des Frontaliers dans les Marches du Nord, elle s'étendait sur des kilomètres carrés, protégée par d'inexpugnables murailles, des tours titanesques et des ponts fortifiés jetés sur d'impensables précipices.

– C'est ce château fort à la puissance mille que veut attaquer KaterÃl ? s'exclama Salim en découvrant la forteresse. Ce brave Orin a raison quand il le traite de fou !

La face ouest d'Hurindaï, son seul point faible, pour autant qu'un tel monstre en eût un, dominait une vaste plaine où paressait un affluent du Lazuli. Les trois autres côtés de la cité étaient adossés à des falaises si abruptes qu'un Faël ne se serait pas risqué à les escalader.

Au-delà d'Hurindaï, l'échine du Serpent barrait l'horizon de ses sommets rocheux tandis qu'au sud et au nord, la forêt venait mourir sur de redoutables escarpements de granit.

– Hurindaï a été assiégée plusieurs fois au cours des siècles, expliqua fièrement le capitaine Orin, elle n'est jamais tombée, n'a jamais cédé le moindre créneau, la moindre poterne.

– Et si le siège s'éternise ? demanda Edwin.

– Des sources coulent à l'intérieur de la cité, hiver comme été, et il y a assez de provisions dans nos greniers pour tenir cent ans.

Edwin contempla l'immense cité, tentant de trouver une faille dans ses impressionnantes fortifications. Son œil exercé n'en découvrit aucune et, malgré lui, il plaignit l'infortuné général obligé d'attaquer Hurindaï. Une pensée en entraînant une autre, il se demanda brièvement quels pouvaient être les hommes capables de porter la guerre sur un tel terrain. S'agissait-il de fous ou possédaient-ils des armes qu'il était incapable d'imaginer ?

En l'absence du roi, la cité était dirigée par Juhin GitÃl, son cousin, un colosse affable qui les accueillit aussi chaleureusement que le permettait la situation tendue. Dès qu'il eut connaissance de leurs projets, il confirma les paroles d'Orin.

– Une seule route traverse l'échine du Serpent et, à l'heure qu'il est, l'armée d'Hurindaï se prépare à y affronter celle de Valingaï. Le choc sera terrible et les morts se chiffreront par centaines. Songer à traverser un tel champ de bataille est une folie.

Juhin GitÃl se tenait en compagnie d'Edwin, d'Ellana et de maître Duom sur une des plus hautes terrasses de la cité tandis qu'au-dessous d'eux des soldats s'affairaient sur les remparts. Edwin, à qui rien n'échappait, nota cette activité.

– Vos hommes rehaussent les créneaux. Vous pensez que l'armée valinguite arrivera jusqu'ici ?

Juhin GitÃl se mordit les lèvres, hésita un instant puis se lança.

– La situation se présente mal. Valingaï aligne dix fois plus de soldats que nous, leur armement est supérieur et ils sont soutenus par une logistique impeccable. Cela suffirait à donner des cauchemars à n'importe quelle cité, mais il faut encore ajouter les Ahmourlaïs dans la balance et ils pèsent lourd, très lourd.

– Les Ahmourlaïs ?

– Les prêtres de ce culte sanguinaire que KaterÃl a promu comme religion officielle. D'après nos indicateurs, ce sont eux qui ont poussé KaterÃl à envahir Hurindaï.

– Le capitaine Orin prétend que Valingaï n'a aucune raison sérieuse de s'en prendre à vous.

– C'est exact. D'autres cités, Kataï par exemple, sont plus accessibles depuis Valingaï et bien plus riches que nous. Nos pâturages, même s'ils ne sont pas foulés par des troupeaux de khazargantes, sont peu fertiles. Nous ne possédons rien qui puisse attirer la convoitise de KaterÃl et nous n'avons rien fait qui puisse provoquer sa colère.

– Une ancienne querelle ? intervint maître Duom.

– Les cités se querellent depuis des siècles. Pour des raisons futiles la plupart du temps. Jamais ces disputes n'ont généré un tel déploiement de forces.

De plus, Hurindaï est en paix avec Valingaï depuis plus de deux cents ans.

– Pourquoi ne pas demander du secours aux autres cités ? l'interrogea Ellana.

– Parce que ce serait inutile. Il n'est pas dans notre culture de nous entraider. La seule cité qui soit raisonnablement proche est Kataï, et nous nous sommes aussi souvent opposés à elle qu'à Valingaï. Non, nous ne pouvons compter que sur nous-mêmes !

– Vous disiez que les Ahmourlaïs pèseraient lourd dans la bataille, insista Edwin.

– Oui. Ces adorateurs du démon possèdent des pouvoirs auprès desquels les nôtres font figure d'enfantillages. Ils sont monstrueux et il est inutile d'attendre d'eux la moindre pitié. SarAhmour, leur chef, est pareil à une goule assoiffée de sang et de souffrance, et sachez qu'en parlant ainsi j'insulte les goules. Le roi m'a confié en partant qu'il ne se faisait guère d'illusions sur l'issue du premier affrontement. La position stratégique des cols lui permettra de porter des coups redoutables à l'ennemi, mais il ne pense pas le contenir très longtemps. La guerre se jouera au pied des remparts d'Hurindaï.

– Donc...

– À moins que vous ne fassiez demi-tour pour rentrer chez vous, j'ai peur que vous soyez coincés ici. Pour le meilleur et pour le pire...

Pendant que Juhin GitÃl exposait la situation à Edwin, Ellana et maître Duom, le capitaine Orin avait proposé aux autres Alaviriens de le suivre dans une inspection d'Hurindaï.

Les remparts de la cité s'organisaient autour du palais en cinq enceintes concentriques. La plus extérieure était large de presque dix mètres et haute de trente. Le seul moyen de la franchir était une porte gigantesque, un titanesque assemblage de bois et de métal constitué de madriers de deux mètres d'épaisseur et de traverses d'acier patinées par le temps.

– Où poussent de pareilles planches ? demanda Salim en désignant l'incroyable porte.

– Loin au sud, répondit le capitaine. Après une cité nommée Kataï, au-delà du fleuve Indigue, dans la forêt des arbres mondes. L'arbre monde duquel on a tiré cette porte a été abattu il y a plus de mille ans.

– L'arbre ? Vous voulez dire les arbres ? intervint Siam.

– Non, demoiselle. Les arbres mondes s'élèvent à plusieurs centaines de mètres du sol et sont si gros que cinquante guerriers se donnant la main n'en font pas le tour. Couper et débiter celui-ci a pris, raconte-t-on, une année entière.

– Une année !

L'exclamation avait fusé de toutes les bouches. Le capitaine Orin se rengorgea en lissant sa moustache. Il appréciait l'effet de sa révélation.

– Oui, et les bûcherons n'ont pas chômé, croyez-moi. Sachez que le bois des arbres mondes ne brûle pas, ne se fend pas, ne pourrit pas. Autant dire que si KaterÃl arrive jusqu'ici à la tête de ses hordes, il n'est pas prêt d'entrer.

Ewilan se tourna vers Illian, parée à s'interposer s'il faisait mine d'intervenir. Ce ne fut pas la peine, le jeune garçon resta silencieux. Il se contenta d'effleurer la porte du bout des doigts, un sourire vaguement ironique flottant sur ses lèvres.

Orin les entraîna ensuite dans les quartiers est que surplombait l'échine du Serpent. Pas de remparts de ce côté, mais une falaise étourdissante de verticalité qui s'élevait à n'en plus finir dans une succession de dalles lisses, de vires minuscules, de fissures et de dièdres.

– Aucun ennemi, s'il est dépourvu d'ailes, ne passera jamais par là, affirma le capitaine.

– Vous ne craignez pas qu'il se contente de vous bombarder d'en haut ? s'étonna Siam.

– Il faudrait d'abord qu'il se hisse au sommet et c'est impossible.

Orin avait l'air si sûr de lui que Siam n'insista pas. Elle était guerrière, pas lézard ou araignée, l'escalade n'avait pour elle aucun attrait. Salim, quant à lui, jaugea la hauteur de la falaise et choisit de se taire. Une éventuelle ascension était au-delà de ses compétences.

Largement.

Dans la partie résidentielle de la cité, ils découvrirent un entrelacs de rues animés et de places somptueuses où des milliers d'Hurindites, principalement des femmes et des enfants, vaquaient à leurs occupations avec une fébrilité témoignant de leur inquiétude pour le proche avenir.

– Hurindaï est une cité-état qui se dresse dans une région encore sauvage, expliqua Orin. La quasi-totalité de ses habitants vivent à l'intérieur des murailles. Les rares qui vivent dehors courent le risque d'être dépouillés par les bandes de pillards, malheureusement nombreuses. Ces bandes sont une véritable plaie pour le royaume et nous nous attachons à les éradiquer. Nous venions d'en décimer une lorsque nous vous avons rencontrés.

– Les paysans ne résident pas sur leurs terres ? s'enquit Artis Valpierre.

– La plupart sortent le matin et rentrent le soir. Quelques-uns ont choisi de s'installer à l'extérieur, mais nous sommes prêts à les accueillir en cas de problème.

– Voilà deux fois que vous parlez de problème, nota Siam. Craignez-vous que les Valinguites arrivent jusqu'ici ?

Le capitaine secoua la tête. Un peu trop vite au goût d'Ewilan.

– Pas du tout, s'insurgea-t-il. Pas du tout. Notre armée est capable de tailler en pièces n'importe quel ennemi, elle a eu le temps de se positionner sur les cols de l'échine du Serpent, ce qui lui offre un atout stratégique remarquable, et nos officiers sont les meilleurs au monde. Non, Hurindaï ne risque rien.

Il fit un geste ample, balayant les murailles de la main.

– Et quand bien même nous serions menacés, reprit-il, quel type d'attaque une cité comme Hurindaï pourrait-elle redouter ?

Illian attrapa la manche d'Ewilan, lui faisant signe de se baisser. Elle s'accroupit et il approcha sa bouche de son oreille pour lui murmurer un mot.

Un seul.

– Ahmour.

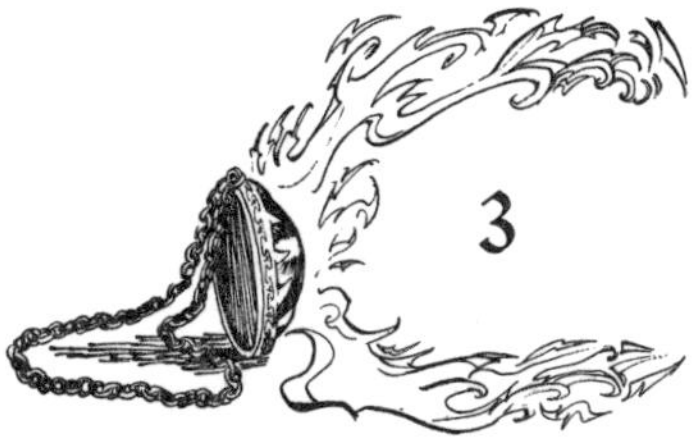

3

Si tu aimes ton enfant, sois dur avec lui. Ainsi il deviendra fort.

Livre noir des Ahmourlaïs

– Je ne comprends plus Illian.

Ewilan aurait préféré se débrouiller seule avec ce problème, mais le dernier incident l'avait convaincue de se confier à ses amis. Son aveu, formulé d'une voix empreinte de tristesse, lui attira l'attention générale.

Une bonne partie de l'armée d'Hurindaï ayant quitté la cité, de nombreux logements étaient disponibles, pourtant le capitaine Orin n'avait pas eu besoin d'en réquisitionner un. Juhin GitÃl avait ordonné que les Alaviriens soient logés au palais dans une des suites d'honneur et avait veillé à ce qu'ils ne manquent de rien. Edwin et les siens étaient donc installés sur une haute terrasse où ils avaient partagé une volaille farcie après avoir assisté à un somptueux coucher de soleil. Illian avait bâillé pendant tout le repas et n'avait pas protesté lorsque Ewilan lui avait conseillé de se mettre au lit.

Depuis quelques jours, il dormait beaucoup et profondément. Elle avait toutefois attendu d'être certaine qu'il ne les entendait pas pour se lancer.

– Précise le fond de ta pensée, lui demanda Ellana.

Ewilan réfléchit un instant avant de poursuivre :

– Il a changé. Quand Salim et moi l'avons découvert, Illian était un petit garçon perdu et terrorisé. Il s'est accroché à nous, à moi surtout, et une relation forte nous a très vite liés. Il est affectueux, extrêmement intelligent et attentif à ce que je lui demande. Je devrais dire « était ». Son intelligence n'a pas varié, bien sûr, mais il est devenu buté, dur, prétentieux. Mes interventions l'irritent et il ne m'écoute plus. La transformation a débuté pendant notre voyage comme si, en s'approchant de chez lui, il retrouvait des habitudes anciennes et les automatismes qui y sont liés...

– C'est peut-être le cas, suggéra maître Duom. Nous ignorons tout de l'éducation qu'il a reçue.

– Justement, rétorqua Ewilan. C'est comme s'il n'avait jamais reçu d'éducation. Jusqu'à présent, lorsque j'avais l'occasion de lui faire une remarque sur son comportement, il l'acceptait de bonne grâce, mais avec un étonnement éloquent. Il a grandi seul et sans règles, c'est évident.

– Quel que soit le lien qui vous unit, intervint Edwin, tu ne l'as pas côtoyé assez longtemps pour affirmer une telle chose.

– Tu as sans doute raison, toutefois je persiste à croire que je le connais. Je trouve anormal qu'il soit incapable de donner des détails sur Valingaï, sur la vie qu'on y mène, sur...

– Il n'a que huit ans ! s'exclama maître Duom.

– D'accord. Mais vous avez été surpris qu'il soit si peu loquace au sujet de ses parents, non ? Et il ne comprend même pas le concept d'école. Comment expliquez-vous cela ?

– Les Valinguites sont différents de nous, c'est une évidence. Néanmoins, ton inquiétude pour Illian est excessive, tu ne penses pas ?

Ewilan se mordit la lèvre. Elle savait qu'Illian avait changé et son impuissance à leur faire comprendre combien cette transformation était alarmante la désespérait.

– La première fois que j'ai rencontré la méduse dans les Spires, reprit-elle, Illian était avec moi. Il s'est montré incapable de percevoir sa présence et a failli y laisser la vie. Il n'a retenu de l'expérience qu'un sentiment de danger extrême et un nom : Ahmour.

– Le démon qu'adorent les Valinguites ?

– C'est ça. La méduse et ce démon ne font qu'un, c'est une certitude, et Illian n'avait entendu parler ni de l'un ni de l'autre. Jamais.

– Je ne vois pas où tu veux en venir, fit Edwin.

– Êtes-vous donc aveugles ? s'emporta Ewilan. L'entité maléfique qui a envahi l'Imagination est le démon officiel de Valingaï, mais Illian ignorait tout d'elle. Hurindaï est en passe d'être attaquée par Valingaï, mais Illian ne savait rien de cette guerre et se moquait des Hurindites. J'utilise volontairement l'imparfait. Et brusquement voilà Illian convaincu que les habitants d'Hurindaï sont des sous-hommes qui doivent être exterminés ! Quelque chose ou quelqu'un, à Valingaï, se charge de l'éduquer à distance. Le dresser serait plus juste.

– Tu dramatises, la tempéra maître Duom. Juhin GitÃl nous a expliqué que les cités de cette partie du monde ont toujours été en conflit. Illian reprend à son compte un discours entendu à Valingaï et dont il ne comprend pas le sens. Que cela se produise maintenant est un hasard. Voilà tout.

– Et la méduse ? Est-ce aussi un hasard si Illian y fait désormais référence ?

– Référence ?

Le vieil analyste avait tiqué. Ewilan poursuivit en se penchant vers lui :

– Tout à l'heure, lorsque le capitaine Orin nous vantait la solidité de sa cité, affirmant que rien ne pouvait la menacer, Illian, pour le contredire, m'a soufflé un nom à l'oreille. Un nom qu'il a prononcé sans effroi, mais avec une dévotion écœurante.

Ses huit compagnons étaient suspendus à ses lèvres.

– Quel nom ? finit par demander maître Duom.

– Ahmour.

Ewilan et ses amis détenaient trop peu d'éléments pour comprendre vraiment la situation. Lorsque Edwin mit un terme à la conversation, personne ne protesta.

– Nous quitterons Hurindaï demain matin, annonça le maître d'armes. Il serait sage de partir dès ce soir, toutefois je doute que l'armée valinguite, pour puissante qu'elle soit, écrase celle d'Hurindaï en une nuit.

– Le capitaine Orin a affirmé qu'atteindre Valingaï était impossible, objecta Bjorn.

– Nous ne nous en approcherons pas davantage en restant ici, rétorqua Edwin, et nous ne courrons pas le risque de nous retrouver coincés dans cette forteresse, pris au piège d'une guerre qui ne nous concerne nullement.

– Nous sommes du côté d'Hurindaï, non ?

Salim appréciait Orin et l'hospitalité des Hurindites. Pour lui la question n'était que de pure forme. Edwin doucha ses illusions.

– Là n'est pas le problème !

– Mais…

– L'Empereur nous a confié une mission. Ou du moins il a essayé… Nous devons rejoindre Altan et Élicia et les ramener en Gwendalavir.

Ellana émit un rire sec.

– Mission ! Obéissance ! Respect ! Des mots formidables… qui me rendent malade ! Oublierais-tu qu'Ahmour est valinguite, qu'Éléa Ril' Morienval est passée à Valingaï et que KaterÃl se comporte en conquérant sanguinaire ?

– Je n'oublie rien, rétorqua Edwin, crois-moi. Sache simplement qu'au-delà de ma mission, j'ai conscience de mes limites. Arrêter une armée en marche dépasse mes compétences. Même si je suis épaulé par une marchombre à la langue aussi acérée que son poignard.

Le maître d'armes s'était exprimé sur un ton dur ne laissant aucune place à une éventuelle discussion. Soucieux de détendre l'atmosphère, Bjorn intervint :

– Comment comptes-tu nous faire traverser le champ de bataille ?

– S'il le faut nous rebrousserons chemin pour effectuer un détour, mais nous passerons.

Ellana n'avait pas l'air convaincue pourtant elle se tut. Malgré ses récriminations, elle savait que, si le choix d'Edwin n'était pas idéal, il n'en restait pas moins le meilleur parmi ceux qui s'offraient à eux. Les échanges devinrent plus rares, les bâillements fréquents. Un à un, les compagnons gagnèrent les chambres qui leur avaient été réservées.

Au milieu de la nuit, Ewilan fut tirée du sommeil par le tonnerre des cloches du palais qui battaient à tout rompre et les cris résonnant dans les couloirs. Elle se leva d'un bond. Edwin, Siam et Ellana étaient déjà debout, habillés et armés.

– L'armée de Valingaï arrive, annonça Edwin d'une voix froide. J'ai eu tort d'attendre. Il est désormais trop tard pour quitter la cité.

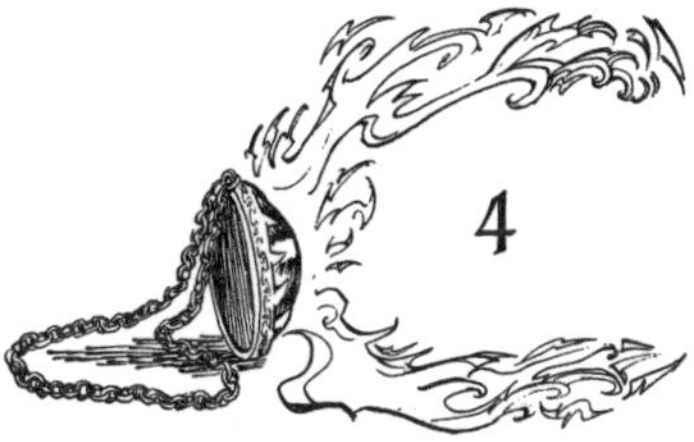

4

Le marchombre est bien plus qu'un redoutable combattant. Un lien fluide entre perception totale et action parfaite.

Ellundril Chariakin, chevaucheuse de brume

Le flot des rescapés de la bataille mit trois heures à franchir les portes de la cité. Juchés sur les murs, accoudés aux fenêtres ou massés dans les rues, des milliers d'Hurindites les regardèrent défiler dans un silence de mort, découvrant avec stupeur leurs traits marqués par l'épuisement et le désespoir, leurs armures enfoncées et leurs vêtements ensanglantés. Les cloches du palais se turent lorsque les immenses battants se refermèrent sur le dernier cavalier. Dans un fracas de fin du monde, des traverses taillées dans des branches maîtresses de l'arbre monde furent mises en place, verrouillant la porte.

Moins d'un quart des hommes étaient revenus.

Le roi d'Hurindaï n'en faisait pas partie.

L'annonce de la mort du monarque se répandit dans la cité comme une traînée de poudre. Plus que la défaite de leur armée, elle convainquit les Hurindites que leur situation était dramatique.

Face au découragement de son peuple, Juhin GitÃl utilisa toute son énergie à reprendre la situation en main. Le capitaine Orin l'épaula de son mieux et ce ne fut qu'en fin de matinée qu'il put consacrer un bref moment aux Alaviriens.

– Nos soldats se sont fait tailler en pièces, annonça-t-il, la mine défaite. Leur connaissance du terrain ne leur a été d'aucune aide. Nos espoirs reposent désormais sur la solidité de nos murailles.

Ses phrases n'étaient plus empreintes de la confiance qui les avait caractérisées la veille, mais personne ne lui en fit la remarque.

– Où se trouve exactement l'armée valinguite ? demanda Edwin.

– Ses éclaireurs sont déjà là, rôdant hors de portée de nos flèches et jugeant l'état de nos défenses. Le gros des troupes ne tardera plus. Le premier assaut aura lieu avant la tombée de la nuit.

L'après-midi fut consacré aux préparatifs de la bataille. Les soldats hurindites se positionnèrent derrière les créneaux et sur les tours les plus proches des remparts. Une impressionnante réserve de flèches fut disposée à portée des archers et on plaça d'immenses chaudrons d'huile près des mâchicoulis.

– Ils ne sont pas censés la chauffer ?

Maître Duom se tourna vers Salim qui l'interrogeait. Ils se trouvaient sur la terrasse du palais en compagnie d'Artis Valpierre et observaient toute cette activité avec inquiétude.

– Je suppose qu'ils utiliseront leur pouvoir lorsque le moment sera venu, répondit l'analyste.

Un peu plus tôt, Edwin était parti juger sur place l'efficacité des défenses hurindites. Son expérience lui soufflait que leur statut d'étrangers ne les protégerait pas si les Valinguites envahissaient la cité. Durant la bataille, les soldats, pris dans le feu de l'action, la peur et la rage, ne songeraient qu'à tuer. Même s'il ne se pardonnait pas de s'être fait piéger entre ses remparts, Edwin avait donc décidé de se battre aux côtés d'Hurindaï. Siam l'avait suivi, bouillant d'impatience.

Ellana avait disparu depuis le matin. De tous les Alaviriens, la marchombre aurait été la seule à pouvoir se glisser impunément à travers les rangs de l'armée valinguite mais, bien que personne ne sût où elle se trouvait, il était évident qu'elle n'avait pas quitté la cité.

Après avoir observé un moment la ruche bourdonnante d'activité qu'était devenue Hurindaï, Ewilan s'était éclipsée discrètement au grand dam de Salim. Il avait envisagé un instant de partir à sa recherche, toutefois la cité était trop vaste pour qu'il ait une chance raisonnable de la retrouver. Il s'était donc résigné à l'attendre.

Les événements de la journée n'avaient pas tiré Mathieu de sa morosité. Assis dans un fauteuil bas, il aiguisait son sabre en ressassant ses sombres pensées.

Illian, le seul à être insensible à l'agitation ambiante, s'était assoupi sur un canapé. Le soleil était encore loin de l'horizon lorsqu'un cri de Salim le réveilla en sursaut.

– Ils arrivent !

L'armée valinguite était une mer d'hommes en armure, d'épées tirées, de lances brandies. Elle s'étalait sur un front long de plus d'un kilomètre, sillonnée par des officiers à cheval hurlant des ordres que la distance rendait inaudibles, et surplombée par une nuée d'étendards rouge sang, ornés d'une effigie hideuse : un guerrier vêtu d'une cuirasse noire, quatre tentacules menaçants jaillissant de son dos.

Un tambour invisible commença à battre. Chaque coup retentissait à des kilomètres à la ronde, faisant vibrer les entrailles et distillant une angoisse presque palpable. Au septième battement, la marée humaine se mit en marche.

Lente.

Irrésistible.

La première ligne s'arrêta à cent mètres des remparts. Les lances se fichèrent en terre dans un ensemble parfait. Les boucliers se levèrent.

– Qu'est-ce qu'ils fichent ? questionna Salim, les mains crispées sur la rambarde de pierre.

– Peut-être veulent-ils proposer une… commença maître Duom avant de se taire, stupéfait.

L'armée valinguite s'écartait.

Un murmure d'expectative parcourut les rangs des défenseurs amassés derrière les créneaux. Six hommes vêtus d'une robe noire, un long bâton sombre à la main, s'engagèrent dans la trouée qui s'était ouverte. Ils étaient suivis d'une litière, rideaux tirés, que portaient quatre hommes hauts de trois mètres, bâtis comme des titans, leurs corps presque nus à l'épiderme verdâtre couverts de tatouages.

– Des Géants du Septentrion, murmura maître Duom. Par le sang des Figés, que font-ils ici ?

– Et les types en noir ? demanda Salim.

– Certainement les Ahmourlaïs dont nous a parlé le capitaine Orin.

Les six Ahmourlaïs toujours suivis des Géants dépassèrent l'armée valinguite qui se referma derrière eux. Ils comblèrent à pas mesurés la moitié de la distance qui les séparait d'Hurindaï puis s'arrêtèrent, figés par un signal inaudible. Le tambour cessa tout à coup son lancinant battement, et un silence pesant s'installa sur la plaine.

Sur le chemin de ronde qui surplombait la porte de la cité, un officier hurindite dressa le bras. Trente arcs se levèrent, trente cordes se tendirent. L'officier aboya un ordre sec. Trente flèches fusèrent et filèrent droit sur les prêtres.

Invisibles et mortelles.

Un des Ahmourlaïs fit un geste ample avec son bâton.

Les trente flèches disparurent dans un éclair bleuté.

– Casse !

L'ordre unique avait jailli des poitrines des six prêtres, si fort que tous l'entendirent.

La porte d'Hurindaï frémit, comme frappée par un marteau démesuré et invisible.

– Casse !

Une fissure apparut sur un des battants, zigzagua de haut en bas, et un éclat aussi gros qu'une table s'écrasa au sol. Un groupe d'une douzaine d'Hurindites arriva alors en courant sur l'esplanade qui s'étendait derrière la porte. Il était formé de soldats, mais aussi d'hommes et de femmes du peuple. Un vieillard voûté se plaça devant eux et ouvrit les bras en grand.

– Résiste !

Les Hurindites avaient hurlé à pleins poumons. Leur ordre s'opposa à celui des Ahmourlaïs.

– Casse !

– Résiste !

Pendant un instant qui parut durer une éternité, les deux groupes confrontèrent la puissance de leurs volontés cumulées.

– Casse !

– Résiste !

La porte titanesque vibrait, se gauchissait, mais ne cédait pas. Une nouvelle volée de flèches fut happée par un éclair bleu sans que, cette fois, un seul des Ahmourlaïs ait esquissé un mouvement.

– Casse !

– Résiste !

Les prêtres se turent et restèrent debout au milieu de la plaine. Immobiles.

Les Hurindites échangèrent un regard victorieux et des vivats éclatèrent dans la foule qui s'était rassemblée autour d'eux. Dans l'air flottait pourtant un parfum d'inquiétude, le sentiment diffus que rien n'était gagné. Au contraire.

De l'autre côté de la porte, les Géants du Septentrion plièrent les genoux avec d'infinies précautions. Les rideaux de la litière s'ouvrirent.

Un homme décharné, le crâne rasé, vêtu d'une robe rouge sang, mit pied à terre.

Il fit trois pas en direction d'Hurindaï, méprisant les flèches qui volaient vers lui et qui se désintégrèrent avant de l'atteindre, puis il tendit un index squelettique vers la porte.

– Brûle !

Un ordre impérieux.

Implacable.

Le bois de l'arbre monde commença à fumer.

Les défenseurs hurindites s'agitèrent, s'adressèrent au vieillard qui avait coordonné leurs efforts. Il écarta les bras en signe d'impuissance.

Une première flamme jaillit entre les madriers, courte et avide, puis une deuxième. Elles mordirent le bois, se reproduisirent, devinrent multitude sans que les Hurindites aient découvert un moyen de contrer l'attaque.

L'Ahmourlaï faisait demi-tour lorsqu'une quantité phénoménale d'eau se matérialisa au-dessus des remparts et s'abattit sur la porte. Le feu naissant s'éteignit dans un nuage de fumée blanche.

Le prêtre se retourna, le visage tordu par un rictus de rage. Il leva les yeux vers le ciel d'un bleu parfait, scruta les murailles en quête d'une explication à l'impensable phénomène qui avait contrarié sa volonté. Il ne trouva rien.

Ses doigts saisirent alors la chaîne qu'il portait autour du cou et il tira un médaillon de son col.

Ce fut comme si le soleil s'éteignait. Une aura ténébreuse pulsant autour du bijou engloba le prêtre dans son halo et tendit des tentacules de noirceur dans toutes les directions. Le monde parut soudain froid et sombre. Privé d'espoir.

Puis la nuit s'évanouit…

… contenue dans le poing de l'Ahmourlaï qui s'était refermé sur le médaillon.

Tendu vers la porte.

– Casse !

La porte explosa.

Ses débris s'abattirent à des centaines de mètres à la ronde, provoquant une panique terrible parmi les Hurindites qui se dispersèrent. L'Ahmourlaï leva le bras pour donner le signal de l'attaque à l'armée valinguite. Son geste resta figé à mi-course.

Une herse d'un acier si brillant qu'il paraissait lumineux venait d'apparaître là où s'était trouvée la porte.

Derrière la herse, une jeune fille, seule au centre de l'esplanade, le défiait du regard.

Un regard d'un violet infini.

5

Le coureur se souvient des hommes. Quelques semaines plus tôt, il en a tué trois, mais les gesticulations de leurs congénères l'ont empêché de goûter leur viande.

Cette fois-ci, il mangera. L'homme qui approche est seul.

Il marche vers l'est, les yeux fixés sur sa destination, si concentré qu'il n'a pas perçu la présence du prédateur dans son dos.

Le coureur passe à l'attaque.

Un bond dévastateur.

Son bec s'ouvre, ses ergots se tendent...

L'homme se tourne.

Si rapide que le coureur ne perçoit son geste que lorsqu'une main se referme sur son cou. Si puissante que les vertèbres de l'animal cèdent comme du verre, entraînant une mort instantanée.

L'homme rejette le corps du coureur et reprend sa route.

6

Si un ennemi est plus fort que toi, deviens son ami. Parle avec lui. Réfléchis. Comprends-le. Et quand le temps est venu, frappe.

Livre noir des Ahmourlaïs

Du haut des remparts, Ewilan avait assisté à la progression des Ahmourlaïs. Elle avait perçu l'effroyable puissance que dégageait leur présence et compris que, tôt ou tard, elle devrait s'opposer à eux. Elle avait toutefois décidé de se dissimuler tant que ce serait possible, se réjouissant lorsque les défenseurs hurindites s'étaient mis à l'œuvre. Ils possédaient un don réel. Avec un peu de chance, elle n'aurait pas besoin de s'en mêler.

L'intervention du prêtre rouge, certainement Sar-Ahmour, le chef des Ahmourlaïs, avait fait voler ses espoirs en éclats.

Son pouvoir était tel que la résistance des Hurindites avait été balayée comme un fétu de paille par un ouragan. L'eau dessinée par Ewilan n'avait sauvé la porte que de justesse. La porte qui était censée ne pas brûler…

Lorsque SarAhmour avait scruté les remparts de la cité à la recherche de l'individu qui s'opposait à lui, Ewilan s'était cachée dans la foule. L'anonymat était un atout dont elle ne voulait pas se priver.

SarAhmour avait alors brandi le médaillon...

Un frisson glacé avait parcouru le corps d'Ewilan. Le bijou était semblable à la méduse. Il s'en dégageait la même ténébreuse malfaisance, la même violence pernicieuse. Terrifiant au-delà des mots.

À cet instant, la voix s'était élevée dans son esprit.

La voix de la Dame.

– *Ce pendentif monstrueux est la clef que tu cherches, jeune humaine. Le seul moyen de combattre ton ennemi.*

Ewilan s'était précipitée vers l'esplanade.

Les yeux noirs de SarAhmour se plantèrent dans ceux d'Ewilan, cherchant à brûler son âme avant de détruire son corps. Il eut l'impression de plonger dans un torrent de clarté qui lui coupa le souffle.

– Meurs !

Il avait craché son ordre par réflexe, avant de comprendre que la destruction de cette fille était ce qui comptait le plus au monde.

Pour lui.

Et pour le démon qu'il servait.

L'écran qu'Ewilan avait ciselé pendant des jours et des jours se mit en place. L'ordre de mort s'y écrasa comme un moustique sur un mur de pierre. Ewilan plongea dans l'Imagination.

Les tentacules de la méduse tentèrent avec virulence de lui interdire le passage, toutefois l'eau de l'Œil d'Otolep jouait son rôle et aucun ne put s'approcher suffisamment d'elle pour la menacer.

La tempête née dans son esprit bascula dans la réalité. Elle s'engouffra entre les barreaux de la herse qu'Ewilan avait dessinée un peu plus tôt et s'abattit sur SarAhmour. Il fut projeté au sol et traîné sur plus de vingt mètres tandis que sa litière s'envolait. Elle causa un désordre remarquable en se pulvérisant au milieu de l'armée valinguite.

Les Ahmourlaïs et les Géants du Septentrion n'avaient été que bousculés. Ils se précipitèrent vers leur chef mais celui-ci se releva sans aide, couvert de terre et d'herbe, sa robe rouge en lambeaux. Il aboya une phrase et les six prêtres se rangèrent autour de lui.

Ewilan n'avait pas profité de son avantage. Craignant que son écran ne la protège pas suffisamment, elle voulait garder son pouvoir disponible pour résister à l'assaut collectif qu'elle allait subir.

Elle le prévoyait terrible.

Elle ne se trompait pas.

L'ordre de mort déferla sur elle, incroyablement puissant.

– Meurs !

L'écran d'Ewilan vacilla, se fissura puis cessa tout à coup d'exister. Un froid terrible la saisit, mais l'ordre avait perdu de sa virulence et elle réussit à le repousser avant qu'il n'agisse. Elle envisageait de dessiner, lorsqu'elle vit SarAhmour saisir la chaîne qui retenait le médaillon. Elle n'eut que le temps de reconstruire son écran et d'y placer toute sa volonté. La fin du monde fondit sur elle.

– Meurs !

Son écran explosa.

Une flèche de douleur se ficha dans son cœur.

Glaciale.

Atroce.

Ewilan comprit qu'elle avait perdu.

Pourtant, aussi vive qu'elle était arrivée, la mort se retira, ne laissant derrière elle qu'une torpeur, douloureuse, peut-être létale, mais qu'il était possible de combattre. Au même instant, SarAhmour sursauta, comme frappé par la foudre. Il écarta les bras et s'effondra.

La puissance que lui offrait Ahmour à travers le médaillon, après avoir brisé l'écran, s'était heurtée à l'eau qui saturait le corps et l'esprit d'Ewilan. Incapable de l'affronter, elle avait reflué, jetant SarAhmour à terre.

Ewilan peinait à récupérer. Son cœur battait à grands coups douloureux, sa respiration sifflait, ses jambes tremblaient. Elle se savait perdue si les Ahmourlaïs renouvelaient leur attaque. Il ne lui restait qu'une solution. Elle abandonna son écran de protection et investit les Spires.

– Meurs !

L'ordre la frappa au moment où elle déchaînait son pouvoir.

Le ciel s'obscurcit, un vent tempétueux se leva, balayant les Ahmourlaïs et plaquant à terre les Géants du Septentrion. Des nuées s'amassèrent au-dessus des Valinguites. Noires. Effrayantes.

Dans un bruit étourdissant, une série d'éclairs titanesques s'abattirent sur la plaine. Une pluie diluvienne se mit à tomber.

Ewilan s'affaissa lentement.

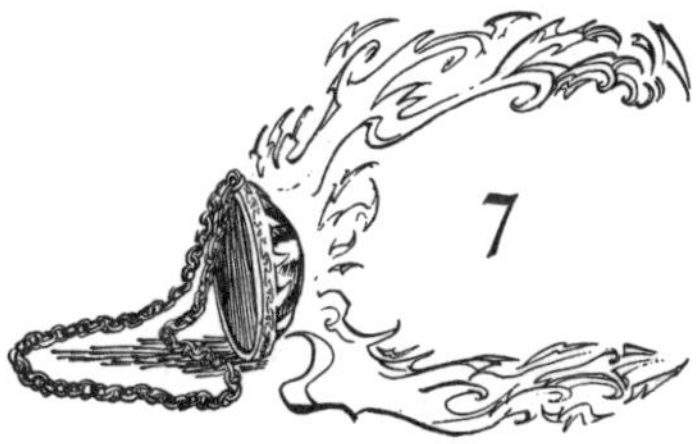

7

Le marchombre est mouvement. Dans ses combats, ses actes, sa vie entière. La mort ne constitue qu'un mouvement plus ample que les autres.

Ellundril Chariakin, chevaucheuse de brume

La tempête dura moins d'une minute, mais trois des six prêtres ne se relevèrent pas. SarAhmour, en revanche, reprit connaissance au moment où le ciel retrouvait sa limpidité. Un Géant du Septentrion l'aida à se mettre debout et le soutint jusqu'à ce qu'il empoigne le médaillon.

Une vague d'énergie secoua alors son corps décharné et il se redressa de toute sa taille, une flamme rougeoyante dans les yeux. La fille qui l'avait défié, qui avait tenu tête à son pouvoir et, par un incompréhensible subterfuge, à celui du maître, avait disparu. La rage de SarAhmour s'abattit sur la herse brillante qui était apparue à la place de la porte.

– Casse !

Il était le bras du démon, aucun bouclier, aucune armure ne lui avaient jamais résisté.

Pourtant l'acier ne se brisa pas, ne montra aucun signe de faiblesse, ne vibra même pas. La rage du prêtre devint de la haine, une haine féroce qu'attisa l'entité qui se servait de lui. Les mains refermées sur le médaillon, il pivota pour se trouver face à la muraille.

– Casse !

Un canon tirant à bout portant n'aurait pas fait davantage de dégâts. Une brèche gigantesque s'ouvrit dans les remparts ; créneaux et chemin de ronde s'écroulèrent, ensevelissant les défenseurs hurindites sous des tonnes de pierres. Des murs intérieurs, affaiblis par la rupture de l'enceinte principale, s'effondrèrent à leur tour. Un rugissement de victoire s'éleva de l'armée valinguite. Il fut couvert par le hurlement inhumain sorti de la gorge de SarAhmour :

– La fille ! Je veux la fille !

En vociférant, les fantassins de Valingaï se ruèrent à l'assaut de la cité éventrée.

Suivi de ses hommes, le capitaine Orin se précipita vers la brèche. Malgré son courage et sa résolution, il marqua un temps d'arrêt en découvrant la marée humaine qui déferlait sur Hurindaï. Jamais sa cité bien-aimée ne résisterait à cette horde de barbares, pas avec ce trou béant dans ses remparts... Un vent de découragement souffla sur lui. Tout était perdu.

Il se ressaisit pourtant très vite et, brandissant son épée comme un étendard, il fondit sur les Valinguites. Dans sa hâte, il faillit piétiner le corps de la jeune Alavirienne qui s'était courageusement opposée au chef des Ahmourlaïs.

Elle gisait sur l'esplanade, inconsciente, peut-être morte. Orin aurait voulu l'aider mais, s'il s'arrêtait, les Valinguites pénétreraient dans Hurindaï. Ils tiendraient alors la première enceinte, la plus formidable des cinq protégeant la cité, la fin ne serait plus qu'une question de temps.

– Porte-la contre ce mur, cria-t-il à un de ses lieutenants et, en rageant, il reprit sa course.

Les Hurindites parvinrent à la brèche une minute avant les Valinguites. Ils se positionnèrent, pointèrent leurs lances, attendirent, mâchoires serrées et, pour beaucoup, la peur au ventre.

Le choc des deux armées fit autant de bruit qu'un monstrueux coup de tonnerre. Des hurlements guerriers s'élevèrent, très vite remplacés par le fracas des épées sur les boucliers et les cris des soldats qui s'écroulaient, mortellement touchés. En une poignée de secondes, la bataille devint une mêlée confuse et plus rien n'exista pour les hommes qui s'affrontaient que la volonté de tuer.

Tuer pour avancer.

Tuer pour résister.

Tuer pour ne pas être tué.

Debout sur un pan de muraille écroulée, le capitaine Orin galvanisait ses troupes de la voix. Il avait renoncé à utiliser son bouclier, trop encombrant, et combattait, une épée dans chaque main, avec une telle sauvagerie qu'un vide s'était créé autour de lui. Les plus audacieux des Valinguites hésitaient à l'assaillir et, enivrés par son exemple, les Hurindites se surpassaient.

Orin évita un coup de taille en se baissant, enfonça son épée droite dans le défaut d'une cuirasse tandis que la gauche ouvrait un sillon sanglant dans une cuisse. Il se redressa, repoussa du pied le corps du soldat qu'il avait occis, para une nouvelle attaque tout en exhortant ses hommes :

– Tenez bon ! Ils ne passeront pas !

Campé au milieu de la brèche, ruisselant du sang de ses ennemis, ses muscles puissants se jouant de la fatigue, ses épées brillantes semant la mort, il paraissait invincible. Un premier Valinguite recula, puis un deuxième, un troisième... Le mouvement se généralisa et un début de déroute s'amorça.

– Bande de lâches !

Le hurlement avait couvert le bruit de la bataille. Un colosse portant une armure étincelante fendit la masse des assaillants en plein désarroi. Il brandissait une redoutable épée à la lame dentelée qu'il maniait à deux mains.

– Lâches ! vociféra-t-il. Ce ne sont que des Hurindites, la lie du monde, des faibles ! Aussi vrai que mon nom est Darkhan Ruin, nous allons les anéantir !

Son arme tournoya et deux défenseurs s'effondrèrent.

Le capitaine Orin qui avait assisté à la scène poussa un rugissement de rage.

– Viens chercher ta mort, cancrelat ! hurla-t-il.

Il bondit à la rencontre du colosse.

Sans qu'il y ait concertation, les assauts les plus proches cessèrent. Comme cela arrive parfois au cœur des batailles féroces, Hurindites et Valinguites respectaient une trêve tacite pour permettre à leurs champions de s'affronter.

Un cercle se créa autour d'eux. Avide.

Orin et Darkhan Ruin se jaugèrent du regard puis se jetèrent l'un sur l'autre. Les lames se heurtèrent, s'échappèrent, revinrent en arcs éblouissants, se heurtèrent, encore et encore. Après un échange sidérant d'adresse et de puissance, l'épée du Valinguite s'abattit sur Orin avec assez de force pour le couper en deux. Les lames croisées de l'Hurindite la bloquèrent à mi-hauteur. Le capitaine esquissa une feinte sur le côté, mais un coup de pied vicieux le fit chanceler. Il n'eut pas le temps de retrouver son équilibre. Le colosse dégagea son arme et, dans un élan irrésistible, la planta dans la poitrine de son adversaire. Le cœur percé, Orin s'effondra.

Mort avant d'avoir touché le sol.

Un mugissement sauvage s'éleva de l'armée valinguite, tandis qu'un gémissement catastrophé parcourait les rangs hurindites et que les combats reprenaient plus farouches que jamais.

– Les faibles doivent périr ! tonna Darkhan Ruin.

Prodigieuse machine à tuer, il se rua en avant, sa monstrueuse épée lui frayant un passage parmi ses ennemis pris de panique. Ses hommes lui emboîtèrent le pas et, soudain, la voie fut libre.

Renonçant à protéger la brèche, les défenseurs s'enfuyaient, abandonnant la première enceinte aux mains de l'ennemi.

Darkhan Ruin élimina un dernier adversaire. Il ne doutait pas que ses hauts faits d'armes lui vaudraient la reconnaissance de SarAhmour, mais la reconnaissance, fût-elle celle du grand prêtre en personne, ne lui suffisait pas. Cette bataille était l'occasion d'obtenir le grade dont il rêvait. Celui qui lui permettrait d'entraîner sa propre cohorte pour les prochains jeux. Il lui suffisait de continuer à briller.

Il cherchait un moyen d'y parvenir lorsque ses yeux tombèrent sur une forme étendue près d'un mur, non loin de lui.

La fille !

Celle que, justement, SarAhmour exigeait qu'on lui ramène.

Darkhan Ruin se précipita.

Il arrivait sur sa proie lorsqu'un homme se laissa tomber devant lui du haut d'un parapet et lui barra le passage. Un homme qui ne portait pas d'armure, mais de simples vêtements de cuir sombre. Un homme qui ne tenait pas d'arme à la main. Un fou.

Le Valinguite abattit son épée.

Plus vif qu'un serpent, l'homme évita le coup qui aurait dû lui trancher la tête et, dans le même mouvement, frappa du poing.

Une fois.

À la hauteur du plexus solaire.

Darkhan Ruin fut projeté en arrière comme s'il avait heurté un mur.

Le souffle coupé, il lui fallut un instant pour reprendre ses esprits. Lorsqu'il y parvint, un rictus de haine se peignit sur son visage. Il empoigna son épée à deux mains.

– Tu vas mourir, larve d'Hurindite, cracha-t-il.

Le sabre d'Edwin chuinta en quittant son fourreau.

8

Extrait du journal de Kamil Nil' Bhrissau

Desmose !

Le mot n'existant pas, Liven l'a inventé pour qualifier notre groupe et le travail que nous effectuons. Un mélange de dessin et d'osmose.

Nos esprits se fondent lorsque nous pénétrons dans l'Imagination. Nous devenons un navire capable de cingler sur des vents merveilleux, bien plus loin que nous n'aurions pu le rêver en arpentant seuls les Spires. Liven est le capitaine de ce bateau, mais chacun de nous cinq est essentiel à son fonctionnement et sa cohérence.

Grâce à la desmose, je comprends enfin la frontière, je vois ces fameuses mailles qui menacent de céder sous la pression de la méduse, je sais où Liven nous entraîne.

Je n'ai plus peur.

9

L'étude des phénomènes climatiques laisse à penser que la terre qui s'étend à l'est de Gwendalavir est un continent bien plus vaste que le nôtre.

Encyclopédie du Savoir et du Pouvoir

Darkhan Ruin était un guerrier redoutable et expérimenté. Doué d'une force colossale, il passait des heures à s'entraîner au maniement de toutes les armes possibles et imaginables. Dans le monde implacable des combattants valinguites, il était considéré comme un épéiste hors pair. Et craint par les meilleurs.

Lorsque son adversaire tira son sabre, sa rage s'évanouit instantanément pour se transformer en une vigilante expectative. Contrairement à ce qu'il avait d'abord cru, l'homme face à lui n'était pas originaire d'Hurindaï. Ses vêtements, son arme, son attitude, le clamaient. Cela n'aurait eu aucune importance si sa garde n'avait été aussi parfaite et si ses yeux n'avaient dégagé une telle froideur. Une concentration totale que Darkhan Ruin n'avait observée que chez Yalissan Fiyr, le maître d'armes de KaterÃl. Une ressemblance qui incitait à la prudence…

Darkhan Ruin fit deux pas vers l'inconnu toujours immobile. Les soldats de Valingaï passaient dans son dos en courant, s'engouffrant dans la multitude d'escaliers et de ruelles qui conduisaient à la deuxième enceinte sans lui prêter attention. Il aurait pu appeler du renfort, charger quelques soldats d'éliminer l'homme au sabre pendant qu'il récupérait la fille ; cette idée ne l'effleura pas. Il se savait capable de régler seul ce problème.

Ses adversaires étaient toujours surpris par la rapidité avec laquelle il se mouvait. Une rapidité sans mesure avec sa corpulence qui, alliée à sa force, lui avait souvent offert la victoire dans les premiers instants de ses duels. Une fois encore, elle allait jouer en sa faveur. Il brandit son épée comme si elle avait été de plume, et l'abattit dans un geste impressionnant de fluidité et de puissance.

La suite se déroula trop vite pour qu'il ait une chance de réagir.

L'homme en cuir ne bougea qu'à l'ultime seconde. Sa lame frappa sèchement l'épée du Valinguite, la déviant juste assez pour ouvrir une brèche dans sa garde et s'y engouffrer. La pointe du sabre se ficha de vingt centimètres dans le cou de Darkhan Ruin avant d'en ressortir, ruisselante de sang.

L'assaut avait duré le temps d'une expiration.

Le colosse valinguite contempla stupidement son adversaire qui, ne lui prêtant plus aucune attention, avait déjà rengainé son sabre et s'agenouillait près de la fille.

Ce minable comptait-il vraiment s'en tirer ainsi ?

Il voulut relever son épée, la trouva aussi lourde qu'une montagne et sentit au même moment ses jambes flancher sous lui. Il tomba à genoux, sa vie s'échappant à gros bouillons de sa gorge ouverte. Ses yeux se posèrent une dernière fois sur l'inconnu. Il ne comprenait pas.

Il poussa un râle et s'écroula comme une masse.

Edwin chargea Ewilan sur son épaule, observa un instant la bataille qui faisait rage sur les murailles intérieures et dans les escaliers, puis porta ses doigts à sa bouche et poussa un long sifflement strident.

Une silhouette menue qui combattait sur les remparts se tourna dans sa direction. Le temps d'éliminer un adversaire d'un revers flamboyant, et Siam entreprit de se frayer un chemin vers son frère. Elle dansait sur les créneaux et les corps, frappant de la pointe et du tranchant de son sabre. Un sabre si rapide qu'il paraissait animé d'une vie propre. Il y avait peu de femmes dans l'armée valinguite. En la découvrant, ses adversaires marquaient souvent un temps d'arrêt qui leur était fatal. Ceux qui ne s'étonnaient pas mouraient aussi et Siam avançait, souriante et implacable.

Elle arriva très vite près d'Edwin.

– Est-elle... ? lui demanda-t-elle, une angoisse soudaine dans la voix.

– Non, juste inconsciente. Il faut rejoindre les autres et quitter cet endroit.

– Déjà ? On commence à peine à s'amuser...

– Hurindaï est perdue, Siam ! Tu joueras plus tard. Trouve-nous un moyen de gagner le palais sans encombre.

– On va passer au milieu de ce tas de nouilles, ce sera le plus rapide...

– Siam !

Le ton d'Edwin s'était durci. La jeune Frontalière acquiesça avec une moue dépitée.

– D'accord, on va se faire discrets.

Ils se mirent en route, évitant les zones de combats, se faufilant de ruelle en ruelle, effectuant maints détours pour progresser vers le palais. À plusieurs reprises, ils se tapirent dans l'ombre d'un mur pendant que des groupes de soldats, d'une armée ou d'une autre, passaient en courant à quelques mètres de leur cachette. Les habitants d'Hurindaï avaient fui leurs maisons pour se réfugier à l'abri de la deuxième enceinte, et les rues où l'on ne se battait pas étaient désertes.

Ils avaient presque atteint le deuxième rempart lorsqu'une escouade de guerriers valinguites fondit sur eux. Ils traversaient à ce moment-là une place vide décorée d'une fontaine et se trouvaient trop loin d'une rue pour que la fuite soit envisageable.

Edwin déposa Ewilan, toujours inconsciente, près de la fontaine tandis que Siam se portait à la rencontre des Valinguites. Lorsque son frère la rejoignit, elle avait déjà abattu un adversaire et ferraillait avec enthousiasme contre les autres. Très vite, les Alaviriens prirent le dessus sur les soldats pourtant beaucoup plus nombreux. L'affaire aurait été promptement réglée si des renforts n'étaient pas arrivés à l'improviste. Malgré leur adresse, Edwin et Siam ne pouvaient faire face à vingt guerriers entraînés. Ils commencèrent à reculer.

La situation était en passe de mal tourner lorsque Bjorn, accompagné d'un loup noir, apparut au sommet d'un escalier qui surplombait la scène.

– Ils sont là ! s'écria-t-il en les apercevant.

Mathieu surgit à ses côtés, sabre au clair. Ils dévalèrent ensemble la volée de marches et se jetèrent dans la bataille.

La hache du chevalier ouvrit immédiatement une large trouée dans les rangs valinguites. Mathieu et le loup s'y engouffrèrent, l'un tranchant, l'autre mordant, jusqu'à ce qu'un vent de panique s'empare des soldats. Les rares survivants tournèrent les talons et s'enfuirent.

L'image du loup se troubla et Salim, accroupi, apparut à sa place. Sans se soucier de sa nudité, il se précipita vers Ewilan.

– Elle va bien, le rassura Edwin. Elle est inconsciente, mais sa respiration est régulière. Artis saura s'occuper d'elle.

– Nous avons assisté à l'effondrement de la muraille depuis une terrasse du palais, expliqua Bjorn pendant que Salim tentait vainement de réveiller Ewilan. Nous nous sommes rués là-bas pour vous prêter main-forte, mais, le temps d'arriver, vous aviez disparu. C'est Salim sous sa forme de loup qui a retrouvé votre trace.

– Où sont les autres ? s'inquiéta Edwin. Je t'avais demandé de veiller sur eux.

– Artis et maître Duom sont restés au palais avec Illian. Le petit est dans tous ses états. Il hurle qu'il veut rejoindre les Valinguites tout en criant qu'il a peur d'eux et refuse de sortir du placard où il s'est réfugié.

– Et Ellana ?

– Pas de nouvelles depuis ce matin.

Edwin poussa un grognement de contrariété. Il jeta un coup d'œil au ciel qui se teintait de rouge tandis que les ombres des bâtiments s'allongeaient.

– La nuit sera bientôt là, dit-il. Les Valinguites vont certainement établir leurs positions à l'intérieur de la première enceinte et porter l'estocade finale demain. Le palais tiendra un peu plus longtemps, mais d'ici deux jours il ne restera plus une personne vivante pour raconter des histoires hurindites.

– Les Hurindites sont de valeureux combattants, leur cité résistera. Je me refuse à croire qu'il n'y a plus d'espoir ! l'apostropha Bjorn. Comment peux-tu te montrer aussi défaitiste ?

– J'ai assisté à suffisamment de batailles pour savoir quand une cité est perdue, asséna le maître d'armes. Les Hurindites n'ont aucune chance. Pas avec ces Ahmourlaïs face à eux.

Le chevalier serra les mâchoires.

– Tu es sûr de ce que tu avances ?

– Certain. Nous devrons être loin lorsque le soleil se lèvera.

– Plus facile à dire qu'à faire, grommela Mathieu. La cité grouille de Valinguites et à l'extérieur c'est pire.

– Remarque pertinente, nota Edwin avec un rictus sévère. Regagnons le palais.

Malgré la pression de l'armée valinguite, la deuxième enceinte avait tenu bon. Le groupe d'Alaviriens se faufila jusqu'à une poterne qui n'avait pas subi d'assaut et lorsqu'ils eurent décliné leur identité, on ouvrit pour eux une porte basse renforcée de clous métalliques.

Un officier leur fit franchir les autres enceintes et les guida jusqu'au palais où Juhin GitÃl les accueillit, la mine sombre. Il ne jeta pas un regard à Ewilan que portait toujours Edwin, mais désigna l'ouest d'un grand mouvement de bras.

– Le capitaine Orin est tombé en défendant la première enceinte. Mille de mes meilleurs hommes sont morts à ses côtés. Sans eux, Hurindaï ne tiendra pas. Il faudrait que...

– Sans Ewilan, votre cité ne serait plus qu'un tas de ruines, le coupa Edwin. Elle a besoin d'être soignée et je n'ai pas le temps d'écouter vos discours. Où sont nos amis ?

Juhin GitÃl émit un hoquet de surprise. Jamais personne ne lui avait parlé ainsi. Il dévisageait son interlocuteur, sur le point de se mettre en colère, lorsque l'inanité de son attitude lui sauta aux yeux.

– J'oubliais que vous n'êtes pas hurindites, soufflat-il d'une voix lasse. Vos compagnons se trouvent dans leurs appartements. Allez.

Lorsque, son précieux fardeau dans les bras, Edwin franchit la porte, Juhin GitÃl reprit sans se retourner :

– La petite s'est bien battue, mais SarAhmour n'a pas dit son dernier mot. Il est trop fort pour elle...

Il était seul lorsqu'il acheva sa phrase :

– ... il est trop fort pour nous tous !

10

Nous marchons depuis hier dans un océan d'herbes qui semble s'étendre jusqu'à l'autre bout de l'univers.

Légionnaire Padjil, *Journal personnel*

– Elle est en état de choc, diagnostiqua Artis Valpierre. Ses circuits énergétiques sont saturés d'ondes négatives. Je peux l'aider à les purger. Elle ne reprendra toutefois pas connaissance avant une heure. Au moins.

– C'est quoi des circuits énergétiques ? demanda Illian, debout près du lit où reposait Ewilan.

Le jeune garçon s'était calmé comme par magie lorsqu'il avait compris qu'elle était blessée. Serré contre un Salim aussi inquiet que lui, il avait assisté sans un mot au rêve qu'avait déroulé Artis.

– Des vaisseaux invisibles où circule non du sang mais de l'énergie, expliqua le rêveur. J'ai besoin de calme maintenant. Je vous propose donc de vous retirer afin que j'achève mon travail.

Comme chaque fois qu'il utilisait ses dons de guérisseur, Artis, d'ordinaire timide et introverti, s'était exprimé avec force.

Personne ne contesta ses ordres et, tandis qu'il s'immergeait dans un nouveau rêve, les compagnons quittèrent la pièce dans un silence complet.

Mathieu sortit le dernier et referma la porte derrière lui. Il était resté près de sa sœur durant le trajet entier, une main posée sur son épaule, l'autre refermée sur la poignée de son sabre, et l'inquiétude avait marqué ses traits. Siam s'approcha de lui.

– Merci pour le coup de main tout à l'heure, lui lança-t-elle avec cordialité.

Il tressaillit, ouvrit la bouche pour répondre, la referma, sourit fugitivement puis se rembrunit. Siam, qui avait suivi cette série de mimiques avec étonnement, écarquilla les yeux.

– Ça ne va pas ? demanda-t-elle.

Il haussa les épaules et alla s'asseoir à l'autre bout de la pièce. Son attitude, semblable à celle d'un enfant boudeur, aurait été cocasse s'il n'avait donné l'impression d'autant souffrir et personne ne hasarda le moindre commentaire.

Illian vint se planter devant Salim.

– Qui a fait ça à Ewilan ?

Salim n'avait aucune envie de parler et encore moins d'expliquer une guerre qu'il ne comprenait pas à un enfant de l'âge d'Illian. Celui-ci attendait toutefois une réponse et Salim céda.

– Un épouvantail en rouge qui adore balancer des ordres à tort et à travers.

– Comment il s'appelle ?

Illian était sérieux et sa question tout sauf anodine. Salim le contempla avec étonnement.

– Je n'en sais rien, avoua-t-il finalement. Il est laid, chauve et méchant, mais j'ignore son nom.

La voix d'Edwin s'éleva, sans intonation et pourtant menaçante.

– Il se nomme SarAhmour.

Illian poussa un cri plaintif, bondit dans les bras de Salim, dissimula son visage dans ses mains et se mit à pleurer. Malgré les paroles réconfortantes de ses amis, étonnés qu'un simple nom produise un tel effet, il refusa de bouger ou d'ouvrir les yeux pendant un long moment.

Ce n'est que lorsque l'attention se fut détournée de lui qu'il retrouva son calme. Tandis qu'Edwin et Bjorn envisageaient différents stratagèmes pour quitter Hurindaï, que Siam tentait de leur expliquer que rester pour se battre était préférable, il se hasarda à approcher sa bouche de l'oreille de Salim.

– Ahmour est très méchant, chuchota-t-il. Il ne faut pas parler de lui. Jamais.

Salim, conscient de l'effort que ces mots avaient demandé à Illian, hocha la tête d'un air entendu. Il ne souhaitait pas le perturber davantage et, de surcroît, était parfaitement d'accord avec lui. L'entité qu'adoraient les Valinguites était monstrueuse et il était urgent qu'Ewilan lui règle son compte... quand elle serait remise.

Comme un écho positif à ses pensées, la porte s'ouvrit et Ewilan apparut. Elle paraissait encore faible, mais se déplaçait seule et son teint ne possédait plus la pâleur qui, un peu plus tôt, avait effrayé ses amis. Avec un cri de joie, Illian quitta les bras de Salim pour se jeter dans les siens. Elle le serra contre elle en souriant.

– Tu vas mieux, on dirait, remarqua-t-elle.

– Non, c'est toi qui es guérie, répondit-il. Moi, personne ne m'a attaqué.

Le sourire d'Ewilan s'élargit. La situation était peut-être dramatique, mais elle retrouvait son Illian, celui qu'elle aimait, et cela la comblait de joie. Lorsque le jeune garçon se fut un peu calmé, elle expliqua à maître Duom qui la pressait de questions ce qui lui était arrivé.

– L'écran qui me protégeait a fini par voler en éclats, conclut-elle, mais l'ordre de mort n'était plus assez puissant pour être efficace. Il m'a assommée au lieu de me tuer. Les Valinguites ont-ils réussi à entrer dans la cité ?

– Oui, répondit Edwin. Leurs prêtres ont fait exploser la muraille extérieure.

– La méduse les aide, murmura Ewilan soudain grave. J'ai senti sa présence dans le médaillon que tenait SarAhmour...

Ses yeux se posèrent sur Illian toujours blotti dans ses bras. Il était redevenu tel qu'elle le connaissait. Était-ce parce que Ahmour était occupé ailleurs ? À aider ses prêtres par exemple ? Les transformations qui avaient affecté le jeune garçon pouvaient-elles être imputées à la méduse ou aux Ahmourlaïs ? Risquait-il de changer à nouveau ? Ces questions, et les réponses qu'elle devinait, ouvraient d'inquiétantes perspectives qu'elle se promit d'explorer très vite.

– Raison de plus pour filer d'ici au plus tôt, insista Edwin. Où diable Ellana est-elle allée se fourrer ? N'a-t-elle pas...

Remarquant un pli soucieux sur le visage d'Ewilan, il s'interrompit.

– Que se passe-t-il ? Tu sembles contrariée.

– Le médaillon que j'évoquais tout à l'heure...

– C'est un objet de pouvoir, intervint maître Duom. Il augmente la puissance de celui qui le détient.

– Il représente bien plus que cela ! C'est une partie d'Ahmour ou au moins une balise qui le guide vers notre dimension.

– Si tel est le cas, s'exclama Bjorn, il faut le détruire.

– Peut-être. Le médaillon est la clef que j'ai entrevue lorsque l'Œil d'Otolep m'a sauvée, le moyen de renvoyer la méduse chez elle. La Dame me l'a confirmé.

– Une clef ?

– Oui, même si j'ignore encore comment l'utiliser. Nous devons la récupérer.

Une moue dubitative se peignit sur les visages de ses compagnons.

– Plus facile à dire qu'à faire, risqua Bjorn.

– Et totalement hors de question pour le moment, trancha Edwin.

– Mais…

– Écoute et réfléchis, la coupa le maître d'armes. Nous n'avons aucune chance de nous glisser jusqu'à SarAhmour et son médaillon sans être repérés. Pas au milieu d'une armée sur le pied de guerre. En revanche, atteindre Valingaï nous offre la possibilité de retrouver à la fois tes parents et ce SarAhmour lorsqu'il rentrera après avoir achevé son sale boulot. Ainsi…

Il sourit avant de poursuivre :

– … nous mènerons chacun notre mission à bien.

Ewilan resta pensive un instant puis hocha la tête.

– D'accord.

Illian avait suivi l'échange avec beaucoup d'attention. Il tira sur la main d'Ewilan, l'obligeant à se pencher vers lui.

– Pourquoi vous vous battez contre les Valinguites ? demanda-t-il.

Ewilan se raidit. Ce qu'elle craignait était-il en train de se produire ? Ahmour reprenait-il possession d'Illian ? La mine attentive du jeune garçon la rassura. Il ne fallait voir dans ses paroles qu'une inquiétude légitime et des difficultés à appréhender une situation complexe.

– Nous ne combattons pas les Valinguites, tenta-t-elle de lui expliquer. Nous sommes coincés dans la guerre qui oppose deux cités. Nous avons beau souhaiter la paix, nous devons nous défendre quand on nous attaque.

– Pourquoi ne pas l'expliquer aux Valinguites ? Ils comprendraient et nous laisseraient partir.

– C'est un peu plus compliqué. Tous les Valinguites ne sont pas aussi gentils que tu le penses. Certains, au contraire, sont très méchants. Les Ahmourlaïs par exemple... Tu vois, toi-même tu frissonnes en entendant leur nom. Crois-tu qu'ils nous laisseraient partir si on le leur demandait poliment ? Non, bien sûr. C'est pour ça qu'Edwin cherche un moyen de nous faire quitter Hurindaï discrètement.

Une voix joyeuse s'éleva à l'entrée de la pièce.

– Edwin ne cherche pas seul, petite sœur.

– Ellana ! s'exclama Ewilan. Mais où étais-tu ?

– J'ai passé la journée à vous préparer une promenade nocturne avec frissons et sensations garantis.

– Tu...

– Tout à fait. J'ai cru comprendre que vous souhaitiez quitter cette charmante cité, alors, si plus rien ne vous retient ici, je vous propose de me suivre.

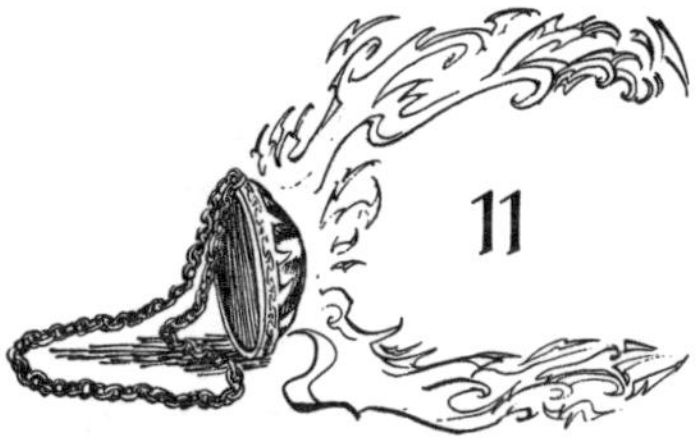

11

Ceux qui prétendent qu'il y a eu un temps avant Ahmour périront par le feu.

Livre noir des Ahmourlaïs

La nuit était tombée, mais les torches placées à intervalles réguliers sur les façades repoussaient l'obscurité, leur lumière mouvante renforçant l'impression d'étrangeté qui planait sur les rues d'Hurindaï.

Malgré l'heure tardive, il y avait foule. Une foule silencieuse et prostrée. Si beaucoup d'habitants de la première enceinte avaient trouvé refuge chez des membres de leur famille ou des amis, de nombreux autres s'étaient installés sur les places au milieu des quelques possessions qu'ils avaient réussi à sauver.

Des centaines d'Hurindites campaient ainsi, le visage marqué par la fatigue et l'angoisse, discutant à voix basse, sans quitter leurs enfants des yeux, une arme, épée, hache ou parfois simple faucille, à portée de la main.

Des soldats patrouillaient à pied, veillant à l'ordre et distribuant de la nourriture à qui en faisait la demande. Malgré la rude journée qu'ils avaient vécue et celle, pire, qui les attendait, ils n'hésitaient pas à prodiguer des paroles rassurantes, faisant preuve d'une étonnante humanité.

Ewilan, la gorge nouée, observait ce spectacle alors qu'à la suite de ses compagnons, elle s'enfonçait dans la ville, à l'est du palais. Hurindaï était perdue. Edwin l'avait affirmé mais, le maître d'armes aurait-il celé sa conviction, Ewilan serait arrivée seule à une conclusion similaire. L'armée valinguite était trop forte, les Ahmourlaïs trop puissants. Il ne leur avait fallu que quelques heures pour s'emparer de la première enceinte, une enceinte défendue par des murailles formidables qui n'avaient jamais cédé. Des murailles qui désormais n'étaient que ruines.

– Que vont devenir les Hurindites ? demanda-t-elle à Bjorn qui marchait à ses côtés.

Le chevalier haussa les épaules.

– Je n'en sais rien. J'espère que les soldats de Valingaï se montreront cléments envers la population mais, honnêtement, j'en doute.

– Que veux-tu dire ?

– S'ils sont commandés par des hommes sensés, des soldats se livrent rarement à des exactions sur les habitants des cités qu'ils envahissent. Ils font leur métier, combattre les soldats ennemis, et s'en tiennent là. En revanche, s'ils sont guidés par des fous sanguinaires, le pire peut arriver. La guerre révèle souvent des aspects cachés de l'âme humaine. Des aspects bien sombres...

Comme pour confirmer les paroles de Bjorn, un hurlement s'éleva soudain de la première enceinte. Un hurlement de souffrance insoutenable qui vrilla les oreilles d'Ewilan, et la fit trembler d'effroi.

Illian se blottit contre elle en fermant les yeux de toutes ses forces. Un enfant éclata en sanglots avant de courir se réfugier dans les bras de sa mère, les regards se durcirent, des poings se serrèrent, un soldat hurindite lança une malédiction avant de reprendre sa ronde, les yeux emplis de haine.

– Qu'est-ce que c'était ? s'émut Salim.

– La mort, cracha Edwin. Une mort sale et violente. Inutile de chercher à en savoir davantage.

– Mais...

– Inutile, je t'ai dit. Estimons-nous heureux qu'Ellana puisse nous faire sortir d'ici.

La marchombre, qui marchait en tête, se retourna pour lui adresser un sourire enjôleur.

– J'aime quand tu reconnais mes capacités. Nous avons toutefois intérêt à accélérer, juste au cas où les Valinguites décideraient de ne pas attendre et d'achever dès cette nuit le travail qu'ils ont si bien commencé.

Ses paroles jetèrent un froid et les compagnons pressèrent le pas.

Ellana avait refusé de révéler les détails du plan qu'elle avait élaboré pour quitter Hurindaï.

– La curiosité est un vilain défaut, leur avait-elle assené alors qu'ils insistaient. Je vous conseille seulement de me suivre. Vite et en silence.

– Et les chevaux ? avait demandé Siam.

– Désolée, je ne suis pas magicienne. Cela dit, les chevaux étant trop précieux pour que des soudards les massacrent, ils sont sans doute moins en danger que les habitants de cette cité. Lorsque nous serons à Valingaï, Ewilan mettra la main sur le médaillon et nous récupérerons Murmure et les autres. Logique, non ?

Personne n'avait répondu.

Suivant les conseils de la marchombre qui ressemblaient fort à des ordres, ils ne s'étaient chargés que du strict nécessaire, armes, eau et quelques provisions, puis avaient quitté le palais. Discrètement.

Comme ils s'éloignaient vers l'est et l'échine du Serpent, Hurindaï devint plus calme, les rues se vidèrent, les torches s'espacèrent. Bientôt, les compagnons furent seuls. Écrasées par les impressionnantes montagnes qui les dominaient, les maisons de cette partie de la cité ne devaient bénéficier de la lumière du soleil qu'une poignée d'heures l'après-midi. Les Hurindites qui y vivaient étaient moins aisés que ceux des quartiers ouest, les façades moins soignées, les fenêtres moins nombreuses et plus petites.

Ellana bifurqua dans une venelle qui sinuait entre des bâtisses aux murs ventrus. Ils gravirent un escalier biscornu, passèrent sous un porche, empruntèrent une ruelle encore plus étroite que la première, un autre escalier et débouchèrent finalement sur une placette obscure pavée de dalles irrégulières et mal jointes.

Ewilan dessina une flamme.

Hurindaï s'arrêtait là.

Au pied d'une falaise hallucinante de hauteur.

Monstrueuse de verticalité.

L'échine du Serpent.

Bjorn tourna la tête, cherchant le chemin dont avait parlé Ellana. Les autres échangèrent des regards où l'inquiétude le disputait à la stupéfaction. Ils étaient en train de comprendre.

Le premier, Salim rompit le silence.

– Tu as grimpé ça ?

Ellana lui renvoya un sourire satisfait.

– Grimpé et descendu, jeune apprenti. Prends-en de la graine. J'en ai encore les avant-bras meurtris et le bout des doigts écorché.

– Waouh ! s'exclama Salim. À côté de toi, Spider-man est une nouille ramollie. Comment as-tu…

– Bel exploit, certes, le coupa maître Duom, mais j'espère que tu ne nous as pas imposé ce trajet uniquement pour nous faire admirer tes prouesses. Où se trouve la sortie que tu as mentionnée ?

– Là-haut, répondit Ellana, incapable de dissimuler sa jubilation devant la mine ébahie de l'analyste.

– Là-haut ! répéta ce dernier. Tu veux dire que…

– … nous allons escalader cette falaise, tu as deviné !

– Il n'en est pas question ! s'indigna maître Duom. J'ai passé l'âge de jouer à l'acrobate et je refuse de me rompre les os en me prenant pour une araignée.

– Te rompre les os ? Tu plaisantes ! J'ai passé la journée à transformer cette paroi en escalier pour vieillard cacochyme. Avec de la chance et pour peu que vous ne soyez pas les nouilles ramollies dont parlait Salim, la plupart d'entre vous atteindront le sommet. On continue ?

12

Encore un paradoxe : le conseil de la guilde est un guide mais un marchombre n'a pas besoin de guide.

Ellundril Chariakin, chevaucheuse de brume

– **E**dwin, je crois qu'il serait prudent que tu prennes Illian sur ton dos. Certains passages sont impressionnants, il ne faudrait pas qu'il panique. Bjorn, je suis désolée mais tu dois abandonner ton armure.

– Quoi ?

– Tu as très bien entendu. Si tu la gardes, tu n'atteindras jamais le sommet.

– Tu sous-estimes ma puissance physique, jeune femme. Je serais tout à fait capable de grimper là-haut en portant mon cheval, crois-tu vraiment que quelques kilos d'acier m'effraient ?

Ellana poussa un long soupir.

– Nous allons nous encorder, Bjorn et, si je ne sous-estime pas tes muscles, je ne me fais pas non plus d'illusion sur ton poids. Tu es lourd. Suffisamment pour qu'en cas de faux pas tu nous entraînes avec toi. Si mes échelons sont résistants, ils ne sont pas conçus pour résister à la chute d'un pachyderme.

– Un pachyderme ? Sais-tu que tu t'adresses à Bjorn Wil' Wayard, chevalier de l'Empire, pourfendeur de monstres et dévoreur de quêtes épiques ?

– Il n'y a pas que les quêtes que tu dévores ou alors tu les choisis trop grasses, rétorqua Ellana sans se démonter. J'ai toutefois beaucoup de respect pour toi et je retire volontiers le mot pachyderme. Maintenant soyons clairs, si tu n'enlèves pas immédiatement ta panoplie de pourfendeur de monstres, je m'en occupe à ta place. Tu risques d'être surpris du résultat...

Bjorn émit un borborygme menaçant, mais entreprit de défaire les lacets de cuir retenant les différentes parties de son armure. Salim, compatissant, vint à son aide pendant qu'Edwin, aidé de Mathieu, confectionnait un harnais pour Illian. Lorsqu'ils eurent fini, Ellana en testa la solidité puis, satisfaite, se planta devant ses amis.

– J'ai équipé la falaise de barreaux métalliques que vous utiliserez comme une échelle, sans vous soucier du vide ou de la hauteur. La corde qui nous reliera ne servira qu'à vous secourir en cas de chute. Nous ne l'emploierons pour grimper qu'à la fin de notre parcours, afin de franchir un passage en surplomb. L'obscurité sera la seule véritable difficulté, mais si vous conservez votre calme vous réussirez à repérer la voie. Je passe en premier, Edwin me suit, puis...

– Il serait préférable que je sois deuxième, intervint Ewilan. Je m'occuperai ainsi du problème de l'obscurité.

Ellana la considéra un instant, avant de hocher la tête avec un sourire.

– Bien vu, petite sœur. Ewilan, donc, derrière moi, puis Edwin, Siam, Mathieu, Artis, Bjorn. Duom, je te place en queue de cordée afin que tu n'aies personne à retenir en cas de problème.

– Et moi ? s'exclama Salim.

– Tu ne t'encordes pas. Je veux que tu sois libre de tes mouvements pour intervenir si quelqu'un reste bloqué.

Salim se rengorgea devant cette preuve de confiance, mais ne put s'empêcher de poursuivre :

– Et si je tombe ?

Ellana lui assena une bourrade amicale sur l'épaule.

– Estime-toi heureux que je te laisse utiliser les échelons. Cette paroi n'est qu'une formalité pour qui se targue de devenir marchombre.

Elle mentait avec tant d'assurance que Salim ne s'offusqua pas. Il la regarda sortir une corde de son sac et la nouer autour de la taille de chacun des compagnons.

– J'ai un peu peur, murmura Illian en s'agrippant aux épaules d'Edwin.

Artis lui passa la main dans les cheveux.

– Tu as de la chance, le réconforta-t-il. Moi, je suis mort de frousse !

Ellana lui adressa un clin d'œil appréciateur avant de s'approcher de la falaise et de poser le pied sur une tige métallique fichée à un mètre du sol. Outre la pénombre, ses dimensions, discrètes, expliquaient que personne ne l'ait remarquée. Ellana en empoigna une deuxième un peu plus haut et se hissa sur la première.

– Une échelle, je vous dis. C'est parti !

Lorsqu'elle sentit se tendre les trois mètres de corde qui la séparaient de la marchombre, Ewilan éteignit la lumière qui brillait toujours au bout de ses doigts, plongeant ses amis dans le noir complet. Elle saisit le premier barreau et se glissa dans l'Imagination. L'acier se mit à briller doucement d'une lueur bleue parfaitement distincte.

– Et en plus c'est joli, commenta Ellana au-dessus d'elle.

13

Ahmour est un. À jamais.

Livre noir des Ahmourlaïs

Mètre après mètre, les compagnons se hissèrent le long de la paroi rocheuse. La voie ouverte par Ellana louvoyait de corniche en corniche, passant sous des surplombs impressionnants, contournant des arêtes vives et des dièdres délicats pour dénicher des passages là où il ne semblait y en avoir aucun. Le halo dont Ewilan nimbait les échelons guidait ses amis, mais n'était pas assez intense pour qu'ils mesurent la hauteur à laquelle ils se trouvaient. Ils grimpèrent donc assez vite jusqu'au moment où les lumières d'Hurindaï se découpèrent au-dessous d'eux.

Loin dessous.

Très loin.

Cette découverte agit comme un électrochoc. Maître Duom et Artis, sujets au vertige, eurent un même hoquet d'effroi. Le vieil analyste vacilla, se pencha, attiré par le vide. D'une secousse ferme, Bjorn le ramena contre la paroi.

– Pas de blague, s'écria le chevalier d'une voix forte. Ellana a dit que c'était une échelle. Vous n'allez pas vous casser la pipe d'une échelle, non ?

La cordée entière avait stoppé son ascension. Salim se hissa souplement jusqu'à maître Duom.

– Ça ne va pas ? s'inquiéta-t-il.

– Il me faut juste une seconde pour reprendre mon souffle, le rassura l'analyste. Comment diable a-t-elle pu arriver jusqu'ici ? Et poser ces barreaux ? C'est incompréhensible !

Salim hocha la tête. Il connaissait les extraordinaires capacités de la marchombre, pourtant une fois encore Ellana le sidérait. La falaise était lisse, vertigineuse. L'escalader était un exploit digne de figurer dans le grand livre des légendes, l'équiper comme Ellana l'avait fait tenait du miracle ou de la magie. Si encore elle lui avait demandé son concours. À deux, l'un assurant, l'autre fixant les échelons, la prouesse devenait concevable. Dangereuse, éreintante, hasardeuse, mais concevable. Or Ellana avait agi seule.

– Elle est très forte, répondit Salim. L'adjectif est piteux, je sais, inutile de m'en faire la remarque. On continue ?

Le vieil analyste opina en silence avant d'empoigner un barreau et de se hisser d'un pas. L'ascension reprit, plus lente qu'au début, mais sans véritable problème. Il leur fallut deux heures pour atteindre une première vire, étroite mais horizontale, qui surplombait la cité d'au moins trois cents mètres. Pendant qu'ils se désaltéraient, éclairés par la lumière qu'avait dessinée Ewilan, Ellana les félicita pour leur endurance.

– Tu ne crains pas que des personnes malintentionnées utilisent la voie que tu as tracée pour nous suivre ? s'enquit Ewilan.

Elle évitait de mentionner les Valinguites afin de ne pas perturber davantage Illian, précaution que ses compagnons avaient tacitement décidé d'imiter. La marchombre haussa les épaules.

– Il faudrait d'abord qu'elles la découvrent, ensuite qu'elles soient capables de l'emprunter et enfin qu'elles se fassent pousser des ailes pour franchir le dernier passage. Vous avez remarqué ? Il y a de l'agitation en bas.

Ils tournèrent la tête vers l'ouest. À l'intérieur de la première enceinte, des feux de camp gigantesques chassaient la nuit et révélaient une activité intense. Une multitude de soldats s'activaient à des tâches dont la finalité était limpide : ils se préparaient à reprendre le combat.

– Ils n'attendront pas le matin, n'est-ce pas ? demanda Siam à son frère.

Edwin prit le temps d'observer la scène avant de répondre.

– Je ne pense pas.

– Ne faudrait-il pas avertir Juhin GitÃl ?

– Ce qui se déroule derrière ses murailles ne doit pas échapper à ses guetteurs. Nous ne lui apprendrions rien.

– Redescendons aider les Hurindites, alors, insista Siam. J'ai la sensation de m'esquiver comme une lâche.

– Dis-toi que tu obéis aux ordres, maudis-moi en silence et cesse de répéter mille fois tes sempiternelles stupidités.

Edwin avait parlé avec brusquerie, sa voix, d'ordinaire posée, s'enflant jusqu'à devenir menaçante, signe d'un réel malaise. Fuir le combat n'était pas une décision facile et, sans les responsabilités qui lui incombaient, il serait sans nul doute resté sur les murailles de la cité pour accueillir les Valinguites. Siam en prit conscience en même temps que ses amis et elle fut reconnaissante à Ellana qui, en décrétant que la pause avait assez duré, lui offrait une échappatoire bienvenue. L'ascension reprit, difficile, fatigante, heureusement ponctuée d'arrêts permettant de récupérer.

Artis Valpierre rata un échelon alors que la nuit était bien entamée et que la dernière vire n'était plus qu'à quelques mètres. Il poussa un cri bref et bascula en arrière. Bjorn se cramponna à la paroi, mais il lâcha prise sous l'impact et tomba à son tour, entraînant maître Duom dans sa chute.

Mathieu avait agi avec une prodigieuse rapidité dès qu'il avait entendu le cri d'Artis. Avant que la corde ne se tende, il lui fit décrire une double boucle autour d'un échelon, l'attrapa d'une main, et de l'autre empoigna le rocher. Il banda ses muscles dans l'attente de la secousse qui n'allait pas manquer de survenir. Elle faillit lui démettre l'épaule, mais il tint bon. Suspendus dans le vide, Artis, Bjorn et maître Duom gesticulèrent jusqu'à ce qu'Ellana leur ordonne de cesser. Voyant qu'ils étaient incapables de retrouver seuls leur place, elle appela Salim à la rescousse. Contournant l'analyste, le garçon se hissa jusqu'à Bjorn. Il tendit le bras et agrippa le chevalier par la ceinture.

– Cesse de te faire remarquer, veux-tu ? lui lança-t-il en l'attirant vers lui.

Bjorn, haletant, réussit à saisir un échelon. Il posa ses pieds sur un autre, ce qui plaqua Artis contre la falaise. Une fois le rêveur en sécurité, s'occuper de maître Duom ne prit qu'un instant.

Mathieu poussa un soupir de soulagement lorsque la tension dans son épaule disparut.

– Tu as été génial ! lui lança Siam.

Un tel compliment prononcé quelques jours plus tôt aurait empli de joie le cœur du jeune homme. Là il le laissa curieusement indifférent. Bjorn vérifia que sa hache pendait toujours dans son dos, non sans avoir au préalable serré la main de Salim avec émotion.

Lorsque le rythme cardiaque de maître Duom fut revenu à la normale, la progression reprit jusqu'à la vire. Elle était dominée par un surplomb impressionnant constitué d'une seule dalle de rocher parfaitement lisse. Infranchissable. Une double corde pendait pourtant de son sommet, preuve qu'Ellana s'était jouée de l'obstacle.

– Nous touchons au but, annonça la marchombre. Le sommet est juste au-dessus. Une fois que nous l'aurons atteint, la suite sera une simple promenade.

– Une fois que nous l'aurons atteint ! releva maître Duom encore sous le choc de sa mésaventure. Je crains que ce soit plus facile à dire qu'à faire.

– Tu n'auras pas à te fatiguer, le rassura Ellana. La corde coulisse dans un anneau là-haut qui fait office de poulie. Engage un pied dans la boucle nouée à une des extrémités, Bjorn tirera sur l'autre et tu te retrouveras en haut avant de te rendre compte que tu montes.

– Présenté ainsi, c'est différent, admit l'analyste. Comment t'es-tu débrouillée pour passer ? Je suppose que la corde ne t'attendait pas.

– Secret marchombre.

Depuis des mois, Ellana ne dissimulait plus son appartenance à la guilde, et ses amis avaient tendance à oublier que ce privilège leur était réservé. Les marchombres cultivaient le secret, ne révélant jamais leur nature et leurs compétences. Ellana avait beau jouer franc jeu, une part de sa personnalité demeurait énigmatique. Personne d'ailleurs ne chercha à en apprendre davantage sur les moyens qu'elle avait employés pour franchir le surplomb.

Un à un, Bjorn hissa ses compagnons jusqu'au sommet. Il fut ensuite tracté par Edwin et Mathieu. Pendant qu'Ellana lovait la corde, ils détaillèrent les alentours. Ils se trouvaient sur un plateau rocailleux surmonté de pics escarpés et traversé par des barres rocheuses impressionnantes. Pourtant, comme l'avait prédit Ellana, sentes et éboulis peu pentus étaient nombreux, la progression vers l'est promettait d'être aisée, au moins jusqu'au moment où il faudrait redescendre. Maître Duom ouvrait la bouche pour s'en féliciter lorsqu'une clameur sauvage s'éleva dans leur dos. Ils se précipitèrent vers le rebord de la falaise.

Des centaines de mètres plus bas, l'armée de Valingaï passait à l'attaque.

Dans un fracas de fin de monde, la muraille de la deuxième enceinte s'écroula, les hordes valinguites déferlèrent sur Hurindaï.

Edwin se redressa, tournant le dos à l'ouest.

– En route, dit-il simplement.

VALINGAÏ

1

Le vent incessant qui balaie les plaines Souffle est dû aux échanges thermiques importants entre la région des Crache-Flammes et les Marches de Glace.

Thésaurus katinite de la connaissance

Sans les cordes, il eût été impossible de descendre de l'échine du Serpent. Cette chaîne de montagnes était aussi escarpée que les Dentelles Vives et dix fois plus imposante. Salim se maudit plusieurs fois d'avoir oublié le fil d'Hulm. Grâce à son ingéniosité et à ses étonnantes compétences, Ellana réussit toutefois à conduire le groupe à bon port.

Après la traversée des crêtes et avant d'entamer la descente, alors que le soleil se levait devant eux, éblouissant et majestueux, ils s'étaient campés au sommet d'une falaise pour admirer le fabuleux panorama qui s'étendait sous leurs yeux. D'abord une succession de collines arrondies, faiblement boisées, puis une plaine immense d'un vert intense, presque irréel, où un fleuve paraissant aussi grand que le Pollimage déroulait ses lourds méandres.

Démesuré.

Démesuré, le seul mot qui venait à l'esprit en découvrant le paysage. Démesuré et sauvage puisque aucune trace d'activité humaine n'était visible. Ni piste, ni route, ni ville ou village. Rien que la nature et sa prodigieuse créativité. Valingaï étant censée se situer à quatre jours de cheval d'Hurindaï, le point de vue exceptionnel offert par l'échine du Serpent aurait dû permettre de la discerner mais il n'en était rien. C'était donc avec une pointe d'appréhension concernant la suite de leur périple qu'Ellana avait jeté sa première longueur de corde dans le vide.

À mi-chemin de leur progression, ils rencontrèrent un vent violent qui les ralentit en les obligeant à redoubler de précautions. Les plus légers d'entre eux étaient ballottés en tous sens et plus d'une fois les muscles puissants de Bjorn furent mis à contribution.

Lorsqu'ils prirent pied sur les contreforts rocheux qui délimitaient la base de l'échine du Serpent, ils étaient éreintés par les efforts fournis et une nuit blanche. Suivant un accord tacite passé avec Ellana, Edwin reprit la tête de l'expédition. Il ordonna une halte et exigea que tout le monde se repose quatre heures. Il s'arrogea d'autorité la garde du camp de fortune, mais ses compagnons étaient bien trop las pour la lui disputer.

Lorsqu'ils s'éveillèrent, ils avaient suffisamment récupéré pour envisager sans désespérer la longue marche qui les attendait. Edwin les surprit en les entraînant droit vers le sud.

– Je croyais Valingaï à l'est, marmonna maître Duom.

– C'est le cas, lui répondit Bjorn.

– Pourquoi, alors, Edwin nous fait-il effectuer ce détour ?

– Aucune idée. Allez lui demander des explications. Il n'a pas fermé l'œil depuis trente heures, il sera sans doute prêt à vous les fournir avec le sourire...

Le vieil analyste réfléchit un instant puis choisit de s'abstenir. Bjorn, heureux de sa répartie, dissimula sa mine réjouie en réajustant sur ses épaules le harnais où dormait Illian. Le jeune garçon s'était assoupi peu de temps après le sommet de l'échine du Serpent et les secousses de la descente n'avaient pas réussi à le tirer du sommeil. Les compagnons n'étaient chargés que du strict minimum toléré par Ellana, aussi le petit-déjeuner avait-il été frugal, pain et viande séchée.

Edwin tenait son arc à la main, une flèche encochée, mais ce n'était visiblement pas le gibier qu'il guettait. Ils avaient presque atteint la plaine lorsque le maître d'armes désigna une trace rectiligne, large d'au moins deux cents mètres, qui s'engouffrait dans un défilé entre les falaises sur leur droite et, de l'autre côté, disparaissait à l'horizon. L'herbe y avait été foulée jusqu'à se fondre avec la terre, formant une piste où l'ocre dominait et tranchait sur le vert environnant.

– Qu'est-ce que c'est ? interrogea Artis Valpierre. Cela ne paraît pas naturel.

– Ça ne l'est pas, répondit Edwin. Ce que tu vois est la trace laissée par l'armée valinguite.

– Wahou ! s'exclama Salim. Une sacrée tondeuse à gazon !

– C'est donc ce que tu cherchais, fit maître Duom à Edwin.

– Oui.

– Bonne idée. Cette piste facilitera notre progression.

– Nous ne l'emprunterons pas, rectifia Edwin. Il est probable que des soldats valinguites la remonteront après la bataille et je n'ai aucune envie qu'ils nous rattrapent. En revanche, nous savons désormais que Valingaï se trouve dans cette direction.

– Sauf si l'armée n'a pas marché en ligne droite, intervint Mathieu.

Siam lui jeta un regard navré.

– Un commandant, pour peu que son cerveau soit plus gros qu'une noix, évite d'imposer des détours inutiles à cent mille hommes partant se battre. Tu peux être certain que Valingaï se dresse là où l'a indiqué mon frère.

Elle avait beau s'être exprimée d'une voix dépourvue d'ironie, Mathieu se raidit et la fusilla des yeux. Il s'était apaisé depuis son exploit lors de l'escalade de l'échine du Serpent, pourtant, lorsqu'il répondit à Siam, ce fut sur le ton hargneux de celui qui ressasse sa rancœur depuis trop longtemps :

– Je ne suis certain que d'une chose, mais la politesse m'interdit de te la révéler. N'insiste quand même pas trop...

Sans attendre la réaction de Siam, il s'éloigna d'un pas rageur. Ewilan, soucieuse, l'observa avec attention. Devait-elle intervenir ? Ne risquait-elle pas en le faisant d'aggraver la situation ? Une question d'Artis Valpierre la tira de ses pensées.

– Quelqu'un sait-il ce que sont ces points blancs à l'horizon ?

Ewilan regarda dans la direction qu'indiquait le rêveur et à son tour discerna de minuscules taches claires qui se déplaçaient avec vélocité, à la limite de leur champ visuel. Malgré leur position légèrement dominante, il leur fut impossible d'en découvrir davantage. Illian aurait peut-être pu les renseigner, mais il dormait toujours, la tête posée sur l'épaule solide de Bjorn.

– Nous verrons le moment venu, trancha Edwin. En route.

Le vent soufflait en continu, transformant la prairie en une mer verte agitée de frissons qui, au gré des rafales, devenaient houle avant de s'apaiser. Les herbes, très denses, montaient au-dessus des genoux des marcheurs, ce qui ne facilitait pas leur progression. Edwin avançait en tête, son arc à la main, tandis que Mathieu et Salim formaient l'arrière-garde. Aucun danger, aucune trace de prédateur n'étaient visibles, mais la vigilance restait de mise, et ils étaient parés à réagir instantanément en cas de nécessité. Illian s'éveilla alors qu'ils avaient quitté les contreforts de l'échine du Serpent depuis plus de deux heures.

– Les plaines Souffle des khazargantes, annonça-t-il en observant le paysage.

Bjorn, qui venait de le poser à terre, s'agenouilla pour se placer à sa hauteur.

– Cela signifie-t-il que Valingaï est proche, bonhomme ?

– Les plaines Souffle mesurent mille kilomètres d'est en ouest et le double du nord au sud, débita le jeune garçon comme il aurait récité une leçon. Ahmour seul sait où nous sommes et les desseins d'Ahmour sont impénétrables. Valingaï est là où Ahmour veut qu'elle soit.

Il avait prononcé la fin de sa tirade sur un ton monocorde qui avait mis en relief l'étrangeté de ses propos sans rapport avec son âge. Ewilan se précipita sur lui et l'empoigna par les épaules. Il avait le regard dans le vague et dodelinait de la tête. Elle le secoua.

– Illian, qu'est-ce que tu racontes ? Réveille-toi ! Illian !

Il s'ébroua, cligna plusieurs fois des yeux avant de les fixer sur Ewilan. Un sourire s'épanouit sur son visage.

– Ewilan ! s'exclama-t-il d'un air ravi. J'ai fait un drôle de rêve. J'étais le roi de Valingaï. J'avais un fouet noir long long long et tout le monde m'obéissait...

– Je ne trouve pas que ce soit un rêve très drôle.

– Pourquoi tu parles comme ça ? s'étonna-t-il. Tu es fâchée ?

– Non, bien sûr que non, le rassura-t-elle. Tu as bien dormi ? Tu es reposé ?

Illian acquiesça avant de regarder autour de lui.

– Nous sommes dans les plaines Souffle des khazargantes, non ? Valingaï est encore loin ?

Ewilan lui caressa doucement la joue, tentant de dissimuler l'inquiétude qui la rongeait.

– Il nous reste du chemin à parcourir, mais nous arriverons bientôt à Valingaï... Je te le promets.

2

Les Haïnouks, les Fils du Vent, sont l'unique exception à l'usage qui veut que les hommes vivent dans des cités-états.

Thésaurus katinite de la connaissance

Leur première nuit dans les plaines Souffle se déroula sans incident. Un hurlement qu'Edwin ne parvint pas à identifier s'éleva lors du deuxième tour de garde mais, bien qu'il ait certainement été poussé par un prédateur, celui-ci ne se montra pas. Les compagnons dormirent donc tout leur saoul avec, pour ne rien gâter, l'estomac plein. Pendant la journée, Ellana avait en effet abattu une antilope d'une flèche et Artis s'était montré précieux en identifiant comme comestibles des racines et des baies qui, peu ragoûtantes d'aspect, s'étaient avérées délicieuses.

Au matin, ils reprirent leur marche en direction du sud-est, se déplaçant à bonne distance de la piste tracée par l'armée valinguite, sans toutefois la perdre de vue. Ewilan avait une nouvelle fois tenté de joindre ses parents mais, si elle pouvait sans difficulté gagner les Spires et dessiner, communiquer à distance était bel et bien devenu impossible. Même pour elle.

Après la pause de midi, alors que le vent incessant commençait à ne plus tempérer l'ardeur du soleil, le sol se mit tout à coup à vibrer. D'abord de manière imperceptible puis de façon plus nette, jusqu'à ce que la station debout devienne incertaine.

– Un tremblement de terre ! s'écria maître Duom en s'agrippant à l'épaule de Salim.

– N'importe quoi, rétorqua Illian. C'est un troupeau de khazargantes. Il est loin, tu sais, pas la peine d'avoir peur.

Alors que les Alaviriens étaient proches de l'affolement, le jeune Valinguite s'assit pour attendre avec détachement que les vibrations cessent. Ce qu'elles firent d'ailleurs très vite, après avoir décru aussi soudainement qu'elles étaient apparues.

– Tu prétends que ce sont des animaux qui ont causé ce phénomène ? l'interrogea maître Duom lorsqu'il fut remis de ses émotions.

– Des khazargantes, oui.

– Mais à quoi ressemblent ces créatures pour que leur galop fasse ainsi trembler la terre ? demanda Bjorn.

– Je te l'ai déjà expliqué, soupira Illian. Les khazargantes sont très gros, vraiment très gros. Ils ont des cornes, une peau épaisse et laide. Ils mangent de l'herbe et sont très peureux. Parfois, ils s'affolent et partent en courant. C'est pour ça qu'il y a des murs autour de Valingaï.

– Pour qu'ils n'entrent pas dans les rues ?

– Non. Je t'ai dit qu'ils étaient très gros. Les murs sont là pour qu'ils ne détruisent pas la cité.

– Je croyais que Valingaï était une grande cité, insista Bjorn.

Illian leva les yeux au ciel.

– Tu ne comprends vraiment rien, toi. Valingaï est la plus grande cité du monde, mais les khazargantes sont nombreux, très forts et très gros.

– Alors espérons que nous ne croiserons pas un de leurs troupeaux, intervint Edwin avec un sourire mi-figue, mi-raisin.

Ils se remirent en route, la plupart d'entre eux avec un soupir qui témoignait de leur lassitude. Les chevaux leur manquaient, même si Ewilan et Ellana étaient sans doute les seules à éprouver un véritable sentiment pour leur monture. Ils progressèrent toutefois à une allure raisonnable malgré les herbes hautes, le vent qui les frappait de côté et Illian qu'il fallait régulièrement porter.

Le soleil, derrière eux, s'approchait de l'échine du Serpent lorsque Ellana, qui marchait en tête, les interpella.

– Vous souhaitez des précisions sur les points blancs que nous avons aperçus hier ? Ce sont des voiles.

– Des voiles ! s'exclama maître Duom qui se tenait près d'elle. C'est impossible. Le fleuve se trouve beaucoup plus au nord.

– J'ai dit des voiles, je n'ai pas parlé d'eau.

– Je ne vois rien.

– Je ne vois rien non plus, confirma Bjorn.

Ellana haussa les épaules et n'insista pas. Pourtant, quelques minutes plus tard, ce que seul le regard aiguisé de la marchombre avait discerné devint visible aux yeux de tous. Deux voiles triangulaires blanches, en provenance du sud, arrivaient sur eux, filant à bonne vitesse. Elles étaient si grandes qu'il fallut encore un moment pour que les structures qu'elles dominaient apparaissent.

C'étaient d'immenses plates-formes de bois triangulaires, profilées et montées sur trois roues d'un diamètre incroyable, la plus grosse, directrice, se trouvant à l'avant. Des dizaines d'hommes se déplaçaient avec aisance entre les tentes dressées sur les plates-formes, manœuvrant le gréement complexe qui commandait la voile.

Edwin hésitait à donner l'ordre de se dissimuler lorsqu'il nota la présence d'un guetteur au sommet de chaque mât. Ils avaient sans nul doute été repérés depuis belle lurette. Comme pour confirmer cette intuition, les navires – il s'agissait bel et bien de navires – bifurquèrent dans leur direction. Les voiles claquèrent, une bôme gigantesque passa en vrombissant au-dessus de chaque pont avant de se mettre dans le vent, les voiles se dégonflèrent. La manœuvre avait été réalisée avec une telle précision que les navires s'arrêtèrent à moins de vingt mètres du groupe des Alaviriens stupéfaits.

– Je crois que ce sont des Haïnouks, chuchota Illian. Ils ne sont pas toujours très gentils...

De près, les navires étaient encore plus impressionnants. Longs d'une quarantaine de mètres et larges de vingt à la poupe, leurs roues cerclées de métal culminant à cinq mètres et leurs mâts à trente, ils étaient constitués de planches de bois sombre soigneusement assemblées et ajustées sur des étraves renforcées par des plaques d'acier poli. Appuyés sur le bastingage ouvragé qui protégeait les plates-formes, des dizaines d'hommes, de femmes et d'enfants les regardaient. La peau hâlée, leurs cheveux noirs tressés et ornés de plumes colorées, ils étaient vêtus d'étoffes chamarrées et montraient les marcheurs du doigt en parlant fort et en riant beaucoup.

– Par le sang des Figés ! tonna Bjorn. Ces marins des plaines se gausseraient-ils de nous ?

– Du calme, Bjorn, le pressa maître Duom. Je ne considère jamais l'humour comme insultant. Surtout quand il est manié par autant de personnes à la fois…

– Je me moque qu'ils soient nombreux ! Il est hors de question que…

– Tais-toi.

L'ordre d'Edwin avait claqué. Sans appel. Le chevalier s'empourpra mais ne pipa mot. Très vite, une échelle de corde fut lancée par-dessus bord et un homme se laissa habilement glisser à terre. Dès qu'il eut touché le sol, une dizaine d'enfants de cinq à douze ans le suivirent avec une agilité tout aussi grande. L'homme attendit qu'ils soient en bas pour s'avancer vers les Alaviriens.

– Un type qui se balade avec ce genre d'escorte est forcément sympathique, non ? souffla Salim à Ewilan.

– Pas forcément, mais il y a de bonnes chances, lui murmura-t-elle en réponse.

Les mains sur les hanches, le Haïnouk se campa devant Edwin qui avait fait un pas dans sa direction. Immédiatement, une fillette haute comme trois pommes se planta à ses côtés, imitant son attitude dans les moindres détails. L'homme éclata de rire et lui ébouriffa les cheveux avant de fixer son attention sur Edwin.

– Hurindites ? Valinguites ? demanda-t-il. Katinites, peut-être ? Rares sont les marcheurs dans les plaines Souffle. Vous êtes-vous perdus ?

Sa voix, posée, était chargée d'humour, un humour que confirmait le sourire rayonnant qui laissait entrevoir des dents éclatantes.

– Nous ne sommes pas perdus, répondit Edwin, mais nous avons dû nous passer de nos montures. Nous sommes des voyageurs, nous nous rendons à Valingaï.

– Drôle de destination en ce moment, remarqua l'homme.

– Nous n'avons pas le choix.

– Drôle de maxime. Je vous souhaite une bonne route.

Comme si tout avait été dit, le Haïnouk leur tourna le dos et commença à s'éloigner.

– Attendez !

Ewilan avait crié et lorsqu'il s'arrêta, elle courut pour le rejoindre.

– Ne pouvez-vous pas nous prendre sur votre navire ? Nous aider à effectuer une partie du chemin ?

Le Haïnouk la contempla, étonné.

– Nous ne transportons pas les gens des cités. Jamais. Et ils ne nous le demandent jamais. Nous sommes…

Il se tut, ses yeux noirs fichés dans ceux, violets, d'Ewilan.

– Je n'ai croisé qu'une seule fois une personne avec un tel regard, reprit-il en l'examinant avec attention. D'où as-tu dit que tu venais ?

– Je ne l'ai pas dit, mais ce n'est pas un secret. Je suis originaire d'un pays très lointain. Gwendalavir.

– Et tu t'appelles ?

– Ewilan Gil'…

– … Sayan, acheva-t-il. J'aurais dû m'en apercevoir plus tôt, tu as les yeux de ta mère, Ewilan. Sois la bienvenue chez les Fils du Vent.

3

Une petite troupe de soldats valinguites patrouille à l'orée de la forêt qui se dresse à l'ouest d'Hurindaï. Elle a pour mission de repérer d'éventuels fuyards et de les ramener aux Ahmourlaïs. Surtout s'ils ont parmi eux une jeune fille blonde aux cheveux courts.

En l'occurrence ce n'est pas une jeune fille qui se faufile entre les troncs, mais un homme vêtu de haillons. De loin il paraît puissamment bâti, toutefois il ne tient pas d'arme et sa démarche furtive le désigne comme une proie facile. Les Valinguites tirent leurs épées et talonnent leurs chevaux.

Ils sont debout depuis l'aube et ont bien mérité un peu de distraction.

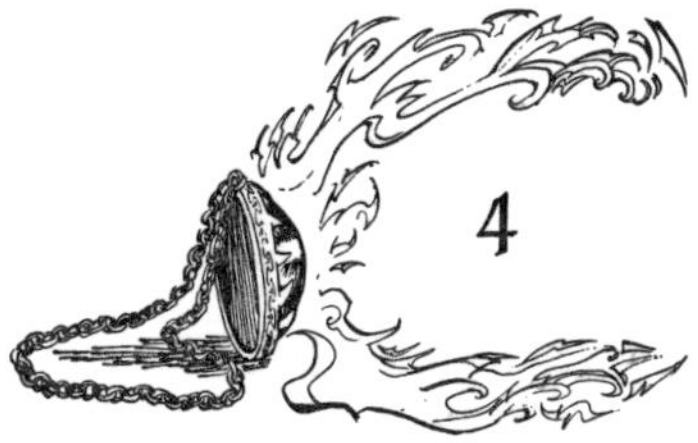

4

Les Haïnouks n'ont pas besoin d'armes puisqu'ils sont non belliqueux et ne possèdent rien qui attise les convoitises. Le passé a toutefois démontré qu'il ne fallait pas les sous-estimer.

Thésaurus katinite de la connaissance

Le navire sur lequel les Alaviriens avaient embarqué filait sur la plaine à une allure vertigineuse. Malgré le diamètre de ses roues et la régularité du terrain, il était secoué par de violents cahots qui ébranlaient sa structure mais ne gênaient pas les Haïnouks. Les Fils du Vent se déplaçaient sans vaciller, quelle que soit la tâche qu'ils entreprenaient, et les enfants eux-mêmes ne trébuchaient jamais. Artis Valpierre, lui, s'était retrouvé à plat ventre dès que le navire s'était ébranlé et maître Duom n'avait dû qu'aux réflexes d'Edwin et à la poigne de Bjorn de ne pas l'imiter. Une horde de garnements hilares s'était précipitée sur le rêveur pour l'aider à se relever, avant de l'attirer avec ses amis vers le centre de la plate-forme. Les secousses y étaient tout aussi fortes, mais ils ne risquaient pas de basculer par-dessus bord.

Le Haïnouk qui était venu à leur rencontre se nommait Oyoel. Nautonier choisi par le clan, il lui appartenait de piloter le navire et d'assurer la sécurité de la dizaine de familles qui y vivaient.

Les Fils du Vent n'obéissaient à aucune loi, naviguaient librement sur l'immense étendue des plaines Souffle, guidés par les choix du conseil des femmes qu'ils suivaient par sagesse plutôt que par obligation. Ils effectuaient un peu de commerce sous forme de troc avec les cités, surtout Kataï, mais se nourrissaient exclusivement du produit de leur chasse et de leur cueillette, assumant ainsi leur volonté de ne dépendre de rien ni de personne. Ils détenaient une parfaite connaissance des plaines et des vents qui les balayaient en continu, se jouaient des troupeaux de khazargantes qui auraient pu réduire leurs navires en miettes et étaient dotés d'un sens de l'humour et de l'autodérision à toute épreuve.

Tel fut le tableau qu'Oyoel dressa de son peuple lorsqu'il eut rejoint les Alaviriens installés sous une tente écarlate au pied du grand mât. Le deuxième navire haïnouk avait poursuivi sa route en direction du nord vers le point de rendez-vous des clans, les laissant bifurquer vers l'est et Valingaï. Le détour serait toutefois minime et Oyoel se délectait à l'avance de la vitesse qu'il imposerait à son bateau pour rattraper ses compagnons avant le fleuve Azul. Il s'assit en tailleur face à maître Duom dont l'âge avancé l'impressionnait – il y avait peu de vieillards chez les Fils du Vent – et sourit à Ewilan.

– Je te sens impatiente d'entendre mon histoire, jeune fille…

– Oui, vous avez raison. Je n'ai plus de nouvelles de mes parents depuis des semaines et je suis inquiète.

– Je les ai croisés il y a une quinzaine de jours. Ils étaient accompagnés d'une escorte importante de guerriers de ton pays, mais également de soldats hurindites, et progressaient vers Valingaï.

– Vous vous êtes arrêtés pour leur parler ?

– Non. Pour le plus grand malheur de ma famille, la roue directrice de mon navire s'était brisée. Une erreur de commande, un virage mal négocié, un trou invisible, il suffit de peu pour fiche en l'air une réputation... Nous tentions de réparer depuis des heures lorsqu'ils ont surgi. Là où d'autres se seraient contentés de passer, ta mère nous a proposé son aide. J'avoue qu'au début je ne l'ai pas prise au sérieux. Il faut dire qu'elle n'avait rien d'un menuisier ou d'une navigatrice et je lui ai ri au nez. Je n'aurais pas dû...

– Elle a réparé votre roue.

– Oui. En utilisant un pouvoir dont je n'avais jamais entendu parler. Grâce à elle, nous avons pu repartir. Jamais mon bateau n'a aussi bien roulé que depuis qu'elle l'a dépanné. Les membres du clan lui sont redevables. Plus que tu ne peux sans doute l'imaginer. C'est pour cette raison que nous avons enfreint la coutume qui veut que nul étranger ne monte sur un navire des Fils du Vent, et c'est pour cette raison également que nous naviguons en ce moment vers Valingaï alors que, depuis des mois, nous évitons soigneusement cette région.

– Que se passe-t-il là-bas ? demanda Edwin comme si la question était sans importance.

– Rien que tu ne doives ignorer, répondit Oyoel qui, d'évidence, n'était pas dupe. De tous les hommes des cités, les Valinguites ont toujours été les plus rudes, les plus belliqueux. Depuis que le culte d'Ahmour s'est imposé, la situation est devenue bien pire.

Ewilan jeta un coup d'œil sur Illian, inquiète de ses réactions aux paroles d'Oyoel. Le jeune garçon ne semblait pas les avoir entendues. Les yeux mi-clos, il sommeillait, la tête dodelinant sur l'épaule de Salim. Rassurée, elle se concentra sur la suite des explications du Haïnouk.

– KaterÃl est un monarque dangereux. Impitoyable. Pourtant, comparé à SarAhmour ou à la Dame Noire, il fait figure de nourrisson.

– La Dame Noire ? reprit Ewilan, un frisson de prémonition parcourant son dos.

– On dit que c'est elle qui a donné leur force aux Ahmourlaïs. Avant son arrivée à Valingaï, les prêtres d'Ahmour entretenaient un culte marginal que dédaignaient les Valinguites. Aujourd'hui, leur pouvoir est si grand qu'il menace celui de KaterÃl.

– Comment savez-vous tout cela sans jamais descendre de vos navires ? intervint Ellana.

– Nous sommes les Fils du Vent, répliqua Oyoel en souriant, et le vent connaît bon nombre de secrets.

– Cette explication ne me satisfait pas vraiment...

– Disons alors que lorsque nous commerçons avec des hommes des cités, ils nous offrent bien plus de renseignements qu'ils n'en ont conscience.

– Je vois, dit Ellana. Et ce que vous avez appris vous incite à vous tenir à distance de Valingaï ?

– C'est exact. Nous évitons cette cité de crainte que les Ahmourlaïs testent sur nous leur malfaisance. Et vous devez avoir des raisons sérieuses pour ne pas nous imiter...

5

Extrait du journal de Kamil Nil' Bhrissau

L'Empereur nous a reçus !

Nous étions accompagnés de nos professeurs, mais très vite il est apparu que c'était avec nous et nous seuls qu'il désirait s'entretenir. Si maître Ryag l'a rapidement compris, cela n'a pas été le cas de maître Vorgan.

Sa tête lorsque l'aide de camp de l'Empereur lui a enjoint poliment, mais avec fermeté, de se retirer !

Liven a expliqué notre démarche, a brossé l'avancement de nos recherches, de notre travail, et Sil' Afian nous a donné carte blanche. Il nous a juste demandé d'être prudents. « L'Empire ne peut courir le risque de vous perdre, a-t-il affirmé. Vous êtes trop précieux. »

Précieux, nous ? Eh bien oui, c'était de nous qu'il parlait !

Ol était si fier que j'ai cru qu'il allait exploser, moi j'étais écarlate, et Lisys a eu toutes les peines du monde à ne pas éclater de rire. Les nerfs sans doute… Seul Liven est resté impassible. Comme d'habitude.

Si je ne le côtoyais pas depuis aussi longtemps, je le jugerais parfait mais la desmose, qui a abattu les barrières entre nous, n'autorise pas la dissimulation. Liven a une faiblesse et cette faiblesse s'appelle Ewilan.

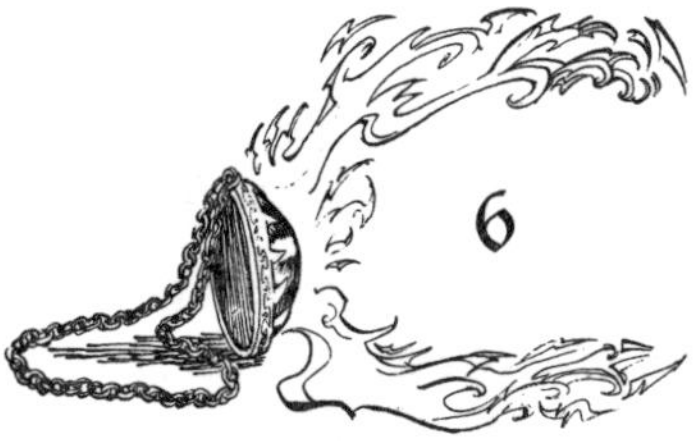

6

Le capitaine ne voulait pas que nous nous arrêtions pour aider ces gens, les Fils du Vent, à réparer leur navire. Le risque que nous tombions dans une embuscade était trop élevé. Dame Élicia lui a vite rappelé qui commandait.

Légionnaire Padjil, *Journal personnel*

– Génial ! Je suis un oiseau !

– Les pingouins sont des oiseaux, Salim, des oiseaux qui ne volent pas. Tu devrais faire attention !

Ewilan et Salim se tenaient sur la plate-forme de la vigie, l'une cramponnée aux haubans, l'autre en équilibre au bord du vide. Les sensations offertes par la hauteur et la vitesse du navire auraient suffi à rendre l'expérience inoubliable mais ce n'était pas tout.

Le mât bougeait.

Il bougeait même beaucoup !

Ewilan ferma les yeux.

Elle avait d'abord refusé de suivre Salim dans son escalade, puis, lorsqu'une fillette d'à peine quatre ans lui avait montré l'exemple, elle avait cédé.

– Tu verras, l'avait rassurée la jeune Haïnouk, c'est facile.

Grimper n'avait en effet posé aucun problème. Le mât était garni d'échelons que la fillette, voltigeant de cordage en cordage, n'avait pas utilisés, mais qui avaient permis à Ewilan de se hisser sans difficulté jusqu'à la vigie.

C'est là que la situation s'était compliquée.

Le mât était soumis à des oscillations dues aux bourrasques, au relief de la plaine et aux changements de direction. Ces oscillations, peu perceptibles au niveau du pont, s'amplifiaient avec la hauteur jusqu'à atteindre deux mètres de battement au sommet du mât. Ewilan, bien que peu sujette au vertige, eut toutes les peines du monde à contenir la terreur teintée de nausée qui menaçait de la submerger.

– Salim, gémit-elle. J'ai peur…

– Tu as tort, répondit-il. Je ne risque strictement rien.

Puis il remarqua ses yeux clos et son teint livide. D'un bond, il fut près d'elle. Il la saisit dans ses bras.

– Que se passe-t-il, ma vieille ?

Elle se serra contre lui.

– Je crois que je ne suis pas faite pour jouer aux oiseaux. J'aimerais retourner en bas.

Salim raffermit sa prise autour de ses épaules.

– On va d'abord attendre que tu ailles mieux, d'accord ? Ce sera moins risqué.

Ewilan hocha la tête, mais la jeune Haïnouk qui les avait accompagnés jusqu'à la vigie et qui se tenait au-dessus d'eux, perchée dans le gréement, éclata de rire.

– Il te raconte des histoires ! s'exclama-t-elle. Dès que tu vas commencer à descendre, tu te sentiras mieux. Il dit ça pour pouvoir te serrer contre lui parce qu'il espère que tu vas l'embrasser.

Elle trouvait apparemment la situation comique au plus haut point. Son rire rasséréna Ewilan qui ouvrit les yeux. Assise près du mât, blottie contre Salim, elle se sentit tout à coup moins en danger. Elle se détendit, oublia sa peur pour profiter de l'incroyable spectacle qui s'offrait à elle.

Et puisque Salim avait envie de l'embrasser…

Plus tard, alors qu'elle saisissait un échelon avec précaution pour entamer la descente, ses pensées s'envolèrent à l'improviste vers Liven. Où était-il en ce moment ? Que faisait-il ? Avec qui ? Pensait-il encore à elle ? Une drôle de boule se noua dans sa gorge et elle s'arrêta brusquement. Salim qui se tenait à ses côtés, prêt à intervenir, lui attrapa le poignet.

– Un problème ?

Elle s'empourpra.

– Non, non, balbutia-t-elle, tout va bien.

Pour la première fois depuis leur départ d'Al-Jeit, les Alaviriens se sentaient en sécurité. Le poids invisible que leur mission faisait peser sur eux s'était estompé, la tension insidieuse qui s'était emparée de leur esprit avait disparu, ils se prirent à sourire pour un rien, à profiter de la joie de vivre qui se dégageait du clan d'Oyoel. Edwin montra l'exemple en passant par-dessus sa tête le fourreau de son sabre et en le déposant sous une tente avec le reste de leurs affaires. Ses compagnons, Siam exceptée, l'imitèrent.

La horde d'enfants qui, à leur arrivée, s'était précipitée sur eux, avait jeté son dévolu sur Artis Valpierre. Loin de s'en agacer, le rêveur semblait s'en réjouir, comme s'il retrouvait une place qui, de tout temps, avait été la sienne. Assis en tailleur sur le pont, il racontait des histoires à une vingtaine de jeunes Haïnouks qui le regardaient avec émerveillement, en buvant ses paroles et en se délectant des mimiques dont il agrémentait son récit.

– Voici un don qu'Artis nous avait celé, remarqua maître Duom. Je me demande pourquoi...

– Sans doute parce que le public auquel nous avons eu affaire jusqu'à présent était fruste, répondit Bjorn. Et que les êtres frustes sont, pour une raison mystérieuse, plus sensibles aux coups de hache qu'aux contes de fées.

Maître Duom décerna un regard noir au chevalier. S'il se moquait de lui... Bjorn lui renvoya un sourire candide qui, s'il ne trompa pas l'analyste, lui ôta l'envie de se mettre en colère.

– Espèce de grosse carcasse décérébrée, bougonna-t-il tout de même, cesse de vouloir faire preuve d'esprit, veux-tu !

– À vos ordres, capitaine Duom ! s'exclama Bjorn avant d'éclater de rire.

S'ils ne se reconnaissaient aucun chef, les Fils du Vent prêtaient la plus grande attention aux débats du conseil des femmes. Celles-ci se réunissaient tous les soirs sous la tente commune pour évoquer les problèmes du clan et les solutions à leur apporter.

Les hommes avaient le droit de s'exprimer durant ces débats, pourtant il était rare qu'ils le fassent. Ils n'en tiraient pas d'amertume. Au contraire.

– Les femmes haïnouks sont la vraie richesse de notre peuple, expliqua Oyoel à Edwin et Ellana.

Ellana approuva d'un hochement de tête.

– De ton peuple uniquement ?

– Non, tu as raison, se reprit Oyoel. Les femmes sont la vraie richesse des hommes, mais trop souvent ceux-ci l'ignorent. Nous, les Haïnouks, le savons. C'est pour cette raison que nous sommes libres et heureux.

La marchombre contempla le navire, les enfants qui s'amusaient sur le pont, les hommes et les femmes qui œuvraient ensemble autour d'eux. Rires et chants s'entremêlaient, se joignaient au bruit du vent dans les cordages pour former une musique magique. Une musique de vie. Elle dévisagea Edwin.

– Tu ne dis rien ?

– J'écoute, répondit-il. J'écoute et j'apprends.

Siam s'ennuyait un peu. Les Haïnouks avaient beau être sympathiques, il n'y avait aucun guerrier parmi eux, pas un seul individu capable de tenir une lame correctement. Pire, cela ne les intéressait pas. Les garçons, qui lui tournaient autour depuis qu'elle avait mis le pied sur le pont, étaient plus attirés par sa silhouette avenante que par son sabre et, quand elle avait tenté de les convaincre que savoir se battre était une qualité essentielle, elle n'avait obtenu en retour que des mines surprises, au scepticisme affiché.

Un des jeunes Haïnouks, le regard brillant, lui avait rétorqué qu'il y avait des activités bien plus croustillantes que se taper dessus et qu'il se tenait à sa disposition si elle voulait les découvrir. Siam en avait perdu ses moyens et, les joues écarlates, s'était esquivée. Charitables, les Haïnouks n'avaient pas insisté.

Siam aurait volontiers discuté escrime avec Mathieu s'il ne s'était pas campé à la proue du navire dans une attitude qui marquait de façon explicite son désir de rester seul. Ce n'était pas nouveau. Mathieu avait changé. Il devait avoir un problème, mais elle était incapable de deviner lequel et n'avait, de toute façon, guère envie de se creuser la tête pour en savoir plus. Elle jeta un coup d'œil par-dessus le bastingage et soupira. Si seulement ils pouvaient être attaqués...

À la tombée de la nuit, le navire ralentit afin que le nautonier ait le temps de déceler un éventuel danger. Oyoel leur avait indiqué que les plaines Souffle, outre les khazargantes, étaient peuplées essentiellement d'herbivores, mais que de redoutables prédateurs y vivaient aussi. Il évoqua des félins assez proches des tigres alaviriens et des meutes de chiens sauvages plus dangereux encore.

– Ils n'abandonnent jamais une traque lorsqu'elle est lancée et s'en prennent à des proies beaucoup plus grosses qu'eux, avait-il expliqué. Heureusement la hauteur de nos navires nous place hors d'atteinte, ce qui n'est pas vrai avec les tigres. C'est notamment pour cette raison que nous ne nous arrêtons jamais.

Naviguer la nuit sous les étoiles sur une étendue infinie d'herbe que la lune teintait d'argent était une expérience magique. Les Alaviriens y furent si sensibles qu'ils dormirent très peu, préférant se délecter du paysage et des sensations étourdissantes que leur offrait la course.

Seul Illian ronfla à poings fermés, prisonnier de ce sommeil de plomb qui l'avait déjà écrasé lors de leur passage à Hurindaï.

Peu à peu les étoiles pâlirent, le ciel blanchit, les détails du navire redevinrent visibles. Puis le soleil émergea de l'horizon, incendiant la prairie d'une lumière orangée presque irréelle et le jour fut là. Les Haïnouks maintinrent le cap encore une heure avant de ferler la voile et de ralentir pour finalement arrêter leur course. Oyoel rejoignit les Alaviriens près du bastingage.

– Nos chemins se séparent ici, annonça-t-il. Valingaï n'est plus qu'à une ou deux heures de marche et je préfère ne pas m'en approcher davantage. Me pardonnerez-vous cette lâcheté ?

– Vous avez la charge d'un peuple, ce n'est donc pas de la lâcheté mais de la prudence, le corrigea Edwin. Nous vous sommes très reconnaissants de nous avoir conduits jusqu'ici.

– C'était un devoir et ce fut également un plaisir. Je vous souhaite de retrouver ceux que vous êtes venus chercher.

Oyoel descendit avec eux par l'échelle de corde et leur serra la main avec une émotion qu'il ne chercha pas à dissimuler.

– Au revoir amis, les pensées des Fils du Vent vous accompagnent.

Les Alaviriens lui rendirent son salut puis emboîtèrent le pas à Edwin en direction de l'est. Ils se sentaient forts, rassérénés par ce bref contact avec un peuple qui avait trouvé l'harmonie, prêts à affronter Valingaï et ses dangers.

Derrière eux, le navire des Haïnouks reprit sa route.

7

– Une patrouille manque à l'appel, commandant.
– Combien d'hommes ?
– Douze. Ils fouillaient l'orée de la forêt, à la recherche de la fille que réclame SarAhmour. Onze chevaux sont rentrés seuls aux écuries.
– Par Ahmour, trouvez-les ! Nous avons liquidé toute trace de résistance hurindite, il n'y a aucune raison que douze de nos soldats disparaissent !
L'aide de camp salue et quitte la tente de son commandant qui reste seul, un pressentiment désagréable se frayant lentement un passage vers sa conscience. Pas question toutefois de parler de ce problème aux Ahmourlaïs.
Pas encore.
Pas tant qu'il pourra l'éviter.

8

Il est étrange de constater que la conformation de chacune des cités-états correspond à la mentalité de ses habitants. À moins que ce ne soit le contraire.

Thésaurus katinite de la connaissance

– Je n'ai pas voulu en parler devant Oyoel, mais un détail me chiffonne, commença Ellana lorsque le navire haïnouk eut disparu à l'horizon.

Elle s'adressait à Ewilan et Mathieu qui, pour une fois, marchaient côte à côte.

– Dis toujours.

– La méduse, c'est-à-dire Ahmour, bloque l'Imagination. Personne ne peut plus dessiner, sauf toi Ewilan qui as pris le temps de te baigner dans l'Œil d'Otolep.

– Ce n'était pas vraiment une baignade volontaire…

– Je me disais bien aussi, ironisa Ellana. Tu as beau être protégée, il t'est impossible de contacter qui que ce soit à distance et tes pas sur le côté sont si aléatoires qu'il est préférable que tu t'abstiennes. Suis-je dans le vrai ?

– Tracé à gros traits, mais exact. Où est le problème ?

– Ahmour mène la vie dure aux dessinateurs depuis au moins trois semaines. Pourquoi Élicia a-t-elle couru le risque de réparer le bateau d'inconnus et surtout, son intervention s'étant déroulée, aux dires d'Oyoel, il y a quinze jours, comment s'y est-elle prise pour dessiner ?

– Tu n'es pas parente avec le commissaire Franchina, toi, par hasard ? sourit Ewilan. Notre mère a aidé les Haïnouks parce qu'il est dans sa nature d'aider les gens, voilà tout.

– Et elle a pu dessiner parce que son don est puissant, compléta Mathieu. Ma mère n'est pas une dessinatrice de bas étage. Je te rappelle aussi qu'Ahmour, à cette époque-là, n'obstruait pas encore complètement les Spires.

Ellana éclata de rire devant la mine courroucée de Mathieu.

– Du calme, jeune homme. Je ne sous-entendais rien de négatif, je voulais juste... Qu'est-ce que c'est ?

La marchombre s'était arrêtée, l'air inquiet. Comme la veille, le sol frémissait sous leurs pieds. Confirmant ses craintes, un grondement s'éleva, alors que le frémissement du sol s'accentuait.

– Est-ce un troupeau de khazargantes que nous entendons ? demanda Edwin à Illian.

Le jeune garçon hocha la tête.

– Oui, bien sûr, mais ce n'est pas la peine de vous affoler. Ils sont loin.

Ses paroles, malgré leur aplomb, ne rassurèrent pas totalement les Alaviriens. Ils échangèrent des regards soucieux puis, très vite, une certitude s'imposa : Illian se trompait. Le tremblement ne se calmait pas.

Au contraire.

Il s'amplifia jusqu'à les obliger à se cramponner les uns aux autres pour ne pas tomber tandis que le bruit du troupeau se transformait en un fracas insupportable. Un nuage de poussière monta à l'horizon, grossissant à vue d'œil et filant droit sur eux.

– Si les khazargantes sont aussi énormes que le prétendent les gens d'ici, nous ne possédons guère de moyens de nous défendre, jugea Edwin. Ewilan, le cas échéant, tu seras la seule à pouvoir agir.

– Difficile d'imaginer une manière de lutter contre l'inimaginable, mais je ferai de mon mieux, répondit-elle après une hésitation.

Ils n'eurent pas à attendre longtemps.

Le nuage de poussière, immense, arrivait sur eux. La silhouette du premier khazargante en émergea.

C'était une masse hallucinante de chair, de muscles et de fourrure en mouvement. Haut comme un immeuble de cinq étages, trois fois plus long, il se déplaçait sur quatre pattes velues pareilles à des piliers qui auraient soutenu une cathédrale. Sa tête titanesque dodelinait à l'extrémité d'un long cou articulé, seule partie souple de ce corps pachydermique. Elle était surmontée d'une crête osseuse démesurée qui se prolongeait sur son épine dorsale jusqu'à sa queue. Quatre formidables défenses jaillissaient d'une gueule qui aurait pu engloutir un bœuf si elle n'avait été aussi clairement adaptée à une alimentation herbivore et, entre ces défenses, s'agitait une trompe presque ridicule compte tenu de sa taille réduite. Son ventre et ses épaules étaient couverts d'une toison brune clairsemée qui laissait apparaître un cuir épais sillonné de profondes crevasses, tandis que son cou et son dos rappelaient ceux d'un dinosaure des temps anciens.

Le khazargante ne courait pas, il marchait tranquillement, mais chacune de ses enjambées était si énorme qu'il fut sur les Alaviriens avant qu'ils aient esquissé un geste de fuite. Il passa à dix mètres d'eux sans leur accorder la moindre attention ou peut-être sans les voir. Salim qui tenait fermement la main d'Ewilan poussa un long sifflement.

– Quel monstre ! hurla-t-il pour couvrir le vacarme. À côté de lui, un diplodocus ferait figure de souris naine.

Le vent forcit soudain et une rafale balaya le nuage de poussière qui recouvrait la plaine. Ellana et Bjorn poussèrent une imprécation catastrophée qui fut relayée par le cri d'angoisse d'Illian et le chapelet de jurons craché par Siam.

Une horde immense de khazargantes barrait l'horizon.

Se déplaçant vers le nord.

Dix humains minuscules sur son chemin.

Insignifiants.

– Dessine ! cria maître Duom. Vite !

Ewilan, tremblante, secoua la tête. Son cerveau tournait à vide. Comment arrêter un troupeau pesant des millions de tonnes ? Elle pouvait effectuer un pas sur le côté, mais elle refusait d'abandonner ses amis et les emmener avec elle était impossible. Elle envisagea de mettre le feu à la prairie, y renonça aussi vite en imaginant les conséquences d'une telle action. Elle faillit dessiner une fosse, abandonna cette idée en prenant conscience de ses dimensions. Elle...

– Va-t'en ! la pressa Salim. Fais un pas sur le côté !

Les khazargantes étaient presque sur eux. Edwin plaça une flèche ridicule sur son arc. Gestes tout aussi dérisoires, Siam et Mathieu tirèrent leur sabre et Bjorn brandit sa hache. Artis Valpierre ferma les yeux, psalmodiant une inaudible prière. Illian se roula en boule sur le sol.

– Va-t'en ! insista Salim. Il faut que...

Un hurlement terrifiant lui coupa la parole. Une forme immense s'abattit du ciel sur l'échine du khazargante qui menait la horde.

Des ailes musculeuses, un corps écailleux d'un rouge sombre, des pattes puissantes terminées par des griffes impressionnantes, des crocs effrayants... Un être fabuleux que jamais Ewilan n'avait été aussi heureuse de rencontrer.

Le Dragon était bien moins gros que sa proie mais, sous l'impact, le pachyderme vacilla et perdit l'équilibre.

S'écroula.

Il poussa un mugissement de douleur lorsque les terribles mâchoires se refermèrent sur son cou. Un torrent de sang jaillit de l'affreuse blessure et ses pattes s'agitèrent en vain pour repousser l'inéluctable. Autour de lui, ses congénères, pris de panique, s'égaillèrent. Leur galop martela la terre, générant un mini séisme qui envoya les Alaviriens rouler au sol.

Lorsqu'ils se relevèrent, à moitié étourdis, le troupeau était loin. Près d'eux, ses griffes plantées dans le cuir du khazargante agonisant, le Dragon commençait son festin.

– Crois-tu qu'il soit venu à notre secours ? murmura maître Duom à Ewilan.

– Je ne pense pas, répondit-elle. Le Dragon doit se nourrir et quelle autre proie qu'un khazargante convient à un être tel que lui ? Il ne nous a sans doute même pas remarqués...

– *Détrompe-toi, jeune fille, je sais parfaitement que tu es là.*

La voix familière s'était élevée dans la tête d'Ewilan, la faisant sursauter.

– Vous...

– *Oui. Tu n'as toutefois pas tort. Mon estomac m'a guidé jusqu'ici. Mon estomac et lui seul. Je ne mange qu'une fois par an mais lorsque j'ai faim, rien d'autre ne compte. Je te parlerai lorsque je serai rassasié.*

Il n'avait pas cessé une seconde d'arracher au corps pantelant du khazargante des bouchées gigantesques qu'il avalait d'un mouvement de gorge. Les Alaviriens contemplaient la scène avec une fascination teintée de répulsion.

– Il vient de me parler, leur annonça Ewilan.

Les regards de ses compagnons se braquèrent sur elle.

– Que t'a-t-il dit ? demanda Edwin.

– D'attendre qu'il ait fini de manger. Il déteste discuter la bouche pleine.

9

Les Valinguites regardent les khazargantes se fracasser sur leurs murailles, nous avons préféré bâtir notre cité en dehors de leurs routes.

Thésaurus katinite de la connaissance

Le festin du Dragon dura trois heures.

Trois heures durant lesquelles il dévora un bon quart du khazargante, obligeant les Alaviriens à reculer pour n'être pas aspergés de sang et pour fuir les mouches qui s'agglutinaient par milliers autour d'eux.

Trois heures durant lesquelles n'exista pour lui, et donc pour l'univers, que cette effroyable orgie carnassière.

Lorsque, enfin repu, il tourna sa tête vers les humains qui avaient assisté à son repas, ses yeux mordorés aux pupilles verticales brillaient d'un éclat si sauvage qu'ils refluèrent, gagnés par une peur irrépressible. Le Dragon ouvrit ses ailes, ramassa sa formidable musculature et d'une poussée unique se propulsa dans les airs.

– Mais il fiche le camp ! s'indigna maître Duom.

Le Dragon monta d'un trait à la verticale jusqu'à ne plus être qu'un point noir dans le ciel d'azur, puis il bascula et piqua vers la terre comme un météore. Il ouvrit ses ailes au dernier instant, sollicitant sa musculature jusqu'à l'ultime parcelle de puissance. Il redressa son vol juste avant de s'écraser et passa au ras des cheveux des Alaviriens, créant un appel d'air qui les fit vaciller.

Il atterrit un peu plus loin, se coucha dans l'herbe et étendit son long cou reptilien afin que sa tête repose sur le sol. Ses crocs étincelèrent au soleil lorsqu'il ouvrit la gueule pour un extraordinaire bâillement.

– *Alors, jeune protégée de ma Dame, te voici bien loin de chez toi...*

– La Dame sait ce qui m'entraîne vers Valingaï, déclara Ewilan à voix haute. Elle m'a encouragée à suivre ce chemin et m'a annoncé notre rencontre.

– *Ma Dame est une étoile de feu.*

La comparaison aurait tiré un sourire à Ewilan si les événements récents n'avaient été aussi saisissants. Elle comprenait toutefois le Dragon et savait que seul l'amour sans limite qui le liait à la Dame lui avait dicté ces mots.

– Comment faites-vous pour me parler en esprit ? lui demanda-t-elle. La présence d'Ahmour dans les Spires ne vous l'interdit-elle pas ?

Le Dragon leva la tête vers le soleil et cracha un jet de flammes long de vingt mètres. Ses yeux mordorés se fixèrent ensuite sur Ewilan, si fascinants qu'elle sentit son âme capturée avant d'être réduite en cendres.

– *Je suis le Dragon. Rien ni personne ne m'interdit quoi que ce soit. Ahmour n'est qu'une miette de noirceur dans un monde de lumière et de feu, ses espoirs sont aussi vains que ridicules. Comment pourrait-il me dicter ma conduite ?*

– Ahmour est insignifiant pour vous, mais pour moi qui dois le combattre alors que je ne sais rien de lui, il est le mal. Le mal tout-puissant. Je ne suis ni la Dame ni son Héros, mes armes sont dérisoires face à son pouvoir.

Ewilan aurait juré qu'une lueur de compassion s'alluma dans l'œil du Dragon. Il avança sa tête vers elle et lorsqu'elle fut si proche qu'il aurait pu la gober d'une simple aspiration, ces mots retentirent en elle, se gravant dans chacune des fibres de son corps.

Au plus profond de son cœur.

– *J'ai ouvert le grand livre de l'univers, jeune fille, et j'ai lu les lignes consacrées à ton destin. Tu ne dois pas te désoler. La vie des humains est brève, souvent terne et vouée à l'oubli. La tienne sera plus courte encore, pareille à une étoile filante, mais tu resteras à jamais dans la mémoire des tiens comme celle qui a vaincu le démon.*

– Que voulez-vous dire ?

– *Rien que tu ne saches déjà au plus profond de toi. Tes tourments s'achèveront bientôt, jeune fille.*

– Je ne comprends pas.

– *Tu vas mourir.*

L'annonce effroyable avait laissé percer une pointe d'indifférence, comme si le Dragon, incapable d'éprouver un véritable sentiment pour un être humain, avait épuisé sa réserve de commisération. Une chape glaciale s'abattit sur l'esprit d'Ewilan.

– *Tu vas mourir,* reprit le Dragon, *mais auparavant tu auras chassé la nuit. Je vais te révéler ce que tu dois savoir sur ton avenir...*

– NON !

Ewilan avait hurlé. Une formidable colère était en train de naître en elle, pareille à un ouragan. Elle ne fit aucun effort pour la contenir.

– J'en ai assez qu'on s'approprie ma vie et mon destin ! Assez d'être dirigée comme un animal domestique ! Assez d'écouter des discours ridicules pleins de sous-entendus !

– *Ne te laisse pas aveugler par la...*

– TAIS-TOI !

Sans s'en rendre compte, elle avait dessiné. Sa voix éclata, si forte que ses compagnons reculèrent d'un pas en se bouchant les oreilles. Une lueur rouge embrasa les yeux du Dragon, une flammèche sortit de ses naseaux. Ewilan ne se laissa pas démonter.

– Tais-toi ! Je n'ai pas fini et tant que je n'aurai pas fini, tu m'écouteras ! J'en ai assez de toi et de ta prétention, de tes messages sibyllins et de ta prétendue clairvoyance ! Lorsque je t'ai trouvé à Al-Poll, tu étais réduit à l'état de ver de terre misérable. Je t'ai rendu tes ailes, je t'ai rendu le ciel, je t'ai rendu ta Dame. Alors ne me fais pas la leçon maintenant, ne me dis pas comment je dois agir et ne parle pas de mon avenir. Il m'appartient. À moi et à moi seule !

Un grondement effrayant jaillit de la gorge du Dragon.

– *Tu dépasses les limites, jeune humaine !*

– Tu n'as encore rien vu, Dragon !

Pendant ce qui parut être une éternité ils se mesurèrent du regard, puis Ewilan reprit d'une voix maîtrisée qui fit ressortir l'inflexibilité de sa position :

– J'ai déjà trop donné. Je ne suivrai plus personne aveuglément. Jamais.

Un bref silence puis :

– Pars, maintenant !

Sans la quitter des yeux, le Dragon recula, se ramassa avant de se propulser dans le ciel d'une seule détente de sa formidable musculature. En quelques prodigieux battements d'ailes, il disparut à l'horizon.

Ewilan attendit que son cœur se soit calmé pour se retourner.

Ses compagnons la contemplaient, figés par la stupéfaction.

Elle nota d'abord qu'Edwin avait à moitié tiré son sabre dans un geste dont le dérisoire la toucha profondément. Puis Ellana rétracta ses griffes et, soudain, Ewilan comprit que ses amis n'auraient pas hésité à se lancer à l'assaut du Dragon pour lui venir en aide. Ils avaient beau n'avoir rien compris à l'échange, n'avoir aucune chance en cas d'affrontement, ils n'auraient pas hésité. Des larmes de reconnaissance lui embuèrent les yeux. Salim se précipita vers elle, suivi par Illian qui se jeta dans ses bras.

– Que se passe-t-il ? la pressa Salim.

– Tu as entendu, non ? répondit-elle en lui saisissant la main pour atténuer la dureté de ses paroles. Je sais ce que j'ai à faire et je ne veux plus que quiconque se mêle de ma vie. Pas même le Dragon.

– Tu veux dire qu'il est venu te donner des conseils et que toi tu l'as envoyé promener ? s'inquiéta maître Duom. Tu as envoyé promener le Dragon comme s'il s'agissait d'un laquais ?

– Oui.

– Mais... mais... balbutia le vieil analyste, tu... tu es folle !

– Non, elle n'est pas folle ! s'emporta Illian. Ce Dragon est aussi bête que les khazargantes qu'il mange. Ewilan a eu raison de le chasser !

– Que t'a vraiment annoncé le Dragon qui t'ait mise dans une telle colère ? intervint Edwin en scrutant le visage d'Ewilan. Tu as parlé de prédiction...

Ewilan haussa les épaules et ne répondit rien. Les paroles du Dragon l'avaient bouleversée et elle avait beau leur nier toute légitimité, il était hors de question qu'elle les rapporte à ses amis.

– Je suis certain qu'il t'a révélé autre chose.

– Non, Salim.

– Alors, pourquoi tu t'es énervée à ce point ?

Les Alaviriens, après avoir vainement tenté d'en apprendre davantage sur les révélations du Dragon, s'étaient remis en route vers Valingaï. Seul Salim n'avait pas renoncé. Persuadé qu'Ewilan lui dissimulait quelque chose d'essentiel, angoissé par le danger insaisissable qu'il pressentait, il l'avait bombardée de questions, sans obtenir la moindre réponse.

– La fatigue, l'émotion, que sais-je encore... La peur aussi. Te rends-tu compte que je vais devoir dérober le pendentif d'un homme capable d'abattre les murailles d'Hurindaï ?

– Voler quelque chose ? Toi ?

– L'autre méthode consiste à lui demander sa permission mais, à mon avis, elle manque d'efficacité.

Elle avait souri et Salim respira plus librement. Verrouillant ses craintes au fond de son cœur, Ewilan lui saisit la main et se blottit contre lui.

Le laissa s'imprégner de sa douceur et de son parfum.

Puis elle se dégagea et lui offrit un deuxième sourire qui acheva de le faire fondre.

– Et si je ne m'en sors pas, j'ai toujours mon apprenti marchombre personnel pour me venir en aide, non ?

– Pas de problème, ma vieille. Je peux récupérer le pendentif de SarAhmour quand tu veux. Je peux même lui piquer son slip sans qu'il s'en aperçoive. Si tu en as besoin, bien sûr.

– Le pendentif suffira. J'ignore encore à quoi il me servira, mais je sais en revanche que je n'aurai pas l'usage d'un quelconque vêtement... euh... personnel.

Salim éclata de rire et la prit dans ses bras pour la faire tournoyer. Ils durent ensuite courir pour rattraper leurs compagnons.

Ils s'étaient arrêtés au sommet d'une des rares proéminences parsemant les plaines Souffle et se tenaient immobiles, leurs regards braqués sur l'est.

Braqués sur Valingaï.

10

Avec Ahmour viendra le temps de la mort et du pouvoir. Le temps des élus.

Livre noir des Ahmourlaïs

Valingaï n'était qu'une muraille.

Une muraille d'un gris presque noir, haute de cinquante mètres, sans ornements ni décrochés, surmontée à intervalles réguliers de tours carrées massives. Elle respirait la force de l'éternité, plus impressionnante encore, dans sa sobre démesure, que les audaces architecturales d'Hurindaï. Si elle avait été moins parfaitement lisse, les Alaviriens auraient pu la prendre pour une falaise naturelle.

Auraient pu.

Aucune falaise ne dégageait l'aura inquiétante des murs noirs de Valingaï.

La cité, si elle s'étendait sur l'ensemble de l'incroyable surface délimitée par les remparts, était dix fois plus grande qu'Hurindaï et reléguait Al-Jeit au rang de bourg de province. Trop éloignée pour qu'il soit possible de discerner d'éventuels guetteurs derrière les créneaux ou sur ses tours, la muraille n'était percée à l'ouest que d'une seule ouverture, une porte sans linteau qui paraissait entièrement de métal.

Plus étrange encore, l'immensité des plaines Souffle autour de la cité était vide.

Entièrement vide.

Nulle trace de culture ou d'élevage, nulle route, n'était la large piste filant droit vers Hurindaï, nulle construction... Rien que de l'herbe à perte de vue.

– Où diable font-ils pousser leurs céréales, leurs fruits, leurs légumes ? demanda maître Duom. Où sont leurs fermes ?

– Dans la fosse.

Illian regardait Valingaï avec des yeux que l'émotion faisait briller.

– La fosse ?

– C'est un endroit très très très grand, comme un trou géant, de l'autre côté de la cité. Les parois sont hautes et toutes droites, les khazargantes ne peuvent pas y aller, alors les paysans travaillent là-bas.

– Sans doute un effondrement tellurique, commenta l'analyste. Une curiosité géologique opportune dans un pays où vivent de tels animaux. Ton peuple aurait pu bâtir Valingaï dans la fosse, tu ne crois pas, Illian ? Il se serait ainsi épargné la construction de cette muraille démesurée.

Illian le gratifia d'un regard partagé entre étonnement et dérision.

– Comme ça, ceux d'Envaï, Kataï ou même Laï n'auraient eu qu'à nous jeter des pierres pour nous tuer. Il n'y a pas que les khazargantes qui menacent les cités, tu sais. Heureusement que les rois de Valingaï sont plus malins que toi.

Si maître Duom, les joues rosées, choisit de ne pas se formaliser, il ne put toutefois retenir un soupir de soulagement lorsque Edwin se remit en route. La cité était encore loin, sans doute presque une heure de marche, le temps nécessaire pour oublier qu'il venait de se faire moucher par un marmot de huit ans.

Ewilan observait Illian avec attention. Se métamorphosant une fois de plus, le jeune garçon avait retrouvé son entrain et sa vivacité d'esprit. Elle savait désormais qu'il ne les garderait qu'un moment avant de basculer à nouveau dans l'apathie.

Ce n'était cependant pas cela qui l'inquiétait le plus. Au-delà de ses changements d'humeur, elle trouvait étrange qu'il ne manifeste pas davantage de joie à l'idée de revoir ses parents. Il n'en n'avait pas dit un mot durant le voyage malgré ses sollicitations, alors qu'elle-même, pourtant bien plus âgée, attendait avec impatience le jour où elle rejoindrait les siens. L'éducation valinguite était sans doute particulière, Illian n'en restait pas moins pour Ewilan un véritable mystère.

Valingaï était encore plus grande qu'ils ne l'avaient estimé de prime abord. Sa muraille ouest s'étendait sur plusieurs kilomètres sans la moindre rupture, hiératique et effrayante de régularité. L'absence apparente de tout habitant, la noirceur de la pierre utilisée pour bâtir la cité, ses saisissantes dimensions, rendaient étrange, presque onirique, la progression des Alaviriens. Ils marchaient en silence, écrasés par l'austérité du lieu.

Ils se trouvaient à une centaine de mètres de la muraille lorsqu'un vantail pivota à la base de la porte. L'ouverture ainsi créée ne représentait qu'un dixième de sa surface totale, pourtant une dizaine de cavaliers en jaillirent sans difficulté avant de foncer sur eux. Ils étaient revêtus d'une cuirasse métallique d'un noir mat qui absorbait la lumière et brandissaient de courtes lances de combat à lame large et dentelée. Lorsqu'ils stoppèrent leurs chevaux près d'eux, Ewilan remarqua le symbole peint en rouge au centre de leur plastron. Un guerrier effrayant avec quatre tentacules jaillissant de son dos. Elle frissonna.

L'officier commandant l'escouade interpella Edwin qui s'était porté à sa rencontre.

– Qui êtes-vous, étrangers ?

– Nous sommes alaviriens et nous venons en paix.

Le Valinguite éclata d'un rire épais et méprisant.

– En paix ! s'exclama-t-il. Peut-on concevoir qu'il en soit autrement ? Qui projetterait d'attaquer Valingaï ?

– Venir en paix est une expression qui signifie que nos intentions sont louables. C'est ainsi que l'on s'exprime dans mon pays. Un pays où les étrangers sont accueillis avec courtoisie.

L'officier cracha par terre.

– La courtoisie n'est rien. Seule compte la force, seuls les forts méritent le respect. Valingaï n'a que faire de misérables comme vous.

Les mâchoires d'Edwin se crispèrent et ses amis comprirent qu'il était proche de l'explosion. Il se contint toutefois, mais lorsqu'il reprit la parole ce fut de la voix calme et posée qu'il employait lorsqu'il était vraiment en colère.

– Sache que chacun des misérables que tu vois devant toi serait capable de te faire rentrer ta suffisance dans la gorge…

Le Valinguite s'empourpra, ouvrit la bouche pour une invective. Edwin ne lui laissa pas l'opportunité de la proférer.

– … si nous avions du temps à perdre avec l'imbécile présomptueux que tu sembles être. Nous sommes alaviriens. Tu ignores sans doute jusqu'à l'existence de Gwendalavir et cela ne m'étonne pas. Ton roi, lui, nous connaît et nous traitera en hôtes de marque. Contente-toi de nous escorter et cesse de jouer avec ta tête. Tu vas finir par la perdre.

L'assurance du soldat s'effondra. Il se tourna vers ses compagnons qui se gardèrent d'intervenir puis reporta son attention sur Edwin.

– Qui me dit que tu ne mens pas ? demanda-t-il.

– Je ne mens jamais.

– Mais…

– Nous sommes là pour des raisons qui te dépassent. La seule que je puisse te révéler concerne Illian. C'est un jeune garçon originaire de Valingaï qui a été enlevé, nous le ramenons chez…

Edwin se tut, contemplant l'air effaré qui tout à coup se peignait sur le visage du soldat. Le Valinguite se mit à trembler, son regard balaya les Alaviriens sans les voir pour se poser sur Illian.

– L'élu… murmura-t-il.

– Que dis-tu ? l'interrogea le maître d'armes.

Le soldat ne lui accorda aucune attention. Il pivota vers les autres Valinguites qui se tenaient immobiles, les yeux écarquillés de stupéfaction.

– L'élu ! hurla-t-il. L'élu est revenu !

11

Certitudes qui frissonnent
Cœurs qui résonnent
Curiosité

Ellundril Chariakin,
chevaucheuse de brume

La nouvelle de leur arrivée circula dans Valingaï avant qu'ils en franchissent les portes. Lorsque l'immense vantail d'acier coulissa avec un bruit de tonnerre pour leur laisser le passage, son fracas fut couvert par les acclamations de la foule amassée juste derrière et tout au long de la large avenue qui s'enfonçait dans la cité. Les Alaviriens, encadrés par les cavaliers, s'arrêtèrent, stupéfaits, tandis qu'Illian poussait un cri de souris et se cramponnait à la main d'Ewilan.

– S'ils croient qu'ils vont nous obliger à défiler... maugréa maître Duom.

– Illian semble important pour eux, remarqua Siam. Bien plus que vous ne le pensiez, non ?

– Sans doute, mais élu ou pas, il est hors de question que je fasse le clown devant des milliers d'inconnus.

– Nous n'avons guère le choix, intervint Edwin. Par le sang des Figés, relève le menton et fais honneur à Gwendalavir !

Comme s'ils respectaient une règle stricte, les Valinguites se pressaient sur les vastes trottoirs sans poser le pied sur la chaussée. Celle-ci, vide de tout attelage, filait en droite ligne jusqu'à rejoindre un colossal édifice, bâti dans la même pierre noire que la muraille extérieure, qui s'élevait au centre d'une place gigantesque.

– Ça, c'est au moins le palais de KaterÃl, lança Salim à Bjorn. Tu crois qu'on y mange bien ?

Le chevalier ne répondit pas. Sa proverbiale assurance pour une fois battue en brèche, il tripotait nerveusement le manche de sa hache en contemplant la taille de la ville qui s'ouvrait devant lui et le nombre incroyable de spectateurs qui le dévisageaient, lui, Bjorn Wil' Wayard. Un nombre de spectateurs qui croissait de minute en minute. Il n'était pas du tout certain d'apprécier cela.

Lorsque les Alaviriens se remirent en marche, les cris de la foule s'amplifièrent, scandant le nom d'Ahmour et celui de l'élu. Illian, le visage décomposé, se mit à trembler. Ewilan se pencha sur lui et le prit dans ses bras. Il blottit sa tête dans le creux de son épaule, enserra son cou de ses bras, ferma les yeux.

– Qu'est-ce que c'est que cette histoire d'élu, Illian ? lui demanda-t-elle doucement.

– Je ne sais pas, gémit-il, je ne sais pas. Je ne me rappelle plus. Ils font trop de bruit.

– J'ai peur que nous ayons fait une erreur en te ramenant chez toi, marmonna Ewilan. Une sacrée erreur…

Elle poursuivit à l'intention de ses compagnons :

– Nous devrions presser le pas.

– Difficile, grogna Edwin entre ses dents.

– Ceux-là vont peut-être nous sortir du pétrin...

Ellana désignait du menton une deuxième escouade de cavaliers qui venait de surgir d'une rue perpendiculaire, escortant un carrosse rutilant que tiraient quatre étalons pie. Le carrosse se rangea près des Alaviriens et un homme en descendit.

Mince, de taille moyenne, des cheveux noirs et bouclés soigneusement entretenus, il portait une fine moustache et était vêtu d'un pourpoint d'un jaune surprenant. Il s'avança vers eux d'une démarche dansante qui tira un sourire à Bjorn.

– Un courtisan, souffla-t-il à l'oreille de Salim.

– Et alors ?

– Je déteste ces incapables délicats et mielleux. Il y en avait des hordes dans le palais impérial avant que Sil' Afian y mette de l'ordre.

L'homme les salua d'une révérence outrancière.

– Je suis Yalissan Fiyr et au nom de KaterÃl, monarque de Valingaï, je vous souhaite la bienvenue, amis alaviriens.

– Comment sait-il d'où nous arrivons ? chuchota Salim à l'oreille d'Ellana.

Comme si la question lui avait été adressée à haute et intelligible voix, Yalissan Fiyr se tourna vers Salim.

– Rares, très rares, sont les choses qui échappent à mon maître.

Il souriait, mais l'éclat glacial de ses yeux bleu pâle démentait la bonhomie de ses paroles. Salim se sentit soudain aussi mal à l'aise que si un cobra mortellement dangereux avait entrepris de l'hypnotiser.

Le regard de Yalissan Fiyr balaya les Alaviriens, passa sur Siam, y revint. S'y arrêta.

– Vous êtes attendus au palais. Le jour qui voit l'élu revenir chez les siens est un grand jour. Surtout si l'élu se trouve en aussi charmante compagnie...

Un frisson glacé parcourut le dos de Siam. Les paroles de Yalissan Fiyr et ses manières onctueuses l'incommodaient. Non, plus que cela. Elles lui donnaient envie de tirer son sabre et de l'égorger. Sans avertissement. En guerrière accomplie, formée à l'implacable école des Frontaliers, elle se contint. Mathieu, lui, frémit et fit un pas en avant, les poings serrés. Sans paraître lui accorder la moindre importance, Yalissan Fiyr modifia légèrement ses appuis, se plaça de profil, continua à sourire.

– Prenez donc la peine de monter dans ce carrosse. Je suppose que la route a été longue, vous devez être éreintés.

Ses mots et son ton étaient l'image même de la courtoisie. Une courtoisie légèrement surannée, presque ridicule. Edwin fut le seul à noter que sa position était, elle, une garde de combat.

Simple et parfaite.

Réflexe aiguisé par des années de batailles, son regard se posa sur la poignée de l'épée qui pendait au ceinturon du Valinguite. Elle était patinée par l'usage, ternie par la sueur que seules des heures et des heures d'entraînement pouvaient faire couler. Les yeux du maître d'armes remontèrent jusqu'aux mains de Yalissan Fiyr. Ses ongles courts, les cals dans ses paumes et la puissance de ses phalanges tannées par l'exercice achevèrent de gommer ses doutes.

Yalissan Fiyr était un prédateur.

Un tueur.

Le carrosse traversa lentement la cité. Yalissan Fiyr décrivait les lieux d'une voix enjouée, comme s'il avait été un guide chargé de faire apprécier le pittoresque d'une ville à des touristes peu enthousiastes.

– L'édifice que vous apercevez sur votre droite, dit-il en tendant le bras par la fenêtre, est la grande arène. Les Valinguites s'y divertissent une fois par semaine à l'occasion des jeux qu'offre KaterÃl. Elle n'est certes pas aussi belle que les tours d'Al-Jeit, mais je vous la ferai visiter.

– Nous sommes venus jusqu'ici pour ramener Illian et retrouver les compatriotes qui nous ont précédés, lui indiqua Edwin, pas pour visiter une cité, aussi magnifique soit-elle.

– Allons, du calme, le morigéna gentiment Yalissan Fiyr. Les questions sérieuses seront abordées tout à l'heure. Pour l'instant seul le plaisir compte.

Il avait appuyé ses derniers mots d'un regard insistant sur Siam qui détourna la tête. Mathieu sentit son sang bouillir. Il voulut se lever… La grosse main de Bjorn le plaqua sur son siège.

– Mon ami est jeune et fougueux, expliqua le chevalier d'un ton débonnaire. Il a du mal à rester assis plus de quelques minutes.

– Je comprends. Rassurez-vous, nous atteindrons bientôt le palais. Regardez à gauche. Ce sont les aciéries de Valingaï. Nous produisons ici un métal que toutes les cités des plaines Souffle nous envient. Il n'est ni aussi souple ni aussi résistant que la vargelite des armures alaviriennes, mais il est efficace et nous en sommes fiers.

– Qui vous a parlé de la vargelite ? le questionna Edwin.

– Je vous ai dit que les questions sérieuses seraient abordées plus tard. Par Ahmour, décontractez-vous…

Le carrosse, suffisamment grand pour contenir l'ensemble des voyageurs, était divisé en deux parties séparées par une cloison ajourée. Ewilan se trouvait assise en compagnie de Salim, Ellana, Artis Valpierre et d'Illian auquel Yalissan Fiyr, étrangement, n'avait pas accordé le moindre regard.

– Je n'aime pas l'idée que ce type sache autant de choses sur nous, murmura Salim. Il y a deux mois personne ne se doutait que Valingaï existait. Comment a-t-il appris tout ça ?

– Gwendalavir ignorait l'existence de Valingaï, répondit Ewilan. Cela ne signifie pas que le contraire était vrai. Éléa Ril' Morienval est venue ici. Qui sait ce qu'elle a raconté ? Les secrets qu'elle a dévoilés ?

– Ça faisait longtemps que nous n'avions pas parlé de cette vipère, persifla Salim. Tu ne crois pas qu'elle va encore se dresser sur notre chemin, j'espère…

– Non, Salim, répliqua Ewilan avec un sourire dur, je ne crois pas. J'en suis sûre.

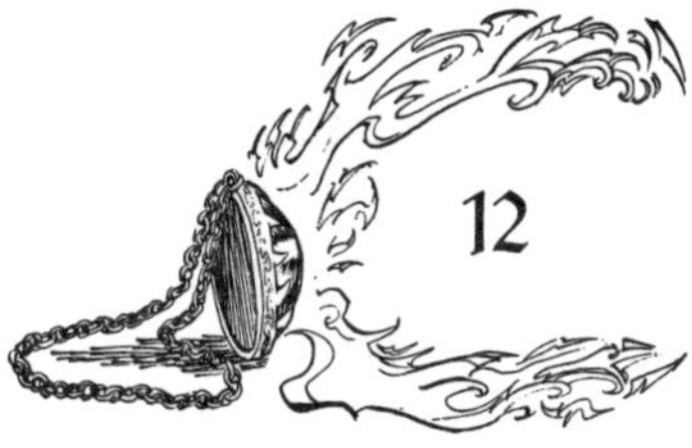

12

Avant le règne d'Ahmour, les jeux n'avaient aucun sens. Personne ne mourait.

Livre noir des Ahmourlaïs

Le palais de KaterÃl se dressait au sommet d'une gigantesque volée de marches que couronnait une colonnade démesurée, surmontée d'une série de toits en terrasse dont certains étaient de véritables jardins tropicaux. Les Alaviriens furent accueillis par une nuée de serviteurs zélés qui les conduisirent à l'intérieur. L'un d'eux s'approcha d'Ewilan qui tenait toujours la main d'Illian.

– Je suis chargé de guider l'élu vers ses appartements, annonça-t-il en s'inclinant.

Illian sursauta et se cramponna à Ewilan.

– Non!

Il avait crié et, lorsqu'elle s'agenouilla pour le prendre dans ses bras, il se blottit contre elle.

– Je crois que tu devrais suivre cet homme, dit-elle d'une voix qu'elle voulait rassurante. Tu ne risques rien, tu sais.

– Mais j'ai peur, lui souffla-t-il à l'oreille.

– Peur, toi ? Tu plaisantes ? Tu es le garçon le plus terriblement courageux que je connaisse.

– Vrai ?

– Vrai de vrai. Pense que tes parents ont dû être prévenus de ton retour. Ils vont certainement arriver.

– Tu n'as pas compris ? murmura Illian. Je n'ai pas de parents. Je n'en ai jamais eu...

– Tu n'as pas... Que dis-tu ? Que...

Le serviteur qui s'était approché posa la main sur l'épaule d'Illian.

– Ne peut-il rester avec nous ? s'enquit Ewilan, la gorge nouée.

– C'est impossible, répondit l'homme. L'intendant m'a toutefois chargé de vous rassurer. L'élu sera évidemment traité avec tous les honneurs qui lui sont dus et vous pourrez le revoir bientôt.

Ewilan hésita puis, avec le sentiment de commettre une trahison, se redressa. Le serviteur prit la main d'Illian et l'entraîna. Elle le vit s'éloigner, les yeux brûlants.

– Pourquoi l'as-tu laissé partir ? demanda Salim.

Elle le fusilla du regard.

– Parce que nous sommes venus pour ça, figure-toi ! Illian est valinguite, que nous trouvions son pays bizarre, inhospitalier ou peuplé de fous ne change rien à l'affaire. Il est valinguite et moi, je ne suis pas sa mère, d'accord ?

– D'accord, ma vieille, inutile de te mettre dans cet état.

Ewilan se nicha contre lui.

– Je suis désolée, murmura-t-elle. Je ne pense pas un mot de ce que j'ai dit. C'est juste que... je n'ai pas le choix, Salim. Nous n'aurions jamais dû ramener Illian ici. Bon sang que j'ai été stupide !

Yalissan Fiyr s'approcha de sa démarche glissante.

– Votre discussion est sans nul doute importante et KaterÃl un souverain compréhensif, il serait pourtant bienséant d'ajourner l'une pour ne pas faire patienter l'autre trop longtemps...

L'humour dans sa voix était perceptible, mais jurait une fois de plus avec l'éclat glacial de ses yeux. Salim poussa un grognement et, à la suite d'Ewilan, s'engagea dans un couloir derrière ses amis.

KaterÃl, roi de Valingaï, les attendait dans une grande salle aux murs couverts de mosaïques, près d'une fontaine qui se déversait en chantant dans un bassin limpide. C'était un homme de petite taille, avec un sérieux début d'embonpoint, aux cheveux poivre et sel nattés et retenus en arrière par un bandeau d'or incrusté de gemmes. Il portait une toge fermée par une énorme émeraude taillée en forme d'araignée. Nonchalamment assis sur un divan bas, il piquait dans une coupe de cristal des baies vermeilles qu'il suçotait avant de cracher peau et pépins sur le marbre rosé du sol.

Yalissan Fiyr s'arrêta à deux mètres de son souverain et posa un genou à terre.

– La Dame Noire avait raison, sire, l'élu est de retour.

– C'est bien, Yalissan, c'est bien. Quoi que prétende SarAhmour et quelle que soit la valeur de la Dame Noire, la sagesse de mes ancêtres me souffle que l'élu est indispensable à la réussite de nos projets.

KaterÃl attrapa une baie et leva les yeux vers les Alaviriens, qui se tenaient derrière Yalissan Fiyr.

– Edwin Til' Illan, Ewilan Gil' Sayan, Ellana Caldin, Duom Nil' Erg, récita-t-il d'une voix enjouée, soyez les bienvenus. Vous aussi, amis alaviriens dont je ne sais pas encore les noms. Mon palais vous appartient tant que durera votre séjour.

Décontenancés par cet accueil inattendu, Edwin et ses compagnons s'inclinèrent maladroitement. Maître Duom se reprit le premier.

– Je n'imaginais pas que votre Majesté connaîtrait nos obscures identités.

– La modestie est une qualité lorsque l'on n'essaie pas d'en faire une arme, respectable analyste, rétorqua KaterÃl avec un sourire ambigu. Vos identités sont loin d'être obscures et un souverain doit s'informer de ce qui revêt de l'importance pour son royaume.

Mouché, maître Duom resta coi. Edwin prit la relève.

– Le fait que vous soyez si bien renseigné nous facilitera la tâche. Mon Empereur m'envoie pour jeter les bases d'une relation diplomatique entre Valingaï et Gwendalavir.

KaterÃl cracha une baie et tendit le bras vers la coupe.

– Je ne pense pas que votre Empereur vous ait vraiment envoyé pour cette raison. Les Alaviriens qui vous ont précédés oui, vous non.

Le cœur d'Ewilan avait brusquement accéléré.

– Altan et Élicia Gil' Sayan ! Ce sont mes parents. Savez-vous où ils se trouvent ?

– Évidemment, jeune fille. Ils sont ici, dans ce palais. Et pour répondre à la question qui ne va pas manquer de suivre, ils sont en parfaite santé. En parfaite santé et bien traités ce qui est un privilège dont, j'espère, ils ont conscience.

– Que voulez-vous dire ?

– L'hospitalité ne fait pas partie des coutumes valinguites. Par tradition, nous nous méfions des étrangers. De plus, pour des raisons qui seraient trop longues à expliquer, des personnes importantes dans mon royaume souhaitent que soit exclue toute possibilité d'entente avec Gwendalavir.

– Les Ahmourlaïs ? La Dame Noire peut-être ?

Les yeux sombres du roi se plantèrent dans ceux d'Ewilan.

– Tu es intelligente, jeune fille. C'est une qualité appréciée à Valingaï, mais dangereuse…

À cet instant, un serviteur entra dans la pièce et s'approcha de KaterÃl. Il lui murmura une phrase à l'oreille avant de se retirer, discret comme une ombre.

– Je m'aperçois, fit le roi une fois que l'homme fut sorti, que j'ai omis de vous remercier pour avoir escorté l'élu jusqu'ici. C'est un manquement grave à la politesse et je vous prie de m'en excuser.

Un manquement à la politesse. Salim se demanda brièvement s'il rêvait. Ce type était là, vautré devant eux à cracher par terre et il parlait de manquement grave à la politesse…

– Illian a été enlevé à ses parents par une Alavirienne que nous jugeons très dangereuse, commença Edwin. Je dois vous…

KaterÃl éclata de rire, lui coupant la parole.

– L'élu n'a pas de parents ! Il n'en a jamais eu ! s'exclama-t-il lorsqu'il se fut calmé. Ses géniteurs sont morts dans un dramatique accident alors qu'il n'avait pas une semaine. Ce sont des choses qui arrivent à Valingaï. Un orphelin si jeune a peu de chances de survivre chez nous – nous ne sommes pas tendres – mais Illian était l'élu. Nous le savions avant sa naissance. Il a donc été élevé au palais avec toute l'attention que requérait son statut et je peux vous certifier qu'il n'a pas été enlevé !

– Mais...

– Si Illian est l'élu, c'est aussi un enfant. Nous l'avions confié à une personne chargée d'achever son initiation, il a pris peur et s'est enfui. Voilà tout.

– Ce n'est pas ce qu'il nous a raconté ni ce que nous avons constaté, intervint Ewilan.

– C'est pourtant ce que je crois. La Dame Noire me l'a elle-même rapporté.

– Peut-être a-t-elle été abusée ?

Un éclat de colère brilla dans les pupilles de KaterÃl.

– La Dame Noire sait ce qu'elle dit ! C'est à elle que l'élu avait été confié !

Malgré leur conviction que KaterÃl mentait, les Alaviriens n'insistèrent pas. Le sujet était apparemment sensible. S'obstiner aurait été inconvenant et sans doute dangereux. Après un instant de silence gêné, Ewilan, n'y tenant plus, reprit la parole :

– Qu'il ait été enlevé ou pas, Illian a passé plusieurs semaines avec nous. Je suis surprise qu'il ne nous ait jamais parlé de son rôle d'élu. Élu de qui ? Élu pour quoi ? Pouvez-vous nous en dire davantage ?

KaterÃl la jaugea du regard.

– Non.

13

La fosse valinguite est due à un effondrement géologique identique à celui qui a créé la Faille de l'Oubli aux confins est.

Thésaurus katinite de la connaissance

Le reste de l'entretien ne fut qu'une suite d'escarmouches verbales et policées entre le roi et Edwin, chacun essayant de soutirer à l'autre le maximum d'informations sans rien lui dévoiler.

Ewilan avait réussi à juguler son inquiétude pour Illian. Elle écoutait la conversation avec le sentiment de rêver. Edwin et KaterÃl parlaient comme si les seuls enjeux de leur rencontre étaient politiques. Le maître d'armes avait-il oublié que la véritable raison de leur présence à Valingaï était de détruire Ahmour ? KaterÃl était-il aveugle ou fou qu'il ne mentionnât même pas le culte ?

Jugeant sans doute qu'il avait suffisamment affirmé son autorité, le souverain proposa enfin un siège à ses hôtes. Des serviteurs surgirent sans qu'il ait eu besoin de les appeler et installèrent, près du divan du roi, de gros coussins de cuir mauve sur lesquels les Alaviriens prirent place.

Yalissan Fiyr en profita pour se retirer, non sans avoir gratifié Siam d'un dernier coup d'œil admiratif. Mathieu ferma les yeux, jamais il n'avait haï un homme avec autant d'intensité. La virulence de ce sentiment le surprenait. Yalissan Fiyr se contentait de regards insistants, Siam y semblait insensible, mieux, agacée. Pourquoi donc le sang bouillonnait-il avec autant de violence dans ses veines ? Pourquoi ces pulsions meurtrières qu'il contrôlait à grand-peine ?

Une main se posa sur son épaule. Mathieu sursauta, ouvrit les yeux. Artis Valpierre le regardait avec sollicitude.

– Ne te laisse pas miner par la perversité de cet homme, lui murmura le rêveur. L'intérêt dont il fait preuve pour Siam n'a d'autre objectif que jeter le trouble dans nos cœurs. Le tien surtout. Il ne la connaît pas et elle n'éprouve que du dédain pour lui.

Mathieu se força à respirer avec lenteur. Sa rage se résorba alors que les paroles d'Artis se frayaient un passage dans sa conscience. Le contrôle de ses émotions retrouvé, il adressa un clin d'œil reconnaissant au rêveur. Il n'avait jamais vraiment prêté attention à Artis. Timide, réservé, le rêveur vivait dans l'ombre de ses amis et on l'oubliait facilement. C'était un tort, Mathieu se promit de le réparer dès que possible.

Lassé du peu de renseignements arrachés à Edwin, KaterÃl, en diplomate chevronné, décida de changer d'interlocuteur. Il se tourna vers Ellana qui était jusqu'alors restée silencieuse.

– Il y a quelques jours, mon armée, partie régler un léger problème de frontière à l'ouest, a franchi l'échine du Serpent à la hauteur d'Hurindaï. Il n'y a pas d'autre passage à moins de deux cents kilomètres. Je suis surpris que vous ne l'ayez pas rencontrée.

La marchombre lui répondit sans la moindre trace d'hésitation.

– Nous l'avons aperçue dans les plaines Souffle. La veille, nos chevaux avaient été dispersés par l'attaque d'un tigre et nous étions condamnés à marcher. Nous avons vu un énorme nuage de poussière progresser vers l'ouest mais, songeant qu'il s'agissait d'un troupeau de khazargantes, nous ne nous sommes pas approchés. Je réalise maintenant qu'il devait s'agir de vos troupes.

– Vous n'êtes donc pas passés par Hurindaï.

– Non, mentit Ellana. Les messages que nous avons reçus d'Altan et Élicia nous informaient qu'Hurindaï était une cité sans grande importance, et c'est Valingaï que nous devions atteindre pour rendre Illian aux siens et retrouver nos amis.

KaterÃl se frotta pensivement le menton.

– Trois jours pour traverser à pied les plaines Souffle... Oui, cela concorde. Vous n'avez pas dû rater mon armée de beaucoup, mais il est sans doute préférable que vos chemins ne se soient pas croisés. Des hommes qui partent au combat, surtout s'ils sont valinguites, ne sont pas toujours... tendres.

Ellana ne répondit pas et pendant un moment seul le murmure de la fontaine troubla le silence qui régnait sur la pièce. Puis KaterÃl s'étira avec nonchalance, montrant que l'entretien touchait à sa fin.

– Vous devez avoir hâte de vous rafraîchir et de rejoindre vos compatriotes, déclara-t-il enfin. Je vous reverrai plus tard.

– Nous ne nous attarderons pas à Valingaï, précisa Edwin.

Un sourire équivoque se dessina sur les lèvres du monarque.

– Les jeux de l'Appel Final débutent dans moins d'une semaine, vous ne pouvez envisager de nous quitter déjà. Sans compter que le grand prêtre d'Ahmour m'en voudrait beaucoup s'il apprenait que je vous ai laissés partir avant son retour. Je crains que votre départ ne soit pas à l'ordre du jour.

C'était la première fois que KaterÃl mentionnait le nom d'Ahmour et une tension perceptible avait retenti dans sa voix lorsqu'il l'avait prononcé. Edwin avait été surtout sensible à la menace à peine voilée contenue dans les mots du roi. Il s'apprêtait à protester, mais KaterÃl détourna la tête. Un serviteur apparut comme par magie et invita d'un geste les Alaviriens à le suivre.

En dépit de leurs salutations, le souverain de Valingaï ne leur accorda plus un regard.

Le palais était peuplé d'une multitude de serviteurs, courtisans et gardes armés. Il s'organisait en plusieurs ailes indépendantes groupées autour d'un immense jardin tropical abrité par une coupole de verre. Les murs et les sols étaient couverts de mosaïques colorées qui tranchaient avec la sobriété de l'enceinte extérieure. Les Alaviriens marchèrent une bonne vingtaine de minutes avant que l'homme qui les guidait ne s'efface pour leur laisser le passage. Ils se trouvaient au sommet d'un large escalier de pierre bleue, de la lazurite peut-être, qui descendait vers un patio verdoyant. Assis sur de confortables fauteuils à proximité d'un bassin à l'eau limpide, une table basse chargée de livres à côté d'eux, Altan et Élicia étaient plongés dans leur lecture.

Sans prêter attention aux deux soldats qui montaient une garde vigilante sur la plus haute marche, Ewilan se précipita vers ses parents. Élicia découvrit la présence de sa fille au moment où elle arrivait. Elle n'eut que le temps de se lever et d'ouvrir les bras, Ewilan s'y jeta d'un bond.

– Ewilan !

Mère et fille tournoyèrent en s'étreignant, riant et pleurant à la fois, balbutiant des paroles incompréhensibles jusqu'au moment où, ivres de bonheur, elles vacillèrent...

La poigne solide d'Altan les rattrapa avant qu'elles basculent dans le bassin.

– Embrasse-moi d'abord, tu te baigneras ensuite, lança-t-il à sa fille en la prenant dans ses bras.

Ewilan se blottit contre sa poitrine tandis que Mathieu s'approchait, suivi de ses compagnons. Élicia courut vers son fils et, très vite, le patio fut le théâtre de retrouvailles émouvantes, émaillées d'exclamations joyeuses et de gestes animés.

– Comment avez-vous réussi à nous retrouver ? demanda Altan lorsqu'ils eurent repris leurs esprits.

– Êtes-vous ici pour nous ? s'enquit Élicia.

– Évidemment, répondit Bjorn. Nous sommes venus vous chercher puisque vous ne vous décidiez pas à rentrer. Nous nous attendions à rencontrer un roi sanguinaire et à devoir lutter pour vous rejoindre, mais KaterÃl, s'il est un peu bizarre, s'est montré plutôt accueillant pour un Valinguite.

Ewilan vérifia l'absence d'oreilles indiscrètes avant de prendre la parole.

– Nous sommes ici pour vous, bien sûr, mais aussi pour contrer Ahmour. La méduse qui bloque l'Imagination et le démon adoré par les Valinguites ne font qu'un. Sa puissance croît sans cesse et le jour est proche où il franchira la barrière entre les dimensions.

– La présence de cette maudite créature dans les Spires nous empêche de dessiner, s'emporta Altan. Lorsque nous avons compris la situation et la nature du culte d'Ahmour, il était trop tard pour nous enfuir. Malgré les apparences, nous sommes bel et bien prisonniers. Les membres de notre escorte ont disparu, personne ne nous donne de leurs nouvelles, nous sommes aussi surveillés que le trésor royal... J'ai peur que vous nous ayez rejoints dans un piège dont nous aurons du mal à sortir.

– Comment des hommes peuvent-ils pactiser avec un démon ? s'insurgea maître Duom.

– KaterÃl ne souhaitait sans doute pas un tel pacte, expliqua Altan, mais son autorité est menacée. Les Ahmourlaïs et leur grand prêtre SarAhmour détiennent désormais un pouvoir presque aussi important que le sien.

– Il semble qu'une fois de plus tu m'oublies !

La voix avait résonné en haut des escaliers.

Effrayante.

Une voix reconnaissable entre mille.

– Mes amis, je vous présente la Dame Noire, articula Élicia, glaciale, en se tournant vers Éléa Ril' Morienval.

14

La voie des marchombres est l'harmonie. Leurs compétences ne reposent sur aucun Don tombé du ciel et ils n'ont donc aucune limite.

Ellundril Chariakin, chevaucheuse de brume

Éléa Ril' Morienval était tout entière vêtue de noir. Une complexe superposition de jupes, foulards et voiles qui ne laissait apparents que son visage pâle et ses mains aux ongles effilés, pareils à des griffes, noirs également. Un rictus tordit sa bouche lorsque Ewilan, qui s'était jetée dans l'Imagination, en fut chassée sans avoir pu dessiner.

– Personne ici n'utilise les Spires sans mon autorisation, cracha-t-elle.

– Tu serais moins prétentieuse sans le démon que tu sers, rétorqua Élicia. C'est lui qui bloque l'Imagination, pas toi !

– Pauvre idiote ! Je ne sers personne, n'as-tu pas au moins compris cela ? Ta fille semble avoir reçu de l'aide, Ahmour est impuissant à contrer son pouvoir, j'ai donc disposé des gommeurs autour de vos appartements. Étrange que de fragiles bestioles réussissent là où un démon échoue, n'est-ce pas ? Ce procédé est plus classique que des tentacules dans l'Imagination, je te l'accorde, mais tout aussi efficace pour remettre à leur place les gamines présomptueuses.

Ewilan jeta un coup d'œil sur ses compagnons. Maître Duom et Artis Valpierre paraissaient dépassés par les événements. Edwin, Siam et Bjorn avaient, eux, empoigné leurs armes, mais la Sentinelle félonne était entourée d'une dizaine de gardes qui rendaient vaine toute velléité d'action.

Ellana s'était assise et contemplait la scène d'un air détaché, tandis que Salim, essayant d'imiter sa décontraction, était en train de passer le gant d'Ambarinal à sa main gauche. Élicia avait fait un pas en avant pour invectiver la Sentinelle félonne, Mathieu se dressait à ses côtés, prêt à l'épauler.

Ce fut l'attitude de son père qui surprit Ewilan. Il se tenait en retrait, son visage trahissant la gêne plutôt que l'anxiété. Éléa Ril' Morienval le toisa avec dédain avant de l'apostropher.

– Alors Altan, tu as enfin retrouvé ta petite famille ? L'officielle, du moins…

– Que raconte-t-elle ? souffla Salim à Ellana.

La Sentinelle poursuivit avant que la marchombre ait pu donner son avis :

– Profites-en, vous n'allez pas tarder à être séparés. Définitivement cette fois !

– Tais-toi, monstre ! hurla Élicia. Tu ne peux rien contre nous. Malgré ta soif de pouvoir, tu n'es qu'un pion au service de KaterÃl, et il t'a interdit de nous faire le moindre mal !

Un éclat de rire sardonique lui répondit.

– Parce qu'il envisage de vous utiliser comme monnaie d'échange dans ses risibles joutes politiques. Il changera d'avis. Tôt ou tard. Et s'il tarde trop, tu sais aussi bien que moi qu'un accident est vite arrivé... Tu trembles, Altan ? As-tu peur pour les tiens ou regrettes-tu les choix que tu as pu faire ?

– Quels choix ? Quels regrets ? l'interpella Élicia. Nous nous sommes toujours opposés à toi et à tes monstrueuses manigances. Nous continuerons tant qu'il nous restera un souffle de vie.

– Belle déclaration, persifla Éléa Ril' Morienval. J'en ai les larmes aux yeux. Mais dis-moi, Élicia, es-tu une extraordinaire comédienne ou, comme je le pressens, ton noble époux ne t'a-t-il jamais raconté sa...

– Ça suffit !

Altan avait crié en se portant en avant.

– Ça suffit, répéta-t-il, ou, par le sang des Figés, je t'étrangle de mes mains !

Éléa lui adressa un sourire outrancier.

– J'aime quand tu te montres violent. C'est là ta véritable nature, le sais-tu ? Quel dommage que tu sois si lâche. Alors, mon tendre Altan, te confesseras-tu ou préfères-tu que je m'en charge ?

Un silence pesant s'installa sur le patio. Éléa Ril' Morienval jaugeait les Alaviriens qui s'étaient tournés vers Altan et l'observaient, surpris. Un filet de sueur coulait sur sa tempe tandis que ses mains étaient prises d'un incoercible tremblement. Ses yeux se posèrent sur ses enfants, passèrent à sa femme avant de revenir sur Ewilan et Mathieu.

– Je... je... balbutia-t-il. Il faut que...

Une soudaine agitation au sommet des escaliers lui coupa la parole. Yalissan Fiyr apparut, accompagné d'une escouade de soldats. Il s'inclina respectueusement devant Éléa Ril' Morienval.

– Madame, lui dit-il d'une voix où perçait une ironie mordante, le palais est grand, vous vous êtes sans doute égarée. Je dois toutefois vous rappeler que KaterÃl, mon maître, a formellement interdit que vous vous adressiez aux priso... aux invités en son absence. Si vous le voulez bien, mes hommes vont vous raccompagner dans vos appartements.

Éléa Ril' Morienval le toisa avec mépris, tentant de l'écraser de sa morgue. Ses yeux couleur banquise plantés dans ceux, noirs, de la Sentinelle, Yalissan Fiyr ne broncha pas. Il tendit le bras vers le couloir.

– Par ici, madame.

L'ordre, bien que prononcé avec déférence, était sans équivoque. Éléa Ril' Morienval releva le menton avec fierté, tourna les talons et, dans une envolée de foulards noirs, disparut. Yalissan Fiyr adressa un signe de tête à ses hommes puis descendit les marches pour rejoindre les Alaviriens.

– Les retrouvailles ont-elles été à la hauteur de vos attentes ? leur demanda-t-il.

Edwin le mesura du regard.

– Ainsi nous sommes prisonniers.

– Quelle idée ! s'exclama Yalissan Fiyr. Bien sûr que non. Vous êtes des invités d'honneur.

– Nous pouvons donc quitter le palais ?

– Le soir approche et les rues de Valingaï ne sont pas sûres la nuit, il est préférable que vous vous absteniez.

– Quitter ces appartements alors ?

– Le palais est vaste, vous risqueriez de vous perdre. Non, soyez raisonnables, vous êtes las, vous n'avez pas vu vos amis depuis longtemps. Prenez vos aises, reposez-vous. Des chambres vont être préparées pour que...

– Il ment, prévint Élicia. Nous sommes bel et bien prisonniers.

– Voyons, chère amie, quel vocabulaire ! N'avez-vous pas conservé vos armes ? N'êtes-vous pas traités avec considération ? Les prisonniers valinguites ne résident pas au palais, eux, ils ne mangent pas à la table du roi et ne dorment pas sur des matelas de plumes.

– Niez-vous que nous n'ayons pas le droit de sortir ?

– Uniquement parce que nous veillons à votre sécurité.

Yalissan Fiyr s'approcha pour poursuivre dans un murmure :

– La Dame Noire ne vous porte pas dans son cœur... Vous voyez ce que je veux dire ?

Il se redressa pour s'adresser à Siam :

– Belle jeune fille, j'ai cru comprendre que vous étiez une escrimeuse aguerrie. Si cela vous sied, je passerai vous chercher tout à l'heure pour un petit entraînement. Amical, il va de soi.

Avant que Siam ait pu rétorquer quoi que ce soit, Yalissan Fiyr fit demi-tour et s'éloigna.

– Ce type me fait froid dans le dos, chuchota Salim à Ewilan.

Elle ne répondit rien.

Elle gardait les yeux fixés sur son père, se demandant ce qu'il avait à cacher.

Elle avait peur.

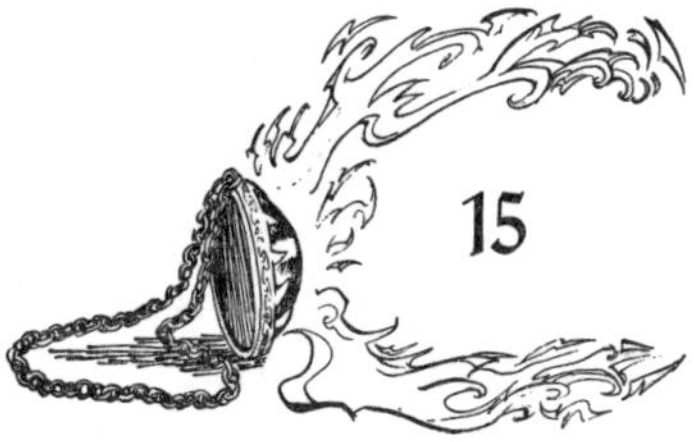

15

Nous accepterons pour Ahmour de renoncer à notre humanité. Nous tuerons ceux qui n'accepteront pas.

Livre noir des Ahmourlaïs

– Que diable Éléa Ril' Morienval fiche-t-elle ici ? s'emporta maître Duom lorsque Yalissan Fiyr fut parti. Et qu'est-ce que c'est que cette histoire de Dame Noire ?

Le vieil analyste n'avait accordé d'importance ni aux demi-révélations de la Sentinelle ni à la proposition que Yalissan Fiyr avait faite à Siam. Élicia observa un instant Altan qui retrouvait une contenance puis elle prit la parole.

– Pour répondre à ta question, je dois remonter loin dans le passé, expliqua-t-elle. Le culte d'Ahmour est très ancien. Pendant des siècles, il n'a été pratiqué que par une poignée d'illuminés sanguinaires s'appuyant sur une prétendue prophétie qui leur servait à donner un sens à leur folie. Selon cette prophétie, le démon se matérialiserait le jour où la clef du pouvoir serait offerte aux hommes. Une autre partie de la prophétie mentionnait l'élu, un être d'exception qui guiderait Ahmour jusqu'à ce qu'il soit installé à la tête de son nouveau peuple. Comme toutes les prédictions de cet acabit, il ne s'agissait que d'un verbiage ésotérique conçu pour impressionner les âmes simples, et permettre les interprétations les plus folles. À l'époque déjà, les us et coutumes valinguites ne brillaient pas par leur délicatesse, pourtant les prêtres d'Ahmour, les Ahmourlaïs, n'étaient guère appréciés. Ils étaient le plus souvent obligés de dissimuler leur nature et de se terrer pour pratiquer leurs ignobles sacrifices. Il y a une dizaine d'années, Éléa Ril' Morienval a découvert les cités au-delà du désert Ourou. Elle a très vite compris la puissance qu'elle pouvait obtenir en conjuguant l'Art du Dessin avec le Don que possèdent certains habitants des cités.

– Le Don d'Illian ? l'interrompit Ewilan. La faculté d'imposer sa volonté aux choses et aux gens ?

– Je ne sais pas qui est Illian, mais il s'agit bien de ce pouvoir. Éléa s'est liée avec les Ahmourlaïs et a endossé l'identité de la Dame Noire. Pendant dix années de manigances, elle a utilisé toute son énergie à la concrétisation de la prophétie.

– La matérialisation d'Ahmour ? demanda Edwin.

– Oui. Éléa était convaincue qu'Ahmour existait vraiment. Ailleurs. Dans une autre dimension. Elle a réussi, je ne sais comment, à dessiner une clef directement liée à l'esprit de cette entité. Dès lors le pouvoir des Ahmourlaïs est devenu immense, d'autant qu'ils annonçaient que l'élu était né. Leur culte maudit s'est répandu comme une traînée de poudre, les Valinguites se sont mis à invoquer Ahmour et l'impossible s'est réalisé. Il a quitté sa dimension pour pénétrer dans les Spires. Aujourd'hui, il est à deux doigts d'envahir notre monde. Seules les dissensions entre KaterÃl et SarAhmour ont empêché jusqu'à présent le pire de se produire.

– Explique-toi.

– Le médaillon sert à attirer Ahmour mais ne permet pas à son possesseur de dominer le démon. Cela est du ressort de l'élu. Et c'est parce qu'un être humain contrôlant Ahmour leur paraissait une hérésie que SarAhmour et ses Ahmourlaïs ont tenté de modifier la prophétie. Leur maître devait être libre de plonger le monde dans un bain de sang si tel était son bon plaisir.

– Et KaterÃl s'est opposé à eux, proposa Edwin.

– Du moins à la modification de la prophétie. KaterÃl est un tyran qui voit en Ahmour un moyen d'asseoir sa domination, mais il n'a rien d'un fanatique religieux et l'idée d'un démon dévastant son royaume est loin de l'enchanter. Conseillé par Éléa, il a mis en avant la partie de la prophétie qui concernait l'élu. Il a imposé qu'Ahmour soit assujetti au pouvoir de l'élu. L'élu est un Valinguite censé détenir un Don particulièrement puissant. Si puissant qu'il peut contenir le démon. Éléa est en outre chargée de lui enseigner l'Art du Dessin. Était chargée puisque, de toute évidence, l'élu a disparu.

– Il est revenu, lâcha Edwin. Nous l'avons ramené.

– Vous l'avez ramené ?

– Oui. L'élu est en fait un petit garçon, Illian, expliqua Ewilan. Il possède un Don étonnant, certes, mais je le vois mal contrôler un démon. Nous l'avons arraché aux griffes d'Éléa Ril' Morienval qui cherchait à s'approprier son pouvoir.

– Cela coïncide avec ce que j'ai découvert, approuva Élicia. KaterÃl n'en a pas conscience, mais l'élu a peu de chances de jouer son rôle.

– Que veux-tu dire ? s'inquiéta Ewilan.

– La formation de l'élu – le terme d'endoctrinement serait plus exact – a été assurée par les Ahmourlaïs qui ne souhaitent pas son succès, et par Éléa qui ne voit en lui qu'un moyen d'augmenter son propre pouvoir. Je partage donc tes doutes sur sa capacité à faire face à Ahmour. Je doute même que quiconque ait pris la peine de lui annoncer l'épreuve qui l'attendait...

Ewilan hocha la tête. Elle comprenait maintenant pourquoi Illian n'avait jamais entendu parler du démon et pourquoi il y avait tant de lacunes dans ses connaissances. L'attitude étrange qu'il avait eue ces derniers temps était certainement due à l'endoctrinement dont parlait sa mère. Elle s'en ouvrit à elle.

– C'est probable, confirma Élicia. Un lien doit exister entre lui et ces maudits prêtres, un lien qui s'est réactivé lorsque vous êtes arrivés.

– Je ne comprends pas le rôle d'Éléa Ril' Morienval, intervint Bjorn. Est-elle du côté des Ahmourlaïs ou de KaterÃl ?

– Éléa n'a jamais défendu que ses propres intérêts, répondit Élicia. D'abord en aidant les Ahmourlaïs à imposer leur culte, ensuite en offrant à KaterÃl les moyens de conserver le pouvoir. Elle n'a cherché qu'à accentuer leur opposition de manière à se rendre indispensable. N'oubliez pas que son but ultime est l'asservissement du démon à ses propres rêves de conquête.

Salim poussa un long sifflement.

– Excusez-moi, mais j'ai besoin de récapituler avec des mots à moi. Une cité : Valingaï. Quatre groupes. KaterÃl qui veut contrôler Ahmour à travers l'élu, c'est-à-dire Illian ; Éléa Ril' Morienval qui veut le contrôler elle ; SarAhmour et ses Ahmourlaïs qui ne veulent pas de l'élu ; et nous qui devons lui botter les fesses. C'est ça ?

– C'est ça, répondit Élicia sans sourire. N'oubliez pas qu'Éléa a convaincu KaterÃl et les Ahmourlaïs que Gwendalavir représentait un danger pour leurs projets. Dans quelques semaines, les armées valinguites attaqueront l'Empire.

Edwin poussa un juron et abattit son poing sur la table.

– C'est donc pour cette raison que Valingaï aurait rasé Hurindaï ? s'exclama-t-il. Pour s'ouvrir la route vers Gwendalavir ?

– Oui. Je pense que SarAhmour souhaitait également tester sa puissance et impressionner les officiers fidèles au roi.

– KaterÃl et les Ahmourlaïs sont à couteaux tirés, remarqua Ellana. Nous pouvons peut-être exploiter cette faille…

– Difficile, expliqua Élicia. Ils ont trop besoin les uns des autres pour entrer en conflit ouvert et Éléa veille au grain. La situation explosera lorsque Ahmour se matérialisera, les protagonistes le savent, mais pour l'instant, c'est le statu quo qui l'emporte.

– J'ai peut-être une idée, fit Ewilan. Maman, tu dis qu'Éléa Ril' Morienval a dessiné une clef ? Une clef qui a attiré Ahmour ?

– Oui. C'est un médaillon que SarAhmour porte toujours sur lui.

– Il me faut cette clef. C'est le seul moyen de combattre Ahmour. Une fois ce démon liquidé, ceux qui le soutiennent ne représenteront plus de danger.

– Comment peux-tu être aussi sûre de toi ? demanda Élicia.

– J'ai aperçu le médaillon lorsque nous étions à Hurindaï. J'ai ressenti sa puissance et la Dame a confirmé mon impression. Je dois me le procurer.

Élicia secoua la tête.

– Qu'en ferais-tu ?

– Je ne sais pas encore. Je le briserais…

– Je doute que cela serve à grand-chose. Plus maintenant, Ahmour est trop proche. Même brisé, le médaillon continuerait à l'attirer. La seule solution consisterait à le renvoyer dans les Spires, si possible à l'endroit exact où se trouve Ahmour. L'Imagination est une dimension vaste et complexe, Ahmour perdrait certainement toute possibilité de se repérer.

– C'est impossible, intervint maître Duom. L'Imagination est un monde mental. Nous l'utilisons pour créer des objets réels, mais rien de réel ne peut l'arpenter. Encore moins un être vivant chargé d'un médaillon ou de quoi que ce soit d'autre.

– Je sais, murmura Élicia, accablée.

– Nous attendrons donc qu'Ahmour se matérialise pour le combattre, trancha Edwin.

– On voit que tu dessines comme une patate, s'emporta maître Duom. Je n'ai aperçu cette entité dans l'Imagination qu'une fois et, malgré mon âge, j'en ai perdu le sommeil. Ahmour n'est pas un Raï ou un Ts'lich que l'on liquide à coups de sabre. S'il franchit la barrière entre les mondes, nous sommes fichus.

Ewilan n'écoutait plus.

Les mots de sa mère résonnaient dans son esprit, se fondant avec ceux que le Dragon lui avait offerts un peu plus tôt et qu'elle avait refusé d'écouter. Elle commençait à pressentir quelle tâche l'attendait et cette pensée l'emplissait d'appréhension.

La matérialisation d'Ahmour serait une tragédie pour l'humanité. La vie de ses amis, de sa famille était en jeu. L'avenir du monde. Il fallait agir avant.

Mais elle n'avait que quinze ans.

Et aucune envie de se sacrifier.

16

Depuis des siècles, chaque cité organise des jeux. Des jeux pour se dépasser, se mesurer à d'autres, porter haut les couleurs de son équipe, acquérir la notoriété, gagner de l'argent, oublier les tracas du quotidien… Seuls les jeux valinguites glorifient la mort.

Thésaurus katinite de la connaissance

Comme souvent après un échange tendu, tout le monde se mit à parler en même temps, donnant son avis sur KaterÃl, sur Ahmour, sur la façon de négocier avec l'un, de combattre l'autre…

Silencieuse, Élicia dévisageait son mari.

Les mots d'Éléa Ril' Morienval résonnaient dans son esprit. Brûlants. Ses grands yeux lumineux trahissaient une sourde angoisse que, malgré tous ses efforts, elle ne parvenait pas à exprimer. Altan leva la main avant qu'elle ait trouvé la force de parler.

– Plus tard, murmura-t-il.

Élicia hocha la tête avec lenteur et se tourna vers sa fille.

– Tu es bien maigre, fit-elle en passant la main dans les boucles courtes d'Ewilan. Fatiguée surtout. Raconte-moi ta vie depuis notre départ d'Al-Jeit, ce que vient faire la Dame dans cette histoire. Vous aussi, mes amis, racontez-nous votre voyage. Mathieu, Bjorn, comment a réagi Sil' Afian lorsqu'il a reçu notre message ? Je suppose que c'est lui qui a ordonné cette expédition, n'est-ce pas Edwin ? J'aimerais également avoir des nouvelles de Maniel. Comment va-t-il ? Personne n'a songé à nous présenter votre compagnon. Vous êtes un rêveur, non ?

Elle parlait à une cadence effrénée, sans attendre de réponse à ses questions de moins en moins intelligibles. Ses amis se turent pour la contempler, stupéfaits. Ellana lui posa une main sur l'épaule.

Geste calme et plein de déférence.

Apaisant.

– Nous pourrions nous asseoir, qu'en dis-tu ? Puisqu'il nous est impossible de quitter cet endroit, autant profiter du confort qu'il nous offre. Nous avons beaucoup à vous relater, il nous faudra sans doute du temps.

Élicia acquiesça.

– Je suis désolée, souffla-t-elle. Nous sommes enfermés depuis trop longtemps, réduits à l'impuissance par cette créature dans l'Imagination, à la merci d'Éléa, de SarAhmour et de ses maudits Ahmourlaïs. Je commence à perdre espoir…

– Nous sommes ensemble maintenant, la rassura Ewilan.

– Tu as raison, fit Élicia en prenant la main de sa fille entre les siennes. Asseyez-vous, mes amis. Je vous écoute.

Les Alaviriens s'installèrent près du bassin.

Après avoir demandé du regard l'accord tacite de ses compagnons, Edwin prit la parole. Il raconta tout ce qui s'était passé depuis qu'Altan et Élicia avaient quitté Al-Jeit. Il lui fallut près de deux heures pour achever son récit. Il n'avait que survolé l'épisode de l'Institution qui avait vu Ewilan enlevée et torturée par Éléa Ril' Morienval. Élicia était trop bouleversée pour entendre l'entière vérité.

Lorsqu'il eut terminé, la lumière du jour avait décru jusqu'à gommer les détails des visages. Un serviteur apparut, se déplaçant avec la discrétion qui caractérisait ses pairs. Il tendit l'index vers une statue placée sur un piédestal non loin des Alaviriens.

– Brille ! ordonna-t-il.

La sphère de pierre que la statue tenait dans ses mains jointes au-dessus de sa tête s'illumina. Une agréable clarté se répandit sur le patio. Altan murmura un remerciement et le serviteur s'éloigna.

– Je ne comprends rien à ce Don, maugréa Siam. Qui le possède ? À quel degré ? Je déteste l'idée que quelqu'un puisse m'obliger à lâcher mon sabre au moment où je m'apprête à l'égorger.

– Les Valinguites possédant un vrai pouvoir sont aussi rares que les grands dessinateurs chez nous, répondit Altan. La plupart des gens ne sont capables que de tours de passe-passe.

– Illian est pourtant sacrément redoutable, intervint Salim.

– S'il est l'élu dont on entend parler depuis notre arrivée, cela n'a rien de surprenant. N'oublie pas qu'il est censé imposer sa volonté, ou plutôt celle de KaterÃl, à un démon. Ne t'attends pas en revanche à trouver ici quelqu'un possédant une puissance équivalente. Le Don des Valinguites permet d'agir sur des objets de petite taille, rien de plus.

– Nous avons vu des Ahmourlaïs à l'œuvre lors de la bataille d'Hurindaï, rétorqua Salim, et Ewilan s'est expliquée avec un grand chauve en rouge...

– SarAhmour ?

– Oui, c'est ça. Ce type est coriace pour quelqu'un dont le pouvoir ne sert qu'à allumer des lampes, et les murailles d'Hurindaï ne sont pas précisément de petits objets. Étaient, devrais-je dire, puisque les Ahmourlaïs en ont fait des confettis !

Altan soupira.

– Le pouvoir des Ahmourlaïs en lui-même est minime.

– Mais...

– Ils tirent leur puissance d'Ahmour et plus celui-ci approche, plus leur puissance croît.

– Et SarAhmour ?

– C'est différent. Il possède le médaillon. Ou plutôt le médaillon le possède, SarAhmour n'est plus qu'une extension de la volonté du démon. Ce qui faisait de lui un être humain a été carbonisé, mais il détient désormais un pouvoir immense. Peut-être supérieur à celui de l'élu...

– Et c'est à lui qu'Ewilan doit subtiliser son joujou ? Dis, ma vieille, tu es sûre que ceux qui t'ont confié cette mission sont raisonnables ?

– Je n'en sais rien, répondit Ewilan, mais comme personne n'a une meilleure idée à proposer...

Un bruit de pas leur fit tourner le regard. Yalissan Fiyr apparut au sommet des escaliers.

– Chers amis ! s'exclama-t-il en descendant vers eux. Goûtez-vous notre hospitalité ? J'ose espérer que oui. N'hésitez surtout pas à me faire appeler si vous avez le moindre désir, la moindre envie...

– J'aimerais rentrer chez moi, lui lança Ellana.

– Ah, l'humour alavirien ! Quelle merveilleuse chose ! À Valingaï nous manquons cruellement d'humour, c'est peut-être notre plus gros défaut.

Salim poussa un grognement dubitatif. Yalissan Fiyr pivota dans sa direction et le jaugea de la tête aux pieds. Son regard s'attarda un peu plus que nécessaire sur le gant d'Ambarinal et Salim sentit une pointe d'anxiété se ficher dans son ventre. Il eut du mal à retenir un soupir de soulagement lorsque le Valinguite détourna enfin les yeux.

– Je ne veux surtout pas m'immiscer dans vos retrouvailles, reprit Yalissan Fiyr, je ne m'éterniserai donc pas. J'ai achevé de régler une partie de cette multitude de problèmes qui empoisonnent la vie du palais. Siam, si vous êtes toujours d'accord, je suis à votre disposition pour l'entraînement dont je vous ai parlé tout à l'heure.

La jeune Frontalière questionna son frère du regard. Il lui répondit d'un signe de tête signifiant qu'elle était libre d'agir comme elle l'entendait. Mathieu, les poings serrés à s'en faire blanchir les phalanges, la vit hésiter puis se lever, un sourire roué peint sur le visage. Bjorn ne s'y trompa pas.

– Ne l'abîme pas trop, lui lança-t-il sans se soucier d'être entendu. Nous sommes les invités de KaterÃl, ne l'oublie pas. Il risquerait de se vexer si tu découpais son protégé en rondelles de saucisson.

Yalissan Fiyr tourna ses yeux pâles vers le chevalier.

– Nous aurons peut-être bientôt le plaisir de croiser le fer, articula-t-il avec douceur. Nous reparlerons charcuterie à cette occasion.

Sans attendre de réponse, il fit demi-tour, offrant galamment son bras à Siam qui l'ignora. Comme si s'offusquer lui était impossible, Yalissan Fiyr lui adressa un sourire éblouissant et l'escorta jusqu'aux escaliers. Ils les gravirent côte à côte et disparurent dans le couloir.

Salim, mal à l'aise, voulut lancer une boutade, Ellana lui saisit le bras et l'attira près d'elle.

– Enlève le gant, lui murmura-t-elle à l'oreille.

– Mais...

– Tout de suite!

Salim obtempéra.

– Range-le dans tes affaires et débrouille-toi pour que ce Yalissan Fiyr n'ait plus jamais l'occasion de l'apercevoir.

L'ordre était sans appel et Salim se dirigea vers sa chambre en silence.

Mathieu, blême, n'avait pas bougé.

Dans ses yeux brillait un mélange effrayant de haine et de désespoir.

17

Au pied des contreforts de l'échine du Serpent, là où les plaines Souffle commencent à dérouler leur vert infini, gît le cadavre éventré d'un cheval de bataille. Le corps d'un félin monstrueux est étendu à ses côtés, le crâne brisé.

Sa puissante silhouette se découpant sur le ciel vespéral, un homme marche vers l'est.

18

Une fois qu'il a franchi toutes les murailles, dépassé toutes les limites, où peut aller un marchombre ?

Ellundril Chariakin, chevaucheuse de brume

Yalissan Fiyr guida Siam dans un labyrinthe de couloirs et d'escaliers jusqu'à atteindre un double vantail haut et massif devant lequel quatre soldats montaient la garde. Ils saluèrent avec respect puis l'un d'eux poussa les portes avant de s'écarter.

– La salle d'armes du palais, déclara Yalissan Fiyr avec emphase, en faisant signe à Siam de le précéder.

La pièce, immense, était parquetée d'un bois sombre veiné de rouge. Elle était éclairée par de vastes verrières percées dans trois des murs. Une impressionnante collection d'armes était suspendue au quatrième. Des armes entretenues avec soin, placées à portée de main, prêtes à être utilisées. Au fond de la salle, des agrès permettaient aux escrimeurs de parfaire leur musculature tandis qu'une porte ouverte laissait entrevoir une vaste piscine intérieure.

– Souhaitez-vous vous échauffer ou préférez-vous que nous commencions immédiatement ? demanda Yalissan Fiyr.

Siam toisa le Valinguite, remarquant que sa voix avait perdu sa désinvolture. Elle s'était durcie.

Ressemblait désormais à celle d'un guerrier.

– Commençons, répondit-elle simplement.

Yalissan Fiyr approuva d'un hochement de tête et se débarrassa de son pourpoint sur un cintre prévu à cet effet. Vêtu d'une tunique aux manches courtes, son corps apparut, fin et beaucoup plus musclé que ne le laissaient deviner ses vêtements ou son attitude.

Siam se plaça au centre de la salle et Yalissan Fiyr lui fit face. Ils tirèrent leurs armes ensemble, Siam son sabre du fourreau entre ses épaules, Yalissan Fiyr la longue épée qu'il portait à la ceinture.

– Je suppose qu'il est inutile de vous proposer une lame mouchetée, nota le Valinguite.

En guise de réponse, Siam attaqua.

Avec l'éblouissante rapidité qui était la sienne.

Sans merci.

Comme si son unique objectif était la mort de son adversaire.

Yalissan Fiyr para d'un revers élégant, limpide de fluidité. Il glissa sur le côté, son épée s'enroula autour de la lame de Siam et le sabre de la Frontalière s'envola de ses mains pour retomber dix mètres plus loin.

L'assaut n'avait pas duré trois secondes.

Le poignet douloureux, la pointe d'une épée appuyée contre sa gorge, Siam cligna des yeux, peinant à admettre la situation. Yalissan Fiyr sourit, recula et baissa son arme.

– Ce n'était pas très honnête, avoua-t-il, je vous ai eue par surprise. Recommençons, voulez-vous ?

Il marcha jusqu'au sabre de Siam, le ramassa et le lui lança. La jeune Frontalière l'attrapa avec adresse et se remit en garde. Sa rage s'était envolée, faisant place à une totale concentration. Jamais personne ne l'avait désarmée ainsi. Jamais elle n'avait été vaincue aussi facilement. Son entraînement eût-il été moins complet, elle en aurait hurlé de frustration.

Les deux adversaires tournèrent un instant l'un autour de l'autre puis Siam passa à l'attaque. L'acier cliqueta, les armes tourbillonnèrent en une succession de feintes, de coups et de parades incroyables.

Pendant dix minutes, la jeune Frontalière utilisa toutes les ressources que lui offraient sa formation, son agilité et son étonnante tonicité.

Pas une fois elle ne réussit à mettre Yalissan Fiyr en danger.

Ni même à l'inquiéter.

Elle était dominée.

Complètement dominée.

Le Valinguite rompit l'assaut en reculant d'un pas. Alors que Siam était en nage, il ne montrait pas la moindre trace de fatigue. Refusant d'admettre sa défaite, elle resta en garde. Lui baissa sa lame jusqu'à ce que sa pointe touche le sol.

– Vous êtes une valeureuse escrimeuse, la complimenta-t-il. Telle que j'ai rarement eu l'occasion d'en rencontrer.

– Merci, répondit-elle avant de réaliser ce qu'elle disait.

– Je vous en prie. Il ne s'agit pas d'une banale flatterie, je pèse chacun de mes mots. Seriez-vous d'accord pour que nous continuions à travailler ensemble pendant la durée de votre séjour à Valingaï ? J'en serais heureux et flatté.

Siam fit mine de réfléchir. Une fois passée la brûlure de son amour-propre, elle ne voyait plus en Yalissan Fiyr qu'un prodigieux combattant, un homme qu'elle avait envie de connaître. À tout prix.

– C'est d'accord, fit-elle.

Un sourire naquit sur les lèvres du Valinguite. Un sourire différent de ceux qu'il avait distribués tout au long de la journée. Un sourire cynique. Malveillant.

Un sourire qui n'eut aucun effet sur ce curieux sentiment que Siam sentait grandir en elle.

– Je le savais, dit-il. Nous reprendrons ton entraînement...

Siam ne cilla pas plus devant le brutal tutoiement que devant la perversité du sourire.

– ... dès que j'aurai réglé un dernier détail.

Son bras remonta à une vitesse fulgurante. Sa lame passa la garde de Siam avant qu'elle ait esquissé le moindre mouvement. Un geste d'une extraordinaire et sauvage précision. La pointe de l'épée traça une ligne brûlante sur la joue de Siam. Une perle de sang s'envola.

Yalissan Fiyr rengaina son arme. Son sourire ne l'avait pas quitté.

– Je marque toujours ce qui m'appartient, articula-t-il d'une voix douce.

19

La Faille de l'Oubli à l'est, le désert Ourou et la mer des Brumes à l'ouest, les Marches de Glace au nord, la jungle Torve au sud, l'homme n'existe-t-il que dans les plaines Souffle ?

Thésaurus katinite de la connaissance

Mathieu mit longtemps à se calmer et même lorsque ses mains eurent cessé de trembler, il continua à bouillir intérieurement d'une colère désespérée. Bjorn en fit les frais en voulant plaisanter.

– Ne te fais pas de soucis, jeune homme, Siam a mangé des adversaires plus gros que ce Yalissan Fiyr, lança-t-il en appuyant ses paroles d'un rire épais.

Mathieu le foudroya du regard.

– Traiter une jeune fille de mangeuse d'hommes n'est pas le comble de la subtilité pour un chevalier qui se targue d'être raffiné, cracha-t-il.

– Ne t'emporte pas, mon ami, répliqua Bjorn toujours souriant. Je voulais juste dire que…

– Ne t'octroie pas un qualificatif que tu es loin de mériter ! s'emporta Mathieu. Je ne suis pas ton ami, c'est clair ?

Un frisson de colère fit vibrer la grosse carcasse de Bjorn.

– Très clair. Voilà deux fois que tu m'insultes. Par respect pour tes parents je me contiendrai encore. Sache toutefois qu'il n'y aura pas de troisième pardon.

– Arrête, tu me fais peur !

Altan et Élicia, stupéfaits, avaient assisté à la scène sans intervenir.

– Mathieu ! s'écria finalement Altan. Ce comportement est inadmissible.

Le jeune homme se tourna vers son père, hors de lui.

– Avant de porter un jugement sur mon attitude, cria-t-il, parle-nous un peu de cette histoire qu'Éléa Ril' Morienval n'a pas eu le temps d'achever !

Altan sursauta, se dressa... Mathieu l'avait devancé.

– Vous passez votre temps à juger les autres, à commenter leur honnêteté, leur adresse au sabre, leur courtoisie, jeta-t-il. Vous critiquez, exigez, jamais satisfaits. Vous vous complaisez dans la noblesse de vos rôles, mais, au fond, vous n'êtes pas meilleurs que cette fichue méduse dans les Spires !

D'un pas rageur, il s'éloigna vers les escaliers. Lorsqu'il en eut gravi la moitié, les gardes postés au sommet croisèrent leurs lances, lui interdisant le passage. Mathieu poussa un juron, fit demi-tour et s'engouffra dans un des appartements qui leur avaient été attribués. Un silence d'une tonne succéda au fracas de la porte se refermant derrière lui.

– C'est vrai que tu ressembles un peu à une méduse, lança Salim à Bjorn pour détendre l'atmosphère. À une méduse ou plutôt à un poulpe. Un gros poulpe avec une hache.

La boutade tomba à plat.

Artis Valpierre se leva sans bruit.

– Je vais le voir et lui parler, murmura-t-il à Élicia. Il est fatigué. Inquiet aussi. Il ne faut pas lui en vouloir...

Le rêveur, incapable de s'adresser à une femme sans rougir, était écarlate. Il réussit toutefois à achever sa phrase et rejoignit Mathieu. Bjorn se racla la gorge.

– Je suis désolé, déclara-t-il à l'intention d'Élicia et d'Altan. J'ai manqué de la plus élémentaire délicatesse.

– Je ne crois pas que ta délicatesse soit en cause, le rassura Élicia avec un sourire las. Il est vraiment amoureux, non ?

– Aussi amoureux de Siam que Siam de son sabre, répondit Salim. C'est le lot des garçons que de vivre, incompris, des histoires d'amour dramatiques.

Cette fois, quelques sourires s'esquissèrent. Salim jeta un coup d'œil à Ewilan qui approuva d'un léger signe de tête. Il poursuivit :

– Nous en sommes réduits à réciter, dans les cavernes désertes de nos cœurs dévastés, des odes qui pourtant les feraient vibrer si elles prenaient le temps de les écouter. Nous nous jetons à leurs pieds, elles nous tournent le dos. Nous brûlons d'une flamme haute et pure, elles ne s'y réchauffent pas. Les hommes sont des poètes méprisés ! J'ai bien dit les hommes, pas les gros poulpes avec une... Non, Bjorn, je ne parlais pas pour toi ! Arrête !

Le chevalier avait saisi Salim et faisait mine de l'étrangler.

– Espèce de roquet insolent, gronda-t-il, tu outrepasses les limites de ma bienveillance.

– Non, Bjorn, tu te méprends. C'est charmant, un poulpe... Aïe !

La première, Ewilan éclata de rire, bientôt suivie d'Ellana et de l'ensemble des Alaviriens. Un rire purificateur qui balaya comme par magie angoisses et tristesse.

Plus tard, un serviteur s'avança, un plateau chargé de victuailles dans les mains. Il le déposa sur la table et s'esquiva après un bref signe de tête.

– Si KaterÃl nous traite ainsi, fit Bjorn en désignant une volaille fumante sur un lit de champignons, je vais finir par apprécier le statut de prisonnier.

Il plongea ses doigts dans un saladier de prunes couvertes de givre et en porta une à la bouche avec un gémissement de plaisir.

– J'adore les fruits glacés !

Ewilan leva les yeux au ciel tandis que Salim tendait le bras vers une grappe de raisin.

– *Si j'étais toi, jeune loup, j'éviterais de manger ça.*

De surprise, Salim faillit basculer de sa chaise.

– Qui... Que... C'est vous ?

– *Qui d'autre cela pourrait-il être puisque converser par l'esprit est devenu impossible ?*

– Ben, justement...

Les Alaviriens, stupéfaits, contemplaient Salim qui, les yeux dans le vague, donnait l'impression de parler seul. Bjorn voulut lui secouer l'épaule mais, d'un signe péremptoire, Ewilan lui ordonna de rester tranquille.

– *Le fait que ce soit impossible est une raison suffisante pour que je le fasse. Comprends-tu maintenant ?*

– Euh... oui. Je crois... Vous ne m'avez pas arrêté parce que vous aviez peur que je prenne du poids, n'est-ce pas ?

– *Sois plus clair, jeune loup.*

– Cette grappe de raisin est empoisonnée ?

– *Un seul grain te ferait passer de vie à trépas.*

– Qui a fait ça ?

– *Éléa Ril' Morienval, bien sûr. Elle goûte au plus haut point l'idée de tuer l'un de vous au hasard.*

– Mais elle va recommencer !

– *Certainement. Il serait prudent de surveiller les repas qui vous seront servis. Non, n'aie pas peur, je vous aiderai. Si vous remarquez un grain de millet en évidence sur le bord d'un plat, vous saurez que ce qu'il contient est empoisonné. D'accord ?*

– D'accord. Où êtes-vous ? Comment avez-vous fait pour arriver jusqu'ici ? Est-ce que...

Salim se tut.

Conscient qu'Ellundril Chariakin avait disparu de son esprit.

Lorsque Siam rejoignit ses compagnons, Salim achevait de raconter l'intervention de la légendaire marchombre. Une intervention qui lui avait sans doute sauvé la vie.

– Non, je vous dis qu'elle ne m'a rien révélé de plus. Je ne sais pas comment elle a gagné Valingaï. Elle n'a pas traversé la mer des Brumes avec nous.

– Ellundril Chariakin va où elle veut. Soyez certains que nous la reverrons.

Ellana, la seule à ne pas paraître étonnée, avait parlé d'une voix tranquille, s'attirant sans effort l'attention générale.

– Elle m'a donné un coup de main providentiel à Hurindaï lorsque je préparais notre escalade de l'échine du Serpent, expliqua la marchombre, et elle m'a promis que nos chemins resteraient parallèles encore un moment.

– Elle t'a aidée ! releva maître Duom. Voilà donc l'explication à ce chemin de singe que tu m'as obligé à emprunter.

– C'était une belle expérience, intervint Siam. Qui pourrait regretter de l'avoir vécue ?

– Belle expérience, il faut le dire vite, je trouve plutôt que... Qu'as-tu fait à ta joue ?

– Ce n'est rien, répondit Siam, une flamme vive dans les yeux. Une simple écorchure.

Elle caressa sa blessure d'un doigt distrait, insensible au sang qui perlait encore.

– Comment s'est déroulé ton entraînement ? demanda Bjorn, réalisant enfin d'où arrivait la jeune Frontalière.

– C'était également une belle expérience. Une très belle expérience.

20

Extrait du journal de Kamil Nil' Bhrissau

Liven veut que nos cinq esprits liés dans la desmose soient pareils à une aiguille. Effilée et précise. Parfaite.

Une aiguille dévidant derrière elle un dessin unique en son genre. Un fil de pouvoir, capable de ravauder les mailles brisées de la frontière.

Une aiguille dont il sera la pointe.

21

Pardon carbonisé.
Chant du Dragon

Ewilan se blottit contre Salim.

– Ton discours de tout à l'heure m'était adressé, non ? lui demanda-t-elle avec un sourire enjôleur.

– Quel discours ?

– Celui sur les amoureux incompris.

– C'est que...

Elle lui caressa la joue du bout des doigts, sensible à l'émoi que ce simple geste faisait naître en lui.

– Je ne suis pas très tendre, n'est-ce pas ?

– Ben...

Pas tendre ? L'expression était faible. Ewilan se comportait comme si rien ne s'était passé entre eux, comme s'ils n'avaient pas vécu ce formidable moment d'absolu sur les berges de l'Œil d'Otolep, comme si... elle ne l'aimait plus. Cette crainte vibrait en Salim. Impitoyable. Il en faisait des cauchemars qui le laissaient atone et transpirant... et il était incapable de lui en parler.

Ewilan se pencha à son oreille.

– Bientôt.

Un mot.

Un murmure.

Une promesse.

Salim sentit son cœur se dilater au risque d'exploser. Elle avait dit bientôt.

Malgré l'inquiétude qu'elle éprouvait pour Illian et la difficulté de la tâche qui l'attendait, Ewilan dormit comme une pierre.

Elle avait proposé à Siam de partager sa chambre, et la jeune Frontalière avait accepté, sans paraître se rendre compte que Mathieu ne s'était pas montré de la soirée. D'ordinaire loquace et enjouée, Siam était restée sur la réserve, ne répondant aux questions de son amie que par monosyllabes. Elle avait agi de même lorsque Edwin lui avait demandé comment s'était déroulé son entraînement et n'avait semblé en rien concernée par les craintes de ses compagnons sur leur avenir.

Au petit matin, Ewilan ouvrit les yeux et s'étira. Par acquit de conscience, elle tenta de se glisser dans l'Imagination. Comme elle s'y attendait, les gommeurs positionnés autour de leurs appartements l'éjectèrent avant qu'elle puisse dessiner. Elle eut toutefois le temps de constater qu'Ahmour était toujours là, plus effrayant que jamais, gauchissant la barrière entre les dimensions dans les efforts incroyables qu'il faisait pour se matérialiser.

Ewilan se leva, découvrant au moment où ses pieds touchaient le sol que Siam avait disparu. Elle gagna le patio où ses parents et ses amis prenaient un copieux petit-déjeuner. À les voir assis autour d'une table garnie de mets succulents, conversant avec sérénité, elle se demanda si elle ne rêvait pas. Étaient-ils conscients de la précarité de leur situation ? En approchant, elle réalisa que si l'attitude de ses compagnons était désespérément anodine, il n'en était pas de même du contenu de leurs paroles.

– Localiser ces gommeurs ne doit pas être difficile, affirmait Ellana, et ce ne sont pas ces trois ou quatre balourds avec leur lance qui m'empêcheront de sortir...

– Liquider les gommeurs permettrait certes à Ewilan de dessiner et donc peut-être de nous enfuir, rétorqua Altan, mais elle a dit hier soir que le médaillon de SarAhmour lui était indispensable pour lutter contre Ahmour.

– Et je le maintiens, intervint Ewilan en s'avançant. Je rage de devoir attendre le retour de l'armée valinguite pour passer à l'action.

– Vu l'énergie qu'ils ont mis à réduire Hurindaï en gravats, ils ne tarderont pas.

Les derniers mots d'Edwin avaient été accompagnés d'un rictus éloquent. Ewilan opta pour un changement de sujet.

– Où est Siam ? s'enquit-elle.

– Yalissan Fiyr est venu la chercher à l'aube pour un nouvel entraînement, répondit Bjorn d'une voix tranquille.

Mathieu, assis un peu à l'écart, ne broncha pas. Les traits fermés, il mastiquait un morceau de pain d'herbes sans donner l'impression d'avoir entendu. Artis Valpierre lui jeta un coup d'œil inquiet.

– Elle ne tardera pas à revenir, hasarda-t-il. Je trouve judicieux qu'elle feigne de pactiser avec nos geôliers. Elle pourra ainsi glaner de précieux renseignements.

Mathieu poussa un soupir excédé. Il avait remarqué l'enthousiasme avec lequel Siam avait suivi Yalissan Fiyr. Elle n'agissait pas par dévouement pour le groupe, Artis le savait, et ses tentatives pour le rassurer n'en étaient que plus insupportables. Échouant à se donner une contenance, il se leva. Il s'éloignait lorsque la main d'Artis se posa sur son épaule. Douce et apaisante.

– Que veux-tu ? lui demanda-t-il, presque agressif.

– T'aider si je peux, répondit le rêveur sans se démonter.

Mathieu eut un sourire triste.

– Je crains que personne ne puisse m'aider, cracha-t-il. Siam adule cette ordure de Yalissan Fiyr, elle ne me regarde pas, ne sait même plus que j'existe. Elle n'éprouve rien pour moi. C'est une certitude, pourtant je ne parviens pas à l'accepter. C'est idiot, mais ça me fait un mal atroce. Je sais que je me comporte comme un gamin et que...

– Tais-toi, le coupa Artis d'une voix ferme. Tais-toi et écoute-moi.

Mathieu le contempla, stupéfait. Était-ce bien le timide Artis qui était en train de l'invectiver de la sorte ? Le timide Artis qui perdait ses moyens dès qu'on s'adressait à lui trop directement ? Qui balbutiait lorsqu'il prenait la parole en public ? Le rêveur faisait preuve d'un aplomb dont il ne l'aurait pas cru capable. Presque malgré lui, Mathieu lui accorda son attention.

– Je ne te donnerai pas de conseils sur l'art et la manière de séduire une femme, reprit Artis. Difficile, en effet, de trouver plus incompétent que moi en la matière. En revanche, je peux te faire découvrir quelqu'un que tu sous-estimes, quelqu'un qui mérite plus d'indulgence que tu ne lui en accordes.

– Et qui est ce quelqu'un qui a tant besoin de ma bienveillance ? railla Mathieu.

– C'est toi.

Soufflé, Mathieu ne résista pas lorsque Artis l'entraîna à l'écart.

Siam, le visage radieux, rejoignit ses amis en fin de matinée.

– C'est prodigieux, leur annonça-t-elle. Je n'ai jamais vu quelqu'un combattre comme lui. Aucun Frontalier ne lui arrive à la cheville. Cet homme est bien plus que le maître d'armes du roi. C'est un génie de l'escrime !

Mathieu sursauta, voulut lancer une repartie cinglante, un seul regard d'Artis Valpierre suffit à lui imposer le silence. À lui mais pas à Edwin. Occupé à affûter son sabre, sa voix, lorsqu'il parla, fut aussi tranchante que le fil de son arme.

– Yalissan Fiyr n'est pas un génie, c'est un tueur, et que tu ne saches pas faire la différence m'inquiète beaucoup.

– Tu ne l'as pas vu combattre. Tu ne peux pas parler ainsi.

– Je l'ai vu se déplacer, j'ai entendu ses paroles et j'ai lu ses gestes. Je maintiens ce que je dis. Yalissan Fiyr fait partie de ces hommes qui cultivent la mort et se nourrissent de ses fruits.

Siam secoua la tête.

– C'est faux !

– Je ne suis pas escrimeur, intervint maître Duom, je ne peux donc juger des qualités de combattant de Yalissan Fiyr. Je sais simplement deux choses : cet homme ne me plaît pas et tu sembles avoir oublié que nous sommes ses prisonniers.

– Je n'ai rien oublié, se défendit Siam, et je n'apprécie pas vos insinuations. Il n'y a aucun mal à s'entraîner, que je sache.

– Non, convint Edwin. Tant que tu fais la différence entre s'entraîner et se laisser entraîner...

Un peu avant midi, un serviteur les avertit que KaterÃl les invitait à partager son repas. Surpris qu'à cette occasion on leur laissât leurs armes, les Alaviriens le suivirent. S'attendant à découvrir une table somptueuse garnie d'un festin de roi, ils redoublèrent d'étonnement lorsqu'ils pénétrèrent dans une pièce aux dimensions raisonnables, meublée avec sobriété, au centre de laquelle se dressait une table simple, presque familiale.

KaterÃl vint à leur rencontre et les salua un à un par leur nom. Il leur proposa de s'asseoir, plaçant Edwin à sa gauche et Élicia à sa droite. Lorsqu'ils furent installés, un valet leur servit d'épaisses tranches de viande rouge nappées d'une sauce odorante.

– Du khazargante, les informa KaterÃl.

– Vous chassez ces monstres ! s'exclama Bjorn.

– Cela nous arrive. Il n'y a pas grand-chose que nous autres, Valinguites, craignions. Je dois tout de même vous avouer que les khazargantes s'écrasent plus souvent seuls contre les murs de la cité que sur la pointe de nos lances.

– Ils s'écrasent ?

– Oui. Les khazargantes, malgré leur taille, sont extrêmement émotifs et lorsqu'ils prennent peur et s'emballent, ils ne conservent plus une once de raison.

La viande était succulente, si tendre qu'elle donnait l'impression de fondre dans la bouche. Bjorn et Salim finirent leur assiette en quelques secondes. KaterÃl sourit devant leur appétit et fit signe au valet de les resservir.

– J'ai demandé qu'on prépare ce khazargante pour fêter le retour de mon armée qui arrive ce soir, expliqua-t-il, mais vous pouvez manger tout votre saoul, il en restera toujours assez pour mes soldats.

– Votre... problème de frontière est donc réglé ? s'enquit Edwin.

– Oui. Définitivement cette fois.

Le repas se poursuivit sans qu'aucun point important soit évoqué. KaterÃl évita adroitement les tentatives des Alaviriens d'aborder leur statut de prisonniers et ne daigna pas répondre lorsque Ewilan lui demanda des nouvelles d'Illian. Il se comporta toutefois en hôte prévenant, son amabilité parant la scène d'un vernis policé qu'Ewilan ne put s'empêcher de trouver dissonant. KaterÃl était un modèle de fourberie et elle avait du mal à conserver son sang-froid alors qu'elle mourait d'envie de lui jeter son steak de khazargante à la figure.

Pour finir, le roi de Valingaï repoussa son assiette.

– J'ai appris que la Dame Noire vous avait rendu visite, commença-t-il avec un sourire ambigu. J'ai beaucoup de respect pour elle, mais je tiens à être au courant de ce qui se passe dans mon palais. Ce qui se passe et ce qui se dit. Je lui ai donc expliqué que vous étiez mes invités et non les siens.

– Vos invités ? releva Edwin.

– Ne jouez pas avec les mots, le morigéna KaterÃl. Que ce soit clair une fois pour toutes, vous êtes mes invités !

Edwin, jugeant inutile de se heurter à lui de front, hocha la tête.

– Très bien, approuva KaterÃl. La Dame Noire a paru déçue d'être interrompue par ce cher Yalissan. Très déçue. Elle avait, semble-t-il, des choses importantes à vous révéler. Je lui ai donc proposé de se joindre à nous pour savourer les desserts préparés par mes pâtissiers. Elle ne devrait pas tarder.

22

La grande fosse permet aux Valinguites de cultiver la terre sans que leurs récoltes soient piétinées par les khazargantes. Ils doivent cependant laisser libre une bande d'une cinquantaine de mètres, en prévision du phénomène de panique qui s'empare régulièrement des troupeaux et des chutes inévitables qui l'accompagnent.

Thésaurus katinite de la connaissance

La Sentinelle félonne ne tarda pas en effet à paraître, vêtue de noir, un sourire sinistre sur les lèvres. KaterÃl se leva pour l'accueillir et lui offrit galamment un siège en bout de table, face à lui.

– Cette femme est un serpent ! s'exclama Altan, rouge de colère. Nous contraindre à manger en sa compagnie n'est pas nous traiter en invités !

KaterÃl émit un claquement de langue désapprobateur.

– Vous, Alaviriens, êtes un peuple que j'apprécie beaucoup, mais vous ne contrôlez pas assez vos émotions.

– Il ne s'agit pas d'émotions, rétorqua Altan. Celle que vous appelez la Dame Noire est comme nous originaire de Gwendalavir. Elle se nomme Éléa Ril' Morienval et elle est recherchée pour crime de haute trahison. C'est une félonne doublée d'une redoutable manipulatrice.

Les traits de KaterÃl ne marquèrent pas la moindre surprise.

– Les affaires internes de votre Empire ne m'intéressent pas. La Dame Noire est depuis longtemps un personnage important à Valingaï. Je lui suis reconnaissant de ce qu'elle fait pour nous et pour la prospérité de mon royaume. C'est la seule chose qui compte.

– Croyez-vous vraiment que ce soit pour la prospérité de votre royaume qu'elle a enlevé, analysé, torturé Illian ?

KaterÃl se tourna vers Ewilan qui venait de l'interpeller.

– Vous m'avez déjà fait part de ces ridicules accusations. J'en ai parlé avec la Dame Noire...

Son regard se posa sur Éléa Ril' Morienval.

– ... et nous sommes convenus qu'il ne s'agissait que d'élucubrations. Illian est l'élu mais, comme je vous l'ai fait remarquer, il est également un enfant. Il ment ou alors vous inventez.

Éléa Ril' Morienval croisa les bras avec ostentation.

– Vous voyez, sire, combien les Alaviriens sont pernicieux et prêts à tous les mensonges pour arriver à leurs fins. Ceux qui sont assis à votre table plus encore que les autres. Puis-je raconter mon histoire maintenant ? Cette histoire que vos invités ont si peur d'entendre ?

– Éléa ! menaça Altan en se levant à moitié.

Élicia posa la main sur le bras de son mari, l'incitant à s'asseoir.

– Laisse-la parler. Qu'a-t-elle à révéler qui puisse nous incommoder ?

Éléa Ril' Morienval jeta un regard méprisant à Altan.

– Cet homme est un lâche, commença-t-elle à l'attention de KaterÃl, un lâche de la pire espèce, mais je l'ai compris trop tard. Bien trop tard. Je l'ai rencontré alors que je débutais mes études pour devenir Sentinelle, j'avais dix-neuf ans. Élicia n'était pas encore arrivée à Al-Jeit, il n'y avait que lui et moi. Les autres n'avaient aucune importance. Nous nous sommes aimés dès le premier jour. Un amour fou, passionné, aussi fort qu'un ouragan. Il était beau, intelligent, incroyablement doué. Jamais, même dans mes rêves les plus insensés, je n'avais imaginé vivre un jour un tel bonheur. J'étais prête à tout pour lui. Prête à tout donner, à tout sacrifier. Et pourtant… Il me mentait. Il n'éprouvait aucun sentiment à mon égard. Il ne voyait en moi qu'un moyen facile d'assouvir ses désirs, de briller aux yeux de ses amis mais, éperdument amoureuse, je ne m'en apercevais pas. Lorsque tu es apparue, Élicia, si jeune, si belle, désarmante de fraîcheur et de naïveté, il m'a jetée comme on jette un vêtement usagé. Sans un regret. Sans un regard.

– Crois-tu que j'ignore cela ? rétorqua Élicia. Crois-tu que ta façon perverse de transformer la vérité changera quoi que ce soit à ce que j'éprouve pour Altan ? À ce qui nous unit ? Il ne t'a jamais aimée, votre aventure n'était qu'une amourette de jeunesse et il faut posséder ton esprit dérangé pour y voir autre chose.

– Tiens, tiens, ricana Éléa Ril' Morienval, la douce Élicia sort ses griffes ? Défend son tendre époux ?

Écoute donc la suite. Une suite que tu ignores, je suis prête à en mettre ma main au feu. Je commençais à me reconstruire, à envisager la possibilité d'oublier lorsque Altan est revenu vers moi. Oui, tu entends bien, il est revenu. Seul. Sans que je l'appelle. Vous veniez d'avoir votre premier enfant. Ton mari, si tendre, si honnête, commençait à se lasser de ta douceur tellement prévisible, tellement fade. Nos brûlantes étreintes lui manquaient. Tu ne dis rien, Altan. Tu te souviens encore de nos nuits enflammées, n'est-ce pas ?

Altan lui renvoya un regard chargé de haine mais ne répondit pas. La main d'Élicia posée sur son bras était un bâillon que ses mots ne pouvaient franchir.

– Je l'aimais toujours, continua Éléa, j'ai cédé à ses avances. Pendant deux ans nous avons vécu une relation passionnée et, bien que la chair l'emportât désormais sur le cœur, je me suis pris à croire que tout restait possible. Il faut dire qu'il ne lésinait pas sur les déclarations enfiévrées et les promesses. Si tu savais, Élicia, combien il a médit de toi durant cette période. À l'écouter, tu étais insipide, tu manquais de beauté, d'ambition, d'intelligence… Il m'a juré qu'il allait te quitter, je l'ai cru. Peu de temps après je me suis aperçue que j'attendais un enfant. Son enfant. Notre enfant. Une nuit, une de ces nuits qu'il passait près de moi en te faisant croire qu'il travaillait au loin, je lui ai murmuré ce magnifique secret au creux de l'oreille. Il m'a abandonnée.

– Je ne te crois pas !

Élicia avait crié. Éléa poursuivit comme si elle ne l'avait pas entendue.

– J'ai décidé de garder mon enfant, de reporter sur cet être à venir tout l'amour qui venait de m'être jeté à la figure et qui menaçait de m'étouffer. J'ai dissimulé ma grossesse, je ne voulais que personne sache. Je me suis préparée à être mère, à trouver enfin le bonheur que je méritais. Je le méritais, tu entends ! Mais lorsque le moment est venu, tout a basculé. Je m'étais isolée pour que la naissance de ma fille – c'était une fille, Altan – n'appartienne qu'à moi. L'accouchement s'est mal passé. Angoisse... Souffrances... Terreur sans nom... J'ai senti que mes deux vies s'enfuyaient. Les deux à la fois. C'est une sensation effroyable, pire que tout ce que vous pouvez imaginer. J'ai juste eu assez de forces pour appeler Altan, le supplier de me sauver. De nous sauver. Il n'est pas venu. Tu attendais ton deuxième enfant, Élicia, il devait rester près de toi. Son sens du devoir, comprends-tu... Il m'a laissée me vider de mon sang, de ma vie. De mon humanité. Voilà, mon histoire est presque achevée. Ma fille est morte, j'ai survécu. Pourquoi ? Comment ? Je l'ignore. Vous pensez que je hais le monde entier, vous vous trompez. Le monde entier m'indiffère. Je hais vos amis par principe mais, surtout, je te hais toi, Altan, pour ta veulerie, toi, Élicia, pour ta prétendue pureté et toi, Ewilan, simplement parce que tu existes.

Éléa Ril' Morienval se tut, pâle dans ses vêtements noirs. Ses traits ne portaient pas la moindre trace d'émotion. Élicia tourna un visage décomposé vers Altan. Celui-ci frappa un grand coup de poing sur la table.

– Tu mériterais que je t'arrache le cœur, cracha-t-il avec violence, mais il faudrait pour cela que tu en aies un ! Tu n'as proféré que des mensonges. Avant l'arrivée d'Élicia à l'Académie, je te connaissais, je l'admets. J'éprouvais même des sentiments pour toi, des sentiments qui n'avaient toutefois rien à voir avec la passion que tu te complais à décrire. Puis j'ai compris qu'engluée dans tes rêves de toute-puissance, tu cherchais à me corrompre, à m'égarer, pour que je te suive dans tes chimères. Tu voulais que je trahisse l'Empire ! C'est pour cela que je t'ai quittée. Le reste de ton histoire n'est qu'artifices et duplicité !

Altan se tourna vers Élicia.

– Tu ne dois pas la croire. Tu dois me faire confiance. Dis-moi que tu me fais confiance...

Le visage d'Élicia reflétait une douleur incommensurable.

– Serais-tu prêt à jurer sur la tête de tes enfants qu'elle a menti ? demanda-t-elle d'une voix blanche.

Altan repoussa sa chaise avec violence et quitta la pièce sans un regard en arrière.

Éléa Ril' Morienval planta ses yeux noirs dans ceux, noyés de larmes, d'Élicia.

– Ça fait mal, n'est-ce pas ?

23

Le rôle de l'élu n'est pas de contrôler Ahmour, mais d'être le premier de ses serviteurs. S'il y déroge, il sera écrasé. Comme tous ceux qui se mettront en travers de la route du maître.

Livre noir des Ahmourlaïs

Ewilan se tenait prostrée dans un fauteuil, près d'un mur du patio. Agenouillé près d'elle, Salim essayait de la faire sortir de son mutisme. En vain. Le regard perdu dans le vague, elle n'avait aucune conscience de ce qui l'entourait. Elle ne sentait même pas les larmes qui coulaient sur ses joues.

Assis à l'écart, Mathieu conversait à voix basse avec Artis Valpierre tout en se retournant fréquemment pour vérifier que personne ne les entendait. Maître Duom, Edwin et Ellana, gênés, feignaient de vaquer à des occupations futiles. Siam était absente. Yalissan Fiyr lui avait proposé un entraînement et, en dépit du regard désapprobateur d'Edwin, elle avait accepté sans hésiter.

Le repas s'était achevé dans la confusion. Mathieu s'était levé d'un bond. Il avait tiré son sabre, esquissé un mouvement en direction d'Éléa Ril Morienval.

Un ordre bref craché par KaterÃl l'avait plaqué au mur et immobilisé. Bjorn et Siam s'étaient levés à leur tour, arme à la main. Une dizaine d'archers valinguites étaient alors apparus comme par magie, arcs bandés, flèches prêtes à être décochées. Seule l'intervention d'Edwin ordonnant à ses amis de se rasseoir avait évité un bain de sang.

Élicia avait rejoint Altan dans la chambre où il s'était réfugié et avait fermé la porte à clef derrière elle.

Cela faisait trois heures.

– Eh, ma vieille, dis quelque chose...

Ewilan frémit.

– Je suis perdue, murmura-t-elle. Ces révélations, ce passé qui ressurgit comme une blessure infectée, cette douleur dans les yeux de ma mère...

– Éléa Ril' Morienval est un monstre, assura Salim. Je suis d'accord avec ton père, elle mériterait qu'on lui arrache le cœur.

– Je crois préférable que tu ne parles pas de mon père.

La voix d'Ewilan s'était faite dure. Salim tiqua.

– Ne me dis pas que tu as gobé les mensonges qu'elle a proférés, se récria-t-il. Elle a raconté ça pour blesser tes parents, te blesser toi. N'oublie pas que cette femme est démoniaque. Tu sais de quoi elle est capable, non ?

Ewilan caressa à travers sa tunique le souvenir de la cicatrice qui avait failli l'emporter.

– Je le sais.

– Eh bien voilà. Elle a menti !

– Non, Salim. N'attends pas de moi que je ferme les yeux et nie la vérité. Éléa Ril' Morienval est un être maléfique, mais elle n'a pas inventé cette histoire.

– Ça reste à prouver, insista Salim. Cela dit, à supposer que ton père ait eu une aventure avec elle, cela n'excuse pas le comportement d'Éléa Ril' Morienval. Une désillusion amoureuse ne justifie pas qu'on devienne un monstre !

– Monstre ou pas, elle a vécu tout ce qu'elle a relaté ce soir, toutes ces souffrances, cette solitude. Mon père... mon père s'est comporté en... en salaud.

L'injure, dans la bouche d'Ewilan, résonna de manière définitive. Une note irrévocable qui fit sursauter Salim. Il voulut protester. Défendre Altan...

Il ne trouva rien à dire.

Siam revint à la nuit tombée, épuisée et radieuse. Elle ne parut pas surprise que personne ne lui demande de nouvelles de son entraînement et s'installa pour entamer le repas resté intact. Lorsqu'elle fut rassasiée, elle s'approcha d'Edwin qui discutait avec Ellana.

– L'armée valinguite est arrivée tout à l'heure, annonça-t-elle. Yalissan me l'a annoncé à la pause.

– Yalissan ?

– Tu sais parfaitement de qui je parle.

– C'est exact, mais je n'apprécie pas l'utilisation de son prénom seul.

Les yeux clairs de Siam fulminèrent.

– Petit rappel : tu es mon frère, pas mon père ou ma nourrice ! Je suis assez grande pour savoir ce que je fais, à qui je parle et de quelle manière.

– Tu n'es pourtant pas en train de faire preuve de maturité, rétorqua Edwin d'une voix dure. Je commence même à en avoir honte.

Le frère et la sœur s'affrontèrent du regard. Un discret raclement de gorge d'Ellana attira leur attention. Yalissan Fiyr venait d'apparaître et, après un coup d'œil circulaire sur le patio, avançait dans leur direction. En l'apercevant, Mathieu se leva, posa la main sur la poignée de son sabre. Artis Valpierre lui chuchota trois mots et, par un immense effort de volonté, Mathieu réussit à se contrôler. Il contempla son ennemi avec mépris et entra dans une chambre dont il ferma la porte avec ostentation. Bjorn qui parlait avec maître Duom le saisit par le coude et l'entraîna plus loin.

– La politesse ne semble pas être une qualité courante chez vous, amis alaviriens, remarqua le Valinguite, acerbe.

– Rien d'autre qu'on puisse attendre de prisonniers, répondit Ellana avec un sourire insolent. Nous n'avons pas grand-chose à perdre.

– Vous vous trompez, réagit Yalissan Fiyr. Vous avez beaucoup à perdre. Votre situation risque d'ailleurs de connaître bientôt un revirement... pénible.

– C'est-à-dire ?

– Notre armée est rentrée tout à l'heure et le premier travail de son commandant a été de faire son rapport au roi.

– Je ne vois pas en quoi cela nous concerne, riposta Ellana.

– J'y arrive. Le commandant était accompagné du grand prêtre d'Ahmour, un personnage qui depuis quelque temps est devenu très important à Valingaï. Or il apparaît que les efforts de SarAhmour pour accomplir la tâche confiée par son roi ont été contrariés par l'intervention d'un groupe d'Alaviriens. Un groupe d'Alaviriens qui correspond à votre exacte description. Vous avez donc menti en affirmant ne pas être passés par Hurindaï et menti encore en évoquant l'amitié entre nos peuples. Ce manque d'honnêteté est très décevant.

Ellana éclata de rire.

– Tu es mal placé pour nous donner des leçons d'honnêteté, Valinguite !

Yalissan Fiyr vrilla ses yeux pâles dans ceux de la marchombre.

– Je ne crois pas vous avoir accordé l'autorisation de me tutoyer, fit-il d'une voix dure. L'oublier pourrait s'avérer dangereux.

Ellana cessa brusquement de sourire pour lui rendre son regard.

– Je ne suis pas une gamine que l'on impressionne avec des mots ou en jouant avec une épée, articula-t-elle avec lenteur, je tutoie qui je veux, lorsque j'en ai envie. En revanche, évite de me menacer si tu veux un jour engendrer une lignée.

La main du Valinguite se referma sur la poignée de son épée. Ellana fléchit les jambes, prête à se détendre comme une lame d'acier. Edwin se plaça entre les deux adversaires.

– Qu'est-ce que ce prétendu revirement de situation va changer pour nous ? demanda-t-il comme si de rien n'était.

Yalissan Fiyr expira longuement avant de lâcher son arme.

– SarAhmour a exigé vos têtes, obligeant KaterÃl à négocier, ce qui n'est jamais agréable pour un roi.

– Et ?

– Vos vies sont sauves…

– C'est une bonne nouvelle.

– … jusqu'à après-demain. SarAhmour a obtenu que vous combattiez dans les arènes à l'occasion des jeux organisés pour l'Appel Final.

L'ARÈNE

1

La puissance que développe la méduse sur la barrière entre les dimensions croît d'heure en heure. À court terme, elle rend inéluctable une déchirure. Sachez toutefois que nous sommes prêts.

Liven Dil' Ventin, courrier à l'Empereur

Altan et Élicia ne parurent pas de la soirée ni de la journée du lendemain.

Au moment du repas, Ewilan frappa un coup discret à la porte de leur chambre. D'une voix harassée, sa mère lui demanda de les laisser tranquilles. Un instant, Ewilan envisagea de l'avertir du sort que leur réservait KaterÃl, puis elle renonça. Ses parents l'apprendraient bien assez tôt.

Mathieu ne se contenait qu'à grand-peine. Les révélations d'Éléa Ril' Morienval, ajoutées au plaisir de plus en plus évident que Siam prenait à rencontrer Yalissan Fiyr, avaient achevé de le déstabiliser. Seules ses longues conversations avec Artis Valpierre l'apaisaient un peu, mais cette paix ne durait pas et, très vite, il recommençait à fulminer. Ses amis, craignant qu'il ne commette un acte irréparable, s'étaient arrangés tacitement pour garder un œil sur lui.

Pendant toute la journée, les Alaviriens avaient parlé des jeux, échafaudant de multiples hypothèses. Si elles divergeaient, ils étaient d'accord sur un point : le terme de jeux était impropre. Le lendemain, des gens allaient certainement s'amuser, ils ne faisaient pas partie du nombre. Ils tentèrent d'interroger les discrets serviteurs chargés de l'intendance puis les gardes en faction devant le patio. En vain.

Ce fut Siam qui, au retour de son dernier entraînement, leur offrit enfin quelques détails.

– Yalissan m'a dit que demain nous ne devrions pas avoir trop de difficultés à nous en sortir.

– Peux-tu te montrer plus précise ? lui demanda Bjorn.

– Les jeux sont organisés pour distraire la population et brillent souvent par leur aspect sanglant. Des guerriers valinguites, volontaires ou non, affrontent des Géants du Septentrion ou des bêtes sauvages. Ils se battent également entre eux et subissent des épreuves jusqu'à ce que seuls restent les meilleurs. Il paraît que les Valinguites sont friands de ce type de divertissement. Demain toutefois, les jeux seront particuliers. SarAhmour va lancer l'Appel Final, il y aura davantage de cérémonies que de véritables combats.

– Des combats ? Sanglants ? reprit Ellana.

– Oui.

– Cela ne paraît pas te gêner…

– Ma foi, non, répondit Siam en mordant dans une pomme. Ça devrait ?

Ellana haussa les épaules. Alors qu'au début de leurs aventures communes, elle s'était sentie très proche de la jeune Frontalière, elle ne la comprenait plus. Comment, à l'âge de Siam, pouvait-on faire preuve d'un tel dédain de la vie ? Comment pouvait-on envisager de bâtir son existence sur le fil d'un sabre ?

– Yalissan Fiyr t'a-t-il donné des précisions sur cet Appel Final ? interrogea Ewilan.

– Je n'y ai guère prêté attention mais, d'après ce que j'ai compris, c'est un rituel instauré par les Ahmourlaïs pour célébrer le retour de l'élu. Une sorte de fête.

– Par le sang des Figés ! explosa Edwin. Es-tu aveugle que tu ne te rendes pas compte de la situation ? Une fête ! Crois-tu vraiment que les prêtres d'Ahmour ont vocation à organiser des fêtes ? Pourquoi pas un pique-nique au bord de l'eau tant que tu y es ?

Edwin se mettait rarement en colère et lorsque c'était le cas, il était effrayant. Siam, pourtant peu impressionnable, recula d'un pas.

– Où places-tu l'honneur de ton peuple, Frontalière ? poursuivit Edwin en martelant chacun de ses mots. Les Valinguites sont nos ennemis. Ils cherchent à invoquer un démon afin de dominer le monde. Ils ont prévu de nous éliminer demain et toi tu batifoles comme une gamine et t'amouraches d'un des leurs ?

– Yalissan Fiyr est le maître d'armes du roi. Je ne...

– Tais-toi !

L'ordre d'Edwin avait claqué. Si absolu qu'Ewilan crut y retrouver l'intonation d'Illian utilisant son Don.

Siam se figea.

– Tu es une guerrière des Marches du Nord, reprit Edwin d'une voix glaciale. Fille d'Hander Til' Illan, qui ne le cède en importance dans l'Empire de

Gwendalavir qu'à Sil' Afian en personne. Tu es responsable de ce groupe au même titre que moi et j'ai honte. J'ai honte, car tu as piétiné ton honneur et terni celui des tiens. Aussi ne renouvellerai-je pas cette mise en garde. Choisis ton camp ! Maintenant !

Siam était devenue blanche comme neige. Un tremblement nerveux agitait une de ses paupières et sa poitrine se soulevait avec peine. Tournant le dos à ses compagnons, elle s'éloigna à pas lents jusqu'au fond du patio.

Là, elle posa les mains sur le mur et, le front entre ses mains, se tint immobile.

Longtemps.

Personne ne parlait, trop conscient de la tempête qui faisait rage sous son crâne pour risquer de la gêner alors qu'elle tentait de la dominer. Mathieu, le souffle court, la dévorait du regard. Jamais il ne l'avait autant aimée qu'à cet instant.

Siam revint enfin vers ses amis, tête baissée. Elle la releva pour plonger ses yeux dans ceux de son frère puis tira son sabre. Un geste maladroit, hésitant, loin de sa brillance habituelle. Elle le tendit à Edwin.

– Ta honte est la mienne. Je regrette et je m'en remets à ton jugement.

Ses mots, empreints d'émotion, avaient paru lui arracher le cœur mais elle les avait pesés et en assumait la portée. Elle tressaillit lorsque Edwin repoussa sa main avec douceur.

– Garde ta lame, Siam, nous aurons besoin d'elle demain. Tu es ma sœur. Ne trébuche plus.

La jeune Frontalière acquiesça en silence. Elle rengaina son sabre puis contempla ses compagnons.

– Je... je... balbutia-t-elle.

Bjorn lui entoura les épaules de son bras musclé.

– Moi aussi j'ai faim, lança-t-il. Salim n'a pas découvert de grain de millet suspect autour de ce cuisseau de coureur. Je propose que nous lui fassions un sort.

Suivant son exemple, les Alaviriens s'attablèrent et, feignant un appétit et une bonne humeur qu'ils étaient loin de ressentir, entamèrent leur repas.

Plus tard, morte de fatigue et réalisant que ses parents ne sortiraient pas de leur chambre, Ewilan gagna la sienne. Après une brève hésitation, Salim la suivit. Maître Duom sommeillait sur un fauteuil tandis que Bjorn, perdu dans ses pensées, aiguisait sa hache. Ellana l'observa un instant puis, sans état d'âme, proposa à Edwin de liquider les gardes afin de tenter une évasion. Le maître d'armes réfléchit à la proposition avant de la rejeter.

– Ne connaissant ni le palais ni la cité, nous n'avons aucune chance de réussir. Pas à onze.

– Crois-tu que nous en aurons davantage demain ?

– Je l'ignore. Garde à l'esprit que la fuite ne peut être notre unique objectif. Nous devons en priorité régler le problème d'Éléa Ril' Morienval, celui d'Ahmour et celui de la menace valinguite.

– Je croyais que ta mission consistait à ramener Altan et Élicia en Gwendalavir, rien de plus.

– Tu as un effet déplorable sur moi, répondit Edwin en souriant. À force de te côtoyer, je réfléchis, je conteste les ordres, je m'affranchis... Sil' Afian va finir par me révoquer si je ne me reprends pas.

– Ce serait la meilleure idée qu'il pourrait avoir. Tu veux réellement faire demain tout ce que tu as annoncé ?

– Oui.

La marchombre laissa échapper un léger rire.

– Tu t'exprimes avec tant d'assurance que ta folie en deviendrait presque contagieuse. Nous sommes onze, tu me l'as rappelé à l'instant. Onze face à des milliers de Valinguites, des prêtres fous, un démon et une Sentinelle aussi dangereuse qu'un serpent.

– Tu oublies les Géants du Septentrion et les bêtes sauvages.

Ellana lui caressa la joue du bout des doigts. Elle avait compris depuis longtemps que le sentiment qu'elle éprouvait pour Edwin l'entraînerait sur des chemins périlleux. Des chemins que, pour rien au monde, elle n'aurait quittés.

– Tu as raison, murmura-t-elle. Nous allons faire tout ça demain et en plus nous allons bien nous amuser.

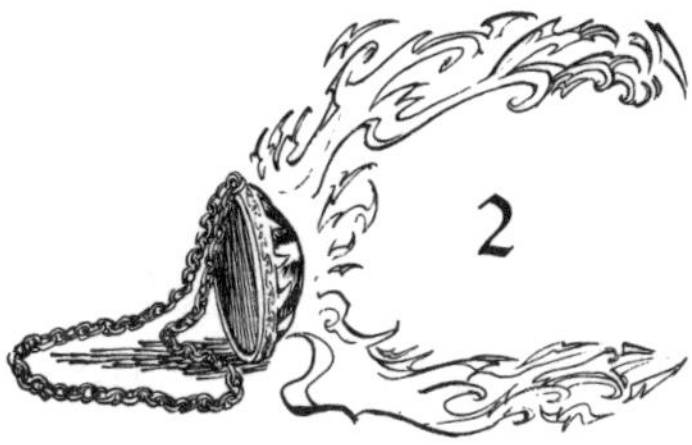

2

Les Géants du Septentrion sont imprégnés d'une effrayante culture guerrière. Heureusement pour les peuples humains, cette culture se focalise sur des affrontements individuels ritualisés. L'idée de conquête leur est étrangère.

Encyclopédie du Savoir et du Pouvoir

L'arène était ceinte d'une muraille de pierre sombre sans aucune fioriture qui s'élevait à trente mètres du sol et s'achevait par un impressionnant surplomb. Les Alaviriens purent à peine l'entrevoir avant que les gardes qui les avaient accompagnés dans deux carrosses dépourvus de fenêtres les poussent à l'intérieur. Une grille se referma dans leur dos avec un grincement lugubre. Ils se mirent en marche, suivant le long couloir qui s'enfonçait en pente douce dans les entrailles de l'immense construction.

Très vite, leur odorat fut assailli par un épouvantable mélange d'effluves d'urine et de bêtes sauvages auquel s'ajoutait la note fade et entêtante du sang. Élicia, qui marchait en tête, tressaillit. Son teint déjà pâle devint livide et elle dut s'appuyer sur le bras de Bjorn pour ne pas tomber…

Elle était sortie de sa chambre une heure plus tôt, la tête haute, un sourire lointain flottant sur ses lèvres. Elle n'avait pas évoqué les révélations d'Éléa Ril' Morienval ou les résultats de sa longue explication avec Altan, mais s'était enquise de ses enfants et avait écouté Edwin faire le point sur leur situation, les yeux braqués sur lui, silencieuse. Elle ne l'entendait pas vraiment. Une partie de son esprit voguait sur un océan de tristesse que ses amis ne pouvaient qu'imaginer et dans lequel elle pouvait à tout moment s'enfoncer.

Puis Altan avait rejoint le patio. Il avait balbutié un salut auquel ses amis, presque aussi gênés que lui, avaient répondu de leur mieux et s'était avancé vers Élicia. Le regard qu'elle lui avait lancé avait suffi à l'arrêter.

Il aurait arrêté un khazargante en furie.

Des gardes étaient arrivés peu après, assez nombreux pour prévenir toute tentative de rébellion, le visage fermé, leurs lames tirées, loin, bien loin, de l'amabilité factice dont ils avaient fait preuve jusqu'alors.

Sous la menace d'une dizaine d'archers valinguites, les Alaviriens avaient dû déposer leurs armes. Salim, se maudissant de ne pas y avoir pensé plus tôt, avait voulu récupérer le gant d'Ambarinal dans ses affaires. Il avait esquissé un pas en arrière mais, sur le point d'être criblé de flèches, il avait renoncé à son projet.

Les soldats les avaient ensuite poussés dans les carrosses...

Le couloir s'élargit en un vaste hall au sol couvert de sable. Des cellules s'ouvraient sur son pourtour, la plupart occupées par des animaux bruyants, à l'attitude agressive. Les Alaviriens découvrirent ainsi un couple de tigres qui tournaient en rond, un coureur encore plus gros que celui qui avait attaqué Mathieu, un buffle sauvage de près de trois mètres au garrot, un brûleur, une douzaine de singes aux crocs proéminents, des...

– Vous vous demandez lequel de mes chéris va vous dévorer, n'est-ce pas ?

Un homme debout au centre du hall venait de les interpeller. Haut de deux mètres et presque aussi large, le front bas et la mâchoire prognathe, il tenait un lourd bâton dans une main, un fouet dans l'autre, et les jaugeait d'un air matois.

– Ce type est au moins catcheur professionnel, chuchota Salim à l'oreille d'Ewilan. T'as vu sa tronche et sa carrure, on dirait King Kong.

– Je parierais sur Ji, continua l'homme en montrant le coureur géant du doigt. C'est un tueur. Aussi vrai que je suis Baaldoub, Saigneur de l'Arène. Il n'a pas mangé depuis cinq jours et Yalissan Fiyr en personne a ordonné que je le lâche en premier.

Mathieu frémit en entendant le nom honnis mais, prenant conscience du regard inquiet que lui lançaient ses compagnons, il se força à sourire.

– Ça tombe bien, déclara-t-il, j'ai faim et j'adore le poulet !

Élicia lui jeta un long coup d'œil surpris, tandis que Bjorn, comprenant l'effort que cette simple boutade avait demandé à Mathieu, lui envoyait une bourrade affectueuse.

– Bravo, petit ! s'exclama-t-il. Et après le poulet, si nous avons encore un creux, nous nous taillerons un steak ou deux dans cette espèce de grosse vache là-bas.

– Vous ferez moins les malins quand votre sang abreuvera le sable de l'arène, persifla Baaldoub.

Il cracha un jet de salive brunâtre à leurs pieds et adressa un signe de tête aux gardes. Les Alaviriens furent enfermés dans une cellule.

– Les réjouissances ne débuteront qu'en fin d'après-midi, annonça Baaldoub, mais puisque vous avez prévu de manger du poulet, je ne vous ferai pas l'offense de vous proposer un repas.

Il éclata de rire et se détourna en faisant siffler son fouet.

Dès qu'il fut loin, Ewilan s'assit dans la paille sans se soucier de son manque de propreté et tenta de se glisser dans l'Imagination. Ayant déjà essayé sans résultat durant leur transfert du palais aux cachots, elle espérait sans trop y croire que des gommeurs n'avaient pas été disposés autour de l'arène. Elle fut éjectée des Spires avant d'avoir pu dessiner.

– Commandant, c'est vous ?

La voix s'était élevée d'une cellule voisine qu'ils avaient crue vide. Un homme se redressa, secoua la paille dont il était couvert et empoigna les barreaux.

– Commandant Til' Illan ?

– Padjil ?

– Oui, mon commandant.

Élicia poussa un cri rauque et se précipita vers l'homme dépenaillé que venait de reconnaître Edwin. Le visage mangé par une barbe hirsute, couvert de haillons dissimulant mal une maigreur cadavérique, il était d'une saleté repoussante. Élicia lui saisit les mains et les pressa avec force.

– Lieutenant Padjil... Que vous ont-ils fait ? Que sont devenus vos hommes ? Et les soldats hurindites qui nous accompagnaient ?

– Ils sont morts, madame. Un par un. Dans l'arène, dévorés par des bêtes féroces ou coupés en morceaux par les Géants du Septentrion...

En quelques phrases, Padjil, dernier survivant de la troupe de légionnaires qui avait escorté Altan et Élicia, leur raconta ce qui s'était passé depuis qu'ils avaient été séparés, à leur arrivée à Valingaï. Emprisonnés dans des geôles insalubres, rudoyés, mal nourris, les soldats alaviriens avaient défendu leur vie lors de combats inéquitables, pour le plaisir d'une foule qui réclamait du sang et de la souffrance. Leur formidable entraînement les avait d'abord protégés puis, peu à peu, les mauvais traitements les avaient affaiblis. Ils avaient péri les uns après les autres sans qu'une lueur d'espoir éclaire leur avenir.

– Nous pensions qu'ils vous avaient tués, madame, conclut Padjil, mais aurions-nous su que votre époux et vous étiez en vie, nous n'aurions rien pu faire. Ces Valinguites ne sont pas des hommes. Ce sont des démons.

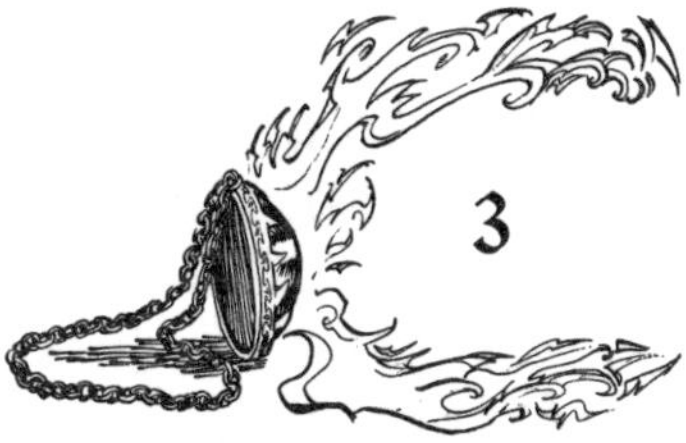

3

Le groupe que je dirige est formé de quatre dessinateurs hors pair : Kamil Nil' Bhrissau, Lisys Lil' Sha, Ol Hil' Junil et Shanira Cil' Delian. Nous avons réalisé d'immenses progrès dans l'étude de la barrière. Si Ewilan Gil' Sayan s'était jointe à nous...

Liven Dil' Ventin, courrier à l'Empereur

L'éclat du soleil se réverbérant sur le sable blanc de l'arène les éblouit. Ils s'immobilisèrent.

Un formidable grondement s'éleva autour d'eux et, leur vue s'accommodant enfin à la lumière du jour, ils découvrirent l'incroyable foule entassée sur les gradins. Des milliers de Valinguites se tenaient là, assis ou debout, dans la chaleur étouffante de cette fin de journée, s'agitant et vociférant en les montrant du doigt. Seule la tribune d'honneur au-dessus d'eux était vide.

– Vous croyez que nous devons saluer ? demanda Salim. Je ne voudrais pas décevoir autant d'admirateurs...

Sa voix manquait toutefois d'assurance et les coups d'œil qu'il jetait à droite et à gauche démentaient l'aplomb de ses paroles.

Siam porta instinctivement la main à son épaule et, réalisant l'absence de son sabre, cracha un juron. On ne leur avait pas rendu leurs armes lorsqu'on les avait tirés de leur cellule pour les pousser à l'extérieur. Les insultes dont Mathieu avait abreuvé les gardes n'avaient rien changé, n'apportant au jeune homme qu'un violent coup de lance sur l'arrière du crâne. Le soldat qui l'avait frappé avait heureusement utilisé le plat de sa lame et Mathieu en avait été quitte pour une simple contusion.

L'arène, immense, formait une ellipse de presque cent mètres de long sur soixante de large. En son centre s'élevait une imposante plate-forme drapée de tissu noir où se tenait un groupe d'Ahmourlaïs. Au milieu d'eux, les bras croisés sur la poitrine, le grand prêtre SarAhmour observait le ciel en caressant la chaîne pendue à son cou.

– Pourquoi lancer l'Appel Final dans cette arène ? s'étonna Ellana. La chaleur, le bruit et la foule ne sont pas propices à la concentration, que je sache...

– Ahmour exige du sang, répondit Élicia d'une voix dure. Du sang et des morts. Aucun autel ne lui convient mieux qu'une arène où des malheureux vont être massacrés.

Les hurlements de la foule redoublèrent tout à coup. Des silhouettes étaient apparues dans la tribune d'honneur. Les Alaviriens reconnurent sans peine le roi de Valingaï. La femme drapée dans un voile arachnéen et portant une couronne qui s'assit près de lui devait être la reine. Une dizaine de personnes les accompagnaient, parmi lesquelles Yalissan Fiyr qui adressa aux Alaviriens un signe désinvolte de la main. Éléa Ril' Morienval n'était visible nulle part.

– Peuple de Valingaï, ton roi !

Baaldoub, Saigneur de l'Arène, qui avait troqué ses habits de cuir pour un vêtement de cérémonie rouge vif, s'était dressé à la tribune. Ses paroles retentirent dans l'arène, sans que l'exploit vocal paraisse lui demander le moindre effort. D'un geste solennel, il désigna son monarque et se tut.

La réaction valinguite ne se fit pas attendre.

Trente mille hommes et femmes déchaînés hurlèrent le nom de KaterÃl. Le roi fit un léger signe de tête et leva le bras pour saluer. Lorsque les vociférations de la foule se furent atténuées, Baaldoub reprit de la même voix puissante :

– Aujourd'hui, peuple de Valingaï, aujourd'hui est le grand jour. Le jour de l'Appel Final !

De nouveau, un raz de marée sonore déferla sur les gradins.

– Le jour de l'élu !

Noyée sous les cris et les applaudissements, une silhouette minuscule, vêtue de noir, apparut sur la plate-forme, encadrée par quatre Ahmourlaïs.

– Illian ! s'exclama Ewilan. C'est Illian.

Le jeune garçon avançait d'une démarche d'automate. Lorsqu'un de ses gardiens le poussa près de SarAhmour, il prit la main que lui tendait le grand prêtre et ne bougea plus.

– Vont-ils l'utiliser pour invoquer Ahmour ? s'inquiéta maître Duom.

– Non, d'après les informations que j'ai pu glaner l'invocation repose sur le médaillon, expliqua Élicia. Le rôle de l'élu débute après, lorsqu'il prend le contrôle du démon.

– Illian est trop jeune, s'insurgea Ewilan, trop émotif. Il n'y arrivera pas.

– Je doute, de toute façon, que les Ahmourlaïs soient disposés à le laisser agir, souffla Élicia.

Un frisson d'angoisse parcourut le dos d'Ewilan.

– L'Appel Final mérite des jeux extraordinaires, peuple de Valingaï, poursuivit Baaldoub. Je t'ai donc concocté un programme éblouissant, un programme sanglant, un programme à ta mesure !

Baaldoub leva les bras, se délectant de l'hommage délirant que lui attiraient ces paroles...

– *Viens !*

L'ordre avait claqué. Si fort qu'Ewilan se boucha les oreilles pour en atténuer la violence. Geste inutile. Le mot avait bel et bien été prononcé, mais les rugissements de la foule l'avaient couvert et elle était la seule à l'avoir entendu.

Dans son esprit.

Les Ahmourlaïs, placés en cercle autour de Sar-Ahmour et d'Illian, levèrent une deuxième fois la tête vers le ciel.

– *Viens !*

L'Appel Final avait commencé.

Baaldoub ne détenait pas le Don. L'Appel n'était pour lui qu'une cérémonie sans réelle importance organisée par des prêtres qu'il ne respectait que parce qu'ils étaient dangereux. Seuls comptaient les jeux. Il tendit un doigt vindicatif vers le groupe des Alaviriens qui se tenaient au centre de l'arène.

– En guise d'amuse-gueule, peuple de Valingaï, je t'offre ces misérables étrangers. Ils ont feint de venir en amis, toutefois la sagacité de notre roi KaterÃl est bien trop grande pour que quiconque ait une chance de le tromper.

Edwin balaya les alentours d'un regard acéré.

La porte basse qui leur avait permis de pénétrer dans l'arène était maintenant verrouillée et une grille placée à l'opposé était en train de se relever. Le maître d'armes donna quelques ordres brefs, plaçant Ewilan, Élicia, maître Duom et Artis Valpierre au centre d'un cercle formé par les combattants du groupe.

– Un amuse-gueule, disais-je. Un amuse-gueule pour toi, peuple de Valingaï, mais surtout pour celui que tu connais depuis longtemps. Celui qui, au fil des jeux, a comblé ta soif d'action et de sang. Mes amis, voici le tueur que tous vous adorez, que tous vous réclamez. Voici Ji !

Un tonnerre d'applaudissements salua la fin de la tirade, un tonnerre qui s'enfla encore lorsque surgit le coureur géant que les Alaviriens avaient aperçu un peu plus tôt.

L'animal, haut de deux mètres, effrayant, possédait un bec recourbé garni de crocs aussi redoutables que ceux d'un tigre, et des pattes puissantes ornées chacune d'un ergot acéré de plus de vingt centimètres de long. Il s'immobilisa un moment, surpris par la lumière éblouissante et le bruit, puis il remua ses moignons d'ailes et leva la tête pour pousser un cri terrifiant.

– Bon appétit, Ji ! s'exclama Baaldoub, déclenchant ainsi le rire de milliers de spectateurs.

Le coureur géant observa l'arène, remarqua les fragiles humains serrés en son centre. Son cerveau de volatile fit le rapprochement entre cette découverte et la désagréable sensation qui, depuis cinq jours, malmenait son estomac. Il allait enfin pouvoir manger.

D'une formidable détente, son corps de tueur entra en mouvement. En une seconde il atteignit une vitesse hallucinante.

Il continua à accélérer.

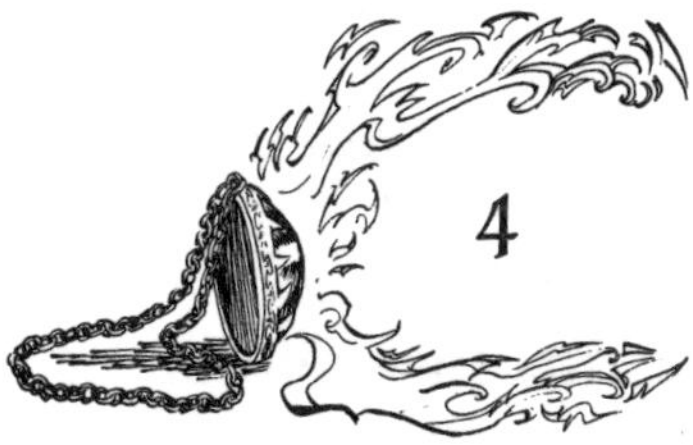

4

Nous pouvons penser avec une marge d'erreur minime que la barrière entre les dimensions ne se déchirera pas d'un coup. En revanche, le laps de temps qui s'écoulera entre le premier accroc et l'effondrement total sera très court. C'est ce temps qu'il nous faudra utiliser pour analyser le phénomène, le comprendre et agir.

Liven Dil' Ventin, courrier à l'Empereur

– Il est pour moi.

Ellana s'était exprimée d'une voix sans appel.

Joignant le geste à la parole, elle s'élança. Edwin esquissa un mouvement pour la retenir, mais la marchombre fut trop rapide, même pour les prodigieux réflexes du maître d'armes. Sa longue tresse noire battant ses épaules, ses muscles fins jouant à la perfection sous ses vêtements de cuir, elle fonça droit sur le monstre.

Le coureur marqua une hésitation devant l'attitude inhabituelle de ce gibier. Il était toutefois trop stupide pour abandonner une tactique qui avait toujours porté ses fruits. Il reprit sa course.

Ses foulées impressionnantes soulevaient des gerbes de sable, ses crocs étincelaient au soleil, offrant aux spectateurs une parfaite image de la mort en marche. Arrivé à une dizaine de mètres d'Ellana, il bondit.

Un saut impressionnant, calculé au centimètre près. Mortel.

La marchombre sauta plus haut que lui.

Son corps se tendit vers le ciel, s'arqua pour décrire une courbe idéale avant de virevolter et de passer au ras de la tête du coureur. Elle retomba à califourchon sur son dos, enserra son ventre de ses cuisses, saisit son cou. Avant que l'animal ait réalisé qu'il venait de passer du statut de prédateur à celui de proie, les griffes de la marchombre avaient jailli.

D'un seul mouvement fluide et implacable, l'acier brillant trancha la grosse artère sous le duvet et l'épaisse couche de peau.

Un torrent écarlate bouillonna.

Le monstre courut encore sur quelques mètres puis ses pattes cédèrent et il s'effondra, creusant dans le sable une large ornière qui, très vite, se remplit de sang. Ellana relâcha sa prise et mit pied à terre. Elle rétracta ses lames et regarda le coureur agiter trois fois ses ailes ridicules avant qu'un ultime sursaut ne le terrasse. Elle se tourna alors vers les gradins, posa un pied sur le cadavre du tueur, et défia trente mille Valinguites du menton et du regard.

Une ovation phénoménale répondit à sa provocation.

La marchombre la reçut comme un dû, sans qu'aucune émotion apparaisse sur son visage puis, d'un pas tranquille, elle rejoignit ses compagnons. Edwin s'avança vers elle. Ses amis l'avaient vu trembler tout au long du formidable exploit accompli par

Ellana. Ils savaient qu'il était bouleversé, comme ils savaient que le maître d'armes, incapable d'exprimer ses sentiments en public, allait se contenter d'un mot ou d'un simple effleurement... Ellana en décida autrement.

Elle l'attrapa par la nuque et plaqua sa bouche contre la sienne.

Sauvagement.

Après un infime temps de surprise, il lui rendit son baiser avec fougue sous les applaudissements de la foule avide de sensations.

– Cette belle jeune femme saura-t-elle conserver son efficacité guerrière et sa sensualité face à la cohorte qui a gagné l'honneur de participer aux jeux ?

Baaldoub avait hurlé afin de rappeler aux spectateurs que Ji était l'un de ses protégés.

– L'arène, peuple de Valingaï, l'arène réclame du sang, pas des déclarations d'amour !

La foule versatile réagit en hurlant :

– Du sang ! Du sang ! Du sang !

– Je te préfère ainsi, peuple de Valingaï, vociféra Baaldoub. J'appelle la cohorte du prince MarÃvek. Puisse-t-elle porter haut l'honneur de son maître !

– Pour les jeux d'importance, expliqua Siam, des nobles valinguites rivalisent afin d'avoir le privilège d'engager une cohorte de guerriers qui défendront leurs couleurs dans l'arène. Une seule cohorte est choisie. Par le roi en personne. Elle est composée de combattants expérimentés qui savent ce qu'ils ont à gagner, mais aussi ce qu'ils risquent. Ils n'en sont que plus dangereux.

– Comment as-tu obtenu ces renseignements ? demanda Bjorn.

Les joues roses, Siam répondit après une brève hésitation :

– Yalissan Fiyr me l'a expliqué.

– Pendant vos entraînements ?

La jeune Frontalière devint écarlate.

– Non. Pendant une... pause.

À l'autre extrémité de l'arène, une grille se souleva. Douze guerriers cuirassés apparurent. Edwin analysa rapidement la situation puis jeta ses ordres.

– Siam, dix mètres derrière moi, légèrement à ma droite. Bjorn, à côté de Siam, puis Mathieu. Ellana et Altan, vous restez près des autres pour les protéger. Non. Pas de discussion. Obéissez !

Edwin ne prit pas la peine de vérifier que ses ordres étaient suivis. Il se mit en marche vers les guerriers valinguites...

– *Viens !*

L'ordre retentit pour la vingtième fois. Ewilan fut prise d'un tremblement incoercible. Était-elle la seule à sentir l'univers se gauchir ? La réalité se froisser ?

Au-dessus de Valingaï, des nuées noires commencèrent à s'amasser...

D'un pas assuré, Edwin franchit la distance qui le séparait des Valinguites. Ceux-ci, en soldats chevronnés, progressaient avec circonspection, veillant à se couvrir mutuellement. Leurs corps musclés étaient protégés par des armures qui avaient connu maints combats et leurs épées, brandies devant eux, s'étaient souvent abreuvées de sang. C'était pour la plupart des vétérans qui, ayant survécu à de nombreuses batailles, auraient pu prétendre à une retraite méritée. L'appât du gain leur avait fait intégrer une cohorte. Des hommes durs et sans pitié.

Edwin se dirigea vers le plus proche. Il avançait d'une démarche souple, paumes ouvertes, bras détendus, sans paraître se soucier du Valinguite ou de son arme. Il n'entra en action qu'au moment où l'épée de son adversaire fendait l'air.

À cet instant précis où convergent tous les possibles, cet instant que seul un guerrier d'exception peut discerner.

Une seconde plus tôt, son adversaire aurait changé son coup vertical en revers, une seconde plus tard il lui aurait fendu le crâne. Edwin, d'un mouvement aussi fluide que de l'eau, passa à un millimètre de la lame d'acier. Sa main droite se posa sur celle du Valinguite tandis que son coude gauche, lancé avec une violence incroyable et pourtant parfaitement contrôlée, lui défonçait la trachée-artère. L'homme s'effondra, abandonnant son épée à Edwin. Le maître d'armes la jeta derrière lui. Sans un regard. L'épée virevolta dans les airs et retomba à l'endroit précis qu'il avait choisi.

Les mains de Siam.

5

Jukilan Sar est de faction à la poterne ouest, celle qu'utilisent les éclaireurs quand leurs officiers ne veulent pas ouvrir les grandes portes de Valingaï. Il enrage de perdre son temps à cette garde stupide alors que les jeux de l'Appel Final battent leur plein, mais il n'a pas osé protester auprès de son lieutenant. Il est mal vu depuis cette histoire de bagarre, il doit...

Un grincement étrange le fait se retourner. La porte vibre, gémit, comme si elle était en train de se déchirer. Se déchirer ? Une plaque d'acier de cinq centimètres d'épaisseur, scellée dans des murs de granit ? Impossible !

Jukilan Sar a raison. La porte ne se déchire pas, elle explose. Un homme apparaît dans l'ouverture. Un colosse aux muscles incroyables et au visage impavide.

Jukilan Sar n'a pas le temps d'appeler à l'aide. Le colosse le saisit d'une main et le projette contre un mur à trois mètres de là. Un mur qui frémit sous l'impact et qui de noir devient rouge.

L'homme se glisse dans la cité.

6

Si la méduse parvient à intégrer notre dimension, il est inutile de masser les troupes de l'Empire sur la frontière est. La mort sera partout.

Liven Dil' Ventin, courrier à l'Empereur

Seul un tigre aurait pu se mouvoir aussi vite.

Edwin s'accroupit, pivota sur une jambe repliée tandis que l'autre frappait le genou du guerrier qui l'assaillait à droite. Un craquement sec. L'homme perdit l'équilibre, tendit les mains pour se retenir, ne toucha pas le sol. Le maître d'armes s'était relevé et l'avait saisi au cou d'une clef imparable. Un nouveau craquement retentit. Écœurant.

Edwin laissa choir le corps du Valinguite, s'empara de son épée et para le coup d'estoc que lui assenait un troisième adversaire.

Deux secondes.

C'est le temps que dura le combat. L'assaillant d'Edwin s'effondra avec un râle d'agonie, la gorge ouverte.

Le maître d'armes savait que Bjorn et Mathieu ne possédaient pas la dextérité de Siam. Il se retourna pour leur envoyer les deux lames, poignée en avant, puis se porta à la rencontre des Valinguites.

Ceux-ci marquèrent un temps d'arrêt. Cet étranger était un démon. Effrayant, même pour les combattants chevronnés qu'ils étaient. Leur hésitation ne dura pas. Ils connaissaient trop bien la loi de l'arène : vaincre ou mourir. Ils se concertèrent du regard et passèrent à l'attaque. Tous ensemble.

Un hurlement sauvage rompit leur cohésion. Bjorn, brandissant son épée au-dessus de sa tête, arrivait sur eux en vociférant. Il était suivi de Siam et Mathieu, moins bruyants mais aussi déterminés. Le premier, Bjorn percuta le rang ennemi. Il ne portait aucune armure, pourtant sa carrure et sa rage suffirent à ôter aux Valinguites la possibilité d'agir de manière concertée. En quelques secondes, l'affrontement devint chaotique.

Edwin avait profité de l'effet de surprise pour se défaire d'un quatrième adversaire et s'emparer de son arme. Soucieux de la sécurité de Mathieu, le moins expérimenté d'entre eux, il le chercha des yeux. Il le découvrit ferraillant aux côtés de Siam. La jeune Frontalière utilisait sa prodigieuse dextérité pour combattre deux Valinguites tout en surveillant Mathieu aux prises avec un guerrier résolu à venger ses compagnons. L'épée de Siam se planta dans une poitrine au niveau du cœur, ressortit écarlate et, dans le même mouvement, fouetta l'air à sa gauche. L'adversaire de Mathieu s'écroula, un flot de sang jaillissant d'une affreuse blessure au cou.

– J'aurais pu m'en sortir seul, haleta Mathieu.

– Je n'en doute pas, répondit Siam en repoussant l'assaut frénétique du Valinguite qui restait, mais nous sommes pressés...

Pareille à un serpent, sa lame se faufila sous la garde de l'homme et trouva un interstice entre deux plaques de son pectoral. Elle s'y enfonça de trente centimètres. Mortelle.

Non loin d'eux, Edwin abattit un nouveau Valinguite, Bjorn fit tournoyer son épée comme s'il avait tenu une hache et, soudain, le combat s'acheva. Les douze guerriers de la cohorte du prince MarÃvek gisaient au sol dans une impressionnante flaque rouge que le sable de l'arène peinait à absorber.

Des hurlements démentiels s'élevèrent de la foule debout sur les gradins, acclamant la victoire de ceux qui, à ses yeux, étaient en passe de devenir des héros.

Sans daigner redresser la tête, Edwin ramassa une poignée d'épées.

– On rejoint les autres, dit-il simplement.

Les Alaviriens se congratulèrent avec sobriété puis, alors qu'Ellana, Altan et Élicia s'emparaient d'une arme, Salim s'approcha de Bjorn.

– Tu es blessé ?

– Une peccadille, lui assura le chevalier en désignant l'estafilade sanglante qui barrait son abdomen. Si j'avais tenu ma bonne hache, ce rejeton de Ts'lich n'aurait pas égratigné ma précieuse anatomie, mais je m'estime satisfait. Notre combat entrera dans les annales aux côtés des plus grands récits épiques. Quoi de plus insigne pour un chevalier tel que moi ?

– Si on s'en sortait vivants, ce ne serait pas plus mal, non ?

Bjorn leva les yeux au ciel comme si cette pensée était indigne de lui. Artis Valpierre, qui avait suivi l'échange, lui posa la main sur le bras.

– Peccadille ou pas, déclara-t-il d'une voix ferme, je m'occupe de cette blessure.

– Inutile, affirma Bjorn. Elle ne saigne déjà plus.

– Je ne te demande pas ton avis, rétorqua le rêveur. À chacun son travail. Le tien est de fendre des crânes, le mien de les soigner. Ne bouge plus.

Joignant le geste à la parole, il posa le bout de ses doigts sur la vaste poitrine du chevalier et commença à dérouler son rêve. Les bords de la plaie se rapprochèrent, se soudèrent pour ne plus laisser qu'une fine cicatrice, parfaitement saine d'aspect.

– Désolé pour ta tunique, fit Artis. Si je me débrouille assez bien pour rafistoler la viande de guerrier, en revanche je suis nul en couture.

Bjorn étreignit l'épaule du rêveur.

– *Viens !*

L'ordre martelait l'univers, résonnant dans l'esprit d'Ewilan comme une cloche démesurée. La douleur qui en résultait était insupportable. Ewilan vacilla. Sa vue se troubla, oublia les couleurs pour basculer sur un noir et blanc effrayant. Elle tomba à genoux.

– *Viens !*

Dans le monde gris et cotonneux qui l'environnait, une tache écarlate se mit à briller. Pendue au cou d'une silhouette indistincte, loin là-bas, sur une plate-forme aux contours mouvants. Le médaillon.

– Ewilan, que se passe-t-il ?

Salim la tenait dans ses bras.

– Le médaillon, murmura-t-elle. Rien d'autre ne compte. Le médaillon. Il me faut le médaillon...

Salim leva la tête, capta le regard suppliant d'Élicia agenouillée près de lui. Au-dessus d'eux, le ciel s'était obscurci jusqu'à donner l'impression que la nuit était là. Une rafale d'un vent chaud et nauséabond balaya l'arène.

– *Viens !*

Le corps d'Ewilan se tendit comme un ressort. Salim se décida.

– J'y vais.

Les rugissements de la foule se prolongèrent longtemps.

Très longtemps.

Jusqu'à ce que Yalissan Fiyr chuchote un conseil à l'oreille de Baaldoub. Le Saigneur de l'Arène acquiesça avant d'empoigner la balustrade de pierre.

– Peuple de Valingaï, écoute-moi ! hurla-t-il.

La clameur décrut légèrement.

– Peuple de Valingaï, les étrangers sont de valeureux combattants mais, ne t'y trompe pas, ce n'est pas pour leur vie qu'ils luttent. Ils luttent pour ton plaisir, peuple de Valingaï ! Pour ton plaisir et lui seul ! Et pour que ton plaisir atteigne des sommets, le noble Yalissan Fiyr m'a donné l'autorisation de faire entrer dans l'arène…

Orateur aguerri, Baaldoub se tut, laissant la foule, désormais silencieuse, suspendue à ses lèvres. Il jouit un instant de ce formidable sentiment de puissance qui l'envahissait lorsqu'il présentait les jeux puis poursuivit :

– Ils sont quatre. Effroyables et sanguinaires. Nul ne leur a jamais résisté. Faute d'adversaires à leur mesure, ils ne participent pas à tous les jeux, mais tu les connais, peuple de Valingaï. Tu les connais, tu les aimes et aujourd'hui tu les réclames !

Baaldoub leva un poing fermé et trente mille Valinguites se levèrent d'un seul mouvement pour scander :

– Les Géants ! Les Géants ! Les Géants !

7

Mon temps fini, je m'en irai sur d'autres chemins.
Libre.

Ellundril Chariakin, chevaucheuse de brume

Ellana saisit le bras de Salim au moment où il passait près d'elle.

– Que fais-tu ?

Du menton il lui désigna Ewilan qui, soutenue par ses parents, s'était relevée. Les yeux révulsés, elle respirait avec difficulté.

– Je vais chercher ce fichu médaillon. Elle m'a dit que rien d'autre ne comptait.

Ellana jeta un coup d'œil à la plate-forme qui s'élevait à quatre mètres du sol. Inaccessible. Elle prit à peine le temps de réfléchir.

– D'accord, on y va !

La marchombre et son élève s'élancèrent.

Mathieu ne parvenait plus à se contrôler. L'adrénaline dont son corps était saturé lui donnait le sentiment de pouvoir renverser des montagnes, mais, plus encore, la vague qui, depuis des jours, s'alimentait de rancœur, d'inquiétude et d'humiliation, déferlait sur lui. Il chercha des yeux la tribune d'honneur, la balaya jusqu'à capter le regard de Yalissan Fiyr. Le sourire méprisant qu'il reçut en retour fut la goutte d'eau qui fit déborder le vase. Sans plus se préoccuper de ses compagnons, il courut se camper au pied du mur d'enceinte.

– Couard ! hurla-t-il. Pourquoi envoies-tu tes serviteurs se battre à ta place ? Tu n'es qu'un misérable poltron, ridicule et veule. Un lâche !

Surpris, Yalissan Fiyr haussa les sourcils.

– Tu trembles, n'est-ce pas ? poursuivit Mathieu. Tu te caches. Peut-être même es-tu en train de faire sous toi ! Le sait-il, ton peuple, que le coquet Yalissan Fiyr, qui attache tant d'importance à sa coiffure et à ses habits, se pisse dessus de terreur ?

KaterÃl se tourna vers son maître d'armes et lui lança une boutade qui fit éclater de rire les nobles assemblés autour de lui. Yalissan Fiyr, lui, ne rit pas. Il se leva avec un grognement de colère, s'engouffra dans les escaliers qui s'ouvraient derrière lui et disparut.

Mathieu poussa un juron déçu. Il se détournait lorsqu'un pan de mur coulissa, dévoilant une ouverture dérobée.

Yalissan Fiyr apparut.

Épée à la main.

Les quatre Géants du Septentrion étaient monstrueux. Hauts de trois mètres, leur épiderme verdâtre couvert de tatouages et de scarifications, vêtus d'une simple tunique et brandissant des haches de combat gigantesques, ils avançaient d'une démarche que leur masse suffisait à rendre effrayante. Si leur corps était à peu près humanoïde, leur tête, insignifiante au vu de leur taille, ne rappelait que très peu celle des hommes. Un trou baveux en lieu et place du nez, des crocs jaunâtres dépassant de leurs lèvres épaisses, des oreilles démesurées, transformaient leur faciès en un véritable cauchemar.

Edwin les jaugea du regard.

– N'essaie pas de rivaliser en force avec eux, conseilla-t-il à Bjorn. Privilégie la rapidité. Il vaut mieux les affaiblir peu à peu que tenter de leur porter des coups mortels. Toi, Siam...

Le maître d'armes se tut, prenant tout à coup conscience que quelque chose clochait. Non, pire. La situation lui échappait complètement.

Pendant qu'il guettait l'apparition des Géants, Ellana et Salim s'étaient esquivés sans qu'il s'en aperçoive. Filant comme le vent, ils avaient presque atteint la plate-forme sombre dressée au milieu de l'arène.

Mathieu était loin lui aussi. Il avait engagé le fer avec Yalissan Fiyr sous la tribune d'honneur et se battait frénétiquement tandis qu'Artis Valpierre courait dans sa direction, suivi par Siam qui tentait de le rattraper.

Altan et Élicia soutenaient Ewilan en passe de s'effondrer et maître Duom contemplait cette débandade, catastrophé et impuissant.

Le vent forcit, charriant des miasmes fétides qui tirèrent un hoquet dégoûté à la foule des spectateurs. Un éclair rouge sang traversa le ciel, suivi d'un coup de tonnerre assourdissant. Edwin poussa un juron atterré.

Dès le premier cliquetis des lames s'entrechoquant, Mathieu comprit qu'il n'avait aucune chance.

Strictement aucune.

Yalissan Fiyr était plus fort que lui. À un point qu'il n'aurait pas jugé imaginable.

Il joua pourtant le tout pour le tout, attaquant avec une énergie décuplée par sa rage et sa frustration. Yalissan Fiyr contint son assaut sans difficulté et porta une estocade.

Une seule.

Son épée s'enfonça jusqu'à la garde dans la poitrine de Mathieu.

Étonnement, d'abord.

Puis douleur.

Atroce. Déchirante. Drainant force et volonté.

Mathieu lâcha son épée et bascula en arrière, tandis que sa tunique s'imbibait de sang. Sa vue se voila. Il voulut parler, proférer une dernière malédiction, un liquide poisseux et salé monta à ses lèvres, le faisant s'étouffer.

– Ça va aller, ne t'inquiète pas.

Une silhouette s'était jetée à genoux dans le sable, près de lui. Des mains calmes et chaudes se posèrent sur son cœur.

Artis.

– Ôte-toi de là, ce combat n'est pas le tien.

Ignorant la menace de Yalissan Fiyr dressé près de lui, Artis Valpierre commença à dérouler son rêve.

– Ôte-toi de là ! Je ne le répéterai pas.

Sous les doigts experts du rêveur, artères sectionnées et organes perforés vibrèrent, retrouvant peu à peu leur intégrité.

– Ôte-toi de là, pauvre fou !

Mathieu sentit la mort s'éloigner.

Doucement.

Comme à regret.

Sa respiration se libéra, l'air entra à nouveau dans ses poumons. Artis le prit dans ses bras.

– N'oublie pas d'être heureux, lui murmura-t-il à l'oreille.

Puis son corps, soudain, se fit lourd.

Son souffle se figea.

Il ne bougea plus.

L'épée de Yalissan Fiyr fichée dans la nuque.

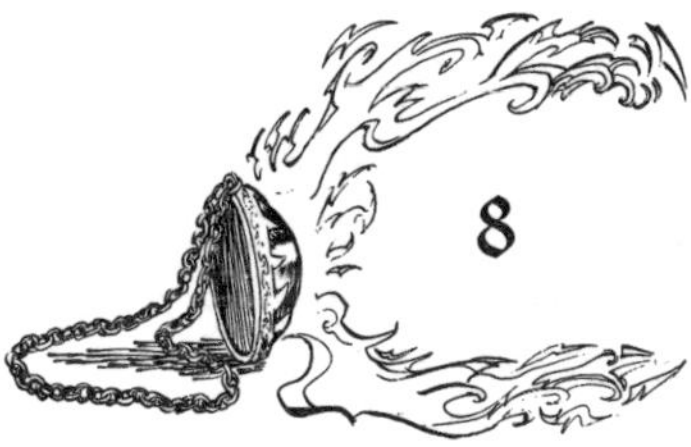

8

Voler. Au-delà des flammes et des frontières.
Libre.

Chant du Dragon

Salim avait passé des heures à s'entraîner avec Ellana. Il la comprenait. Sans doute mieux que quiconque.

Il savait ce qu'elle attendait de lui.

Lorsqu'il atteignit le pied de la plate-forme, il s'arrêta, se tourna, plaça ses mains en coupe devant lui. La marchombre, qui arrivait comme une flèche derrière lui, prit appel sur ce marchepied improvisé.

Bondit.

Les quatre Géants approchaient. Encore quelques secondes et ils pourraient frapper. Ewilan, maître Duom, Élicia... Il fallait se porter à leur rencontre, les empêcher d'avancer davantage.

Bjorn, étonné de ne pas recevoir d'ordre, se tourna vers Edwin.

Le maître d'armes se tenait immobile, ses yeux allant d'un côté de l'arène à l'autre, incapable, peut-être pour la première fois de sa vie, de prendre une décision. Bjorn observa Altan et Élicia qui peinaient à maîtriser Ewilan prise de convulsions, reporta son attention sur Edwin toujours indécis.

– Mon ami, commença le chevalier, une fois n'est pas coutume, j'assure le commandement. Voilà ce que tu vas faire...

Siam percuta Yalissan Fiyr au moment où il allait plonger sa lame dans la gorge de Mathieu. Sous l'impact, le Valinguite chancela et recula d'un pas, offrant ainsi à Siam le temps de s'interposer.

Elle se mit en garde.

– Je t'interdis de t'approcher de mes amis !

Yalissan Fiyr éclata d'un rire mauvais.

– Ne sois pas sotte, je n'ai pas prévu de te tuer aujourd'hui. Rengaine ton épée et va m'attendre à côté de cette porte.

En guise de réponse, Siam attaqua.

La jeune Frontalière était une escrimeuse autrement plus douée que Mathieu, et elle avait déjà eu l'occasion de se frotter à la technique du Valinguite. Elle savait que le combat serait difficile, mais pensait détenir une chance raisonnable de l'emporter.

Sa lame décrivit une courbe audacieuse et mortelle. Yalissan Fiyr para l'assaut sans difficulté et riposta. Une série de coups puissants qui cantonnèrent Siam à la défensive. Une botte fluide passa à un millimètre de sa gorge, une autre ouvrit sa tunique en traçant une ligne brûlante sur sa peau. La jeune Frontalière comprit que le combat lui échappait. Elle voulut placer un coup d'estoc, son épée s'envola de ses mains.

Elle se retrouva désarmée face à Yalissan Fiyr. Impuissante.

– Je crois qu'en fait je vais te tuer aujourd'hui, cracha le Valinguite. Tu ne m'amuses plus.

Il leva son épée. Mathieu, qui tenait le corps d'Artis Valpierre serré contre lui, poussa un cri angoissé. Siam ferma les yeux malgré elle…

Cliquetis d'acier.

La lame d'Edwin repoussa doucement celle de Yalissan Fiyr.

Bjorn se baissa pour éviter un coup de taille qui aurait décapité un éléphant. Dans le même mouvement, avec un ahanement de bûcheron, il planta son épée de toutes ses forces dans le pied de son adversaire, le clouant cruellement au sol. Le Géant du Septentrion émit un mugissement effroyable et relâcha son attention.

Une seconde.

Juste le temps nécessaire pour que Bjorn lui arrache sa hache et bondisse à l'écart.

Le chevalier cracha dans ses mains et empoigna le manche de l'arme redoutable.

– Au travail, lança-t-il. Bjorn Wil' Wayard se prépare à entrer dans le grand livre des légendes !

– *Viens !*

Ewilan poussa un cri de souffrance absolue. Ses bras se tendirent comme des ressorts et ses convulsions s'amplifièrent. Maître Duom se joignit à Altan et Élicia. Ensemble ils parvinrent à grand-peine à la maîtriser. Puis, comme par magie, elle s'apaisa. Elle se dégagea doucement de l'étreinte de ses parents avant de tourner vers eux ses yeux violets. Immenses.

Emplis de terreur.

– Il arrive, balbutia-t-elle.

Le corps d'Ellana décrivit une courbe incroyablement parfaite.

Elle retomba sur ses pieds au milieu des Ahmourlaïs au moment où un éclair aveuglant se fracassait sur le sable de l'arène. Le vent enfla, faisant claquer les tentures noires de la plate-forme comme les voiles d'un bateau dément. La marchombre frappa du coude et du pied. Deux Ahmourlaïs s'effondrèrent.

Elle tendit le bras. Sa main se referma sur la chaîne qui pendait au cou de SarAhmour.

– Meurs !

L'ordre la frappa alors qu'elle lui arrachait le médaillon. Comme percutée par un monstrueux poing de métal, elle fut projetée en arrière. Son corps désarticulé bascula par-dessus la rambarde.

Elle s'écrasa quatre mètres plus bas et ne bougea plus.

Le médaillon serré dans son poing.

Edwin et Yalissan Fiyr s'observaient.

L'un et l'autre conscients qu'ils rencontraient pour la première fois un adversaire à leur mesure.

L'un et l'autre conscients que leur vie entière les avait guidés vers cette rencontre.

L'un et l'autre conscients qu'un seul lui survivrait.

Ils s'élancèrent.

Si rapides que leurs mouvements semblèrent irréels, ils se croisèrent comme deux courants d'énergie.

Siam chercha son arme des yeux. Renonça. L'affrontement était déjà fini.

Edwin tituba, lâcha son épée pour presser ses bras contre son abdomen d'où jaillissait une fontaine de sang.

Immobile, Yalissan Fiyr le regardait, un sourire étonné sur les lèvres, puis, doucement, il bascula en arrière.

Sa tête roula jusqu'aux pieds d'Artis.

SarAhmour, le visage décomposé par la rage, bondit du haut de la plate-forme. Il se reçut sur ses pieds, trébucha, se releva comme une bête sauvage et fonça sur Ellana.

La marchombre était étendue sur le dos, les yeux grands ouverts.

SarAhmour poussa un soupir de soulagement. Le médaillon était là, dans les doigts de cette femme. L'Appel Final était achevé, Ahmour allait se matérialiser d'une seconde à l'autre. Si, à ce moment, il ne tenait pas le médaillon entre ses mains...

Il se baissait pour s'en emparer lorsqu'une forme surgit dans son dos.

Un loup.

Un loup noir, puissant et silencieux.

Sans avertissement, ses mâchoires terribles se refermèrent sur la nuque du prêtre, brisant les vertèbres comme si elles avaient été de verre.

SarAhmour mourut avant de réaliser ce qui lui arrivait.

Mathieu étendit avec douceur le corps d'Artis sur le sable de l'arène.

La foule, suivant l'exemple du roi et de sa cour, quittait précipitamment les gradins. Le ciel n'était plus qu'une masse de nuages noirs tournoyants que traversaient d'impressionnants éclairs rougeâtres. Le vent hurlait, charriant une odeur pestilentielle, une odeur de charogne et de mort.

Une odeur de fin de monde.

Siam jeta un regard reconnaissant à Mathieu lorsqu'il s'approcha pour l'aider à panser l'abdomen d'Edwin. La blessure était large et profonde, il s'en était fallu d'un cheveu qu'elle touche un organe vital, et le risque demeurait qu'elle soit fatale.

– Il faut secourir les autres, souffla Edwin, décomposé.

– Le temps de finir ce bandage et on s'en occupe, le rassura Siam.

La mort de leur grand prêtre plongea les Ahmourlaïs dans une confusion dont Salim profita pour se précipiter vers Ewilan. Il avait repris forme humaine avant de s'emparer du médaillon, s'obligeant à détourner son regard du corps d'Ellana afin de conserver son efficacité. Maintenant il courait, plus vite qu'il n'avait jamais couru, sans se préoccuper des éclairs qui s'abattaient autour de lui et encore moins de sa nudité. Il courait parce que de sa course dépendait peut-être le sort du monde. Et sa vie. De façon indubitable.

Les Ahmourlaïs retrouvèrent leurs esprits au moment où Salim atteignait son but.

– Meurs ! crièrent-ils ensemble.

Ewilan était prête. L'ordre se fracassa contre son écran mental. Les Ahmourlaïs réagirent avec une simultanéité parfaite.

– Mourez !

Ewilan élargit son écran pour qu'il englobe maître Duom et ses parents. Elle le fragilisait en agissant ainsi, mais un autre choix les condamnait à coup sûr.

– Mourez !

L'écran gauchit. Tint bon.

Salim tendit le médaillon à Ewilan.

Elle s'en empara, prête à utiliser la puissance qu'il recelait contre les Ahmourlaïs...

Il ne se passa rien.

Rien du tout.

Le médaillon était aussi inerte dans sa main qu'un vulgaire caillou serti de métal.

– Mourez !

L'écran commença à flancher.

La hache de Bjorn s'abattit.
Pour la centième fois.
Le corps du chevalier était couvert de sang.
Le sien et celui des Géants. Deux déjà étaient tombés, mais plusieurs des blessures que Bjorn avait reçues étaient sérieuses. Très sérieuses. Il s'en moquait comme il se moquait que le combat l'ait entraîné de l'autre côté de l'arène, loin de ses amis. Loin de toute possibilité d'assistance. Il entonna un chant guerrier, conscient d'écrire une page de légende.
Jamais il n'avait été aussi heureux.

9

Nager. Dans les océans, les rêves et les étoiles.
Libre.

Chant de la Dame

– Mourez !

Par un incroyable effort de volonté, Ewilan reprit le contrôle de l'écran que l'ordre avait fissuré. Elle jeta un coup d'œil désespéré autour d'elle, en quête d'une aide improbable.

– *Il n'y a plus de gommeurs, jeune fille. Je les ai liquidés pour toi. Je crois que tu sais dessiner, non ?*

Les paroles d'Ellundril Chariakin résonnaient encore dans son esprit, quand la sensation que les Spires étaient accessibles déferla sur Ewilan. Sans attendre, elle se glissa dans l'Imagination. Son premier réflexe fut de donner libre cours à sa rage en détruisant les Ahmourlaïs, mais le souvenir d'Illian les rejoignant sur la plate-forme la retint. Il était hors de question de le blesser. En un éclair, elle modifia son dessin.

– Mour...

L'ordre s'interrompit net, bloqué par la bulle de verre irisé qui venait de se matérialiser autour de la plate-forme. Les Ahmourlaïs s'agitèrent puis entreprirent de déchaîner leur pouvoir.

En vain.

Un tremblement de terre aurait été incapable de causer le moindre dommage à cette bulle indestructible.

– Tu peux dessiner ? demanda maître Duom, sidéré. Les gommeurs ne sont...

D'un geste, Ewilan lui intima l'ordre de se taire.

– Il arrive, murmura-t-elle. Ahmour arrive.

– C'est impossible, la pressa Salim. Tu détiens le médaillon, ils ne...

– Ils ont eu le temps d'achever l'Appel...

Une formidable dépression transforma le vent en une monstrueuse tornade qui tournoya comme une toupie prise de folie. Les rares Valinguites à ne pas avoir fui l'arène se précipitèrent dans les escaliers, enjambant les corps de ceux qui avaient été piétinés dans le mouvement de panique ayant vidé les gradins un peu plus tôt. La tornade fusa tout à coup vers le ciel en déchirant les nuages et un éclair formidable s'abattit près de la plate-forme, reléguant au rang d'étincelles ceux qui l'avaient précédé, et creusant un profond cratère dans le sol. Des flammes s'élevèrent du cratère puis de la fumée.

Épaisse. Noire. Suffocante.

Les Alaviriens reculèrent d'un pas, de deux, de dix... Proches de la panique.

– *Ewie...*

Ewilan mit un instant à comprendre qu'on s'adressait à elle en esprit. Beaucoup plus de temps à comprendre qu'il s'agissait de Liven.

– Ewie, j'ai senti ta présence dans les Spires, toutefois je ne sais pas si tu m'entends. Les autres m'épaulent de leur pouvoir, mais je ne pourrai pas te parler longtemps. La méduse a percé la barrière, Ewie. Nous nous y préparons depuis des semaines et nous étions prêts. Seule une infime partie de son être s'est glissée dans notre dimension. Avec Kamil, Lisys, Ol et Shanira nous avons réparé les mailles qu'elle a brisées. J'ignore combien de temps notre réparation tiendra, comme j'ignore la nature de ce qui s'est passé. Je sais en revanche que tu es là-bas et que c'est à toi d'agir maintenant. Bon courage, Ewie. Je voudrais tellement me trouver à tes côtés…

La communication s'acheva.

Du fond du cratère, monta un grondement suivi d'une gerbe de projections incandescentes.

Puis un bruit de pas.

Ébranlant le sol.

Quelque chose arrivait.

10

Le grand livre des légendes est présent dans toutes les cultures. Toutes les civilisations.

Thésaurus katinite de la connaissance

Bjorn se baisse.

Le coup passe à un centimètre de sa tête.

Il doit agir maintenant. Il est épuisé. Il perd son sang par mille blessures. Il sait qu'il n'aura pas d'autre occasion.

Rassemblant ses dernières forces, il soulève sa hache si lourde, et l'abat avec un grognement animal. La monstrueuse lame se fiche dans la poitrine du Géant qui part en arrière. S'écroule. Meurt.

Comme ses trois frères.

Bjorn sent sa volonté qui s'évanouit. Sa vie qui s'enfuit. Pourtant, malgré la souffrance, malgré le noir qui approche, une vague de fierté déferle sur lui. Une vague de bonheur.

Il a réussi.

Son nom ne sera jamais oublié.

Il plante son arme dans le sable de l'arène, place ses mains sur l'extrémité du manche et son menton sur ses mains. Un chevalier ne repose pas au milieu des créatures du mal.

Il sourit.

Ferme les yeux.

11

Quand le vent souffle sur la plaine
Et gonfle nos voiles
Et gonfle nos cœurs
Je vogue droit vers le bout du monde.
Libre.

Chant haïnouk

Lentement une forme sombre émergea du cratère. Un colossal guerrier bardé de métal noir. Un noir total, si mat qu'il semblait absorber la lumière, s'en repaître. Lui nier le droit d'exister. Un guerrier n'ayant d'humain que l'apparence, armé d'une monstrueuse épée à la lame dentelée, et dégageant une aura si maléfique qu'elle donnait envie de se jeter à terre pour s'y rouler en boule. Quatre tentacules jaillissaient de son dos pour fouetter l'air au-dessus de sa tête. Quatre tentacules visqueux pareils à ceux qu'Ewilan avait vu maintes fois grouiller dans les Spires.

Les tentacules d'Ahmour.

Derrière lui, le cratère s'illumina. Son fond lointain bouillonna sous l'effet de l'alchimie pernicieuse qui avait donné vie au guerrier noir.

Maître Duom émit un croassement plaintif et s'accrocha au bras d'Altan pour ne pas défaillir. La disparition des gommeurs ne les autorisait pas à utiliser l'Imagination toujours bloquée par Ahmour. Élicia, consciente de son impuissance, pressa la main de sa fille pour lui communiquer sa force et sa résolution tandis que Salim, plus pragmatique, cherchait des yeux un moyen de s'enfuir. Ewilan prit une profonde inspiration et se lança dans les Spires.

Se rappelant le combat qui l'avait opposée à un Mentaï, elle dessina un bloc de pierre juste au-dessus du guerrier noir. Le rocher, lourd de plusieurs tonnes, ébranla le sol dans sa chute lorsqu'il se matérialisa...

... à dix mètres de l'endroit prévu.

Une deuxième tentative, puis une troisième eurent des résultats aussi peu précis. En revanche, lorsqu'un des tentacules s'abattit sur la bulle de verre dessinée par Ewilan, il la frappa en son centre. Alors que les efforts réunis des Ahmourlaïs n'avaient pas réussi à l'entamer, elle vola en éclats.

Les prêtres bondirent à terre. Quelques-uns se meurtrirent en touchant le sol sans que cela les empêche de se précipiter vers le guerrier noir. Ewilan ne discerna parmi eux nulle trace d'Illian.

Les prêtres se prosternèrent devant l'incarnation d'Ahmour en psalmodiant une incompréhensible supplique mêlée d'une gestuelle confuse. Le guerrier observa sans broncher ces marques de dévotion, mais lorsqu'un des Ahmourlaïs, plus fervent ou plus audacieux que les autres, s'agrippa à sa jambe, son regard s'embrasa d'une flamme rouge.

Il abattit son épée.

Si vite que les Alaviriens crurent avoir rêvé. Réduits en charpie, les corps des Ahmourlaïs s'éparpillèrent à vingt mètres à la ronde. Ils n'avaient même pas eu le temps de crier.

– Par le sang des Figés ! s'exclama Siam qui arrivait en courant avec Mathieu. C'est quoi ce monstre ?

– Une partie d'Ahmour, répondit Ewilan. Une toute petite partie d'Ahmour.

– Et on est censés faire quoi ?

– S'en débarrasser.

– Tu en es... sûre ?

– Certaine.

– Tu ne peux toujours pas dessiner ? s'enquit Mathieu.

– Si, mais regarde ce que ça donne.

Ewilan se glissa dans l'Imagination. Le pieu qu'elle créa passa en vrombissant à dix mètres du guerrier, la glace qu'elle matérialisa sous ses pieds se transforma en eau et les flammes n'eurent aucun effet sur lui.

– Ahmour est dans les Spires, expliqua-t-elle en réintégrant la réalité. Il voit ce que je dessine avant que mes créations ne deviennent réelles et il les rend inoffensives.

Le guerrier noir se mit en mouvement.

Si dense qu'à chaque pas il s'enfonçait de dix centimètres dans le sol de l'arène, si puissant que lorsque son pied heurta le bloc de pierre dessiné par Ewilan, il le repoussa sur le côté comme un vulgaire caillou.

Edwin rejoignit ses amis à cet instant. Il marchait avec difficulté et semblait souffrir le martyre.

– Où est Ellana ? demanda-t-il.

– Derrière la plate-forme, répondit Salim. Elle est tombée en récupérant le médaillon, mais je suis sûr qu'elle n'est qu'assommée...

Sa voix tremblait et ses compagnons comprirent qu'il était beaucoup plus inquiet qu'il ne voulait l'admettre.

Le guerrier noir s'arrêta à une vingtaine de mètres d'eux. Son regard scruta lentement l'arène et les gradins, comme s'il cherchait quelque chose de précis. Quelque chose qui requérait son entière concentration.

– On se replie, ordonna Edwin. Il est impensable d'affronter cette créature.

– C'est pourtant ce que nous devons faire, le contredit Ewilan. Sinon, Ahmour sera libre d'entrer entièrement dans notre dimension.

– Tu pourrais essayer le médaillon, proposa maître Duom.

– Pour l'assommer avec ? C'est la seule utilisation que je lui vois...

Elle sortit néanmoins le bijou de sa poche et le brandit devant elle. Le guerrier noir tressaillit, pivota vers elle et, alors qu'il n'avait pas paru jusqu'alors leur octroyer de véritable attention, un grondement effrayant sortit de sa poitrine métallique.

Il s'élança.

Droit sur Ewilan.

N'écoutant que son courage, Siam se porta à la rencontre de la créature. Son épée se brisa net en heurtant celle du guerrier et elle eut l'impression que son bras s'arrachait. Un tentacule fusa dans sa direction et elle ne dut la vie sauve qu'au prodigieux réflexe qui la fit plonger au sol et s'aplatir, le nez dans le sable. Le guerrier noir poursuivit sa course en l'ignorant.

Edwin se dressa à son tour sur son chemin, chancelant et brandissant son arme d'une main tremblante. Le guerrier noir passa près de lui comme s'il avait été invisible.

Ewilan avait reculé jusqu'au mur d'enceinte. Elle se tenait là, encadrée par Élicia et Salim, terrorisée mais refusant de s'enfuir. Sourde aux injonctions de sa mère.

– Fais un pas sur le côté, la pressait Élicia. Mets-toi en sécurité.

– Non ! Je dois...

Le guerrier noir s'arrêta brusquement à cinq mètres d'Ewilan. Il ne la regardait pas. Son regard portait plus haut.

Au premier rang des gradins.

Altan et Mathieu qui s'approchaient, une épée dérisoire à la main, levèrent les yeux, imités d'abord par Salim puis par Élicia et les autres Alaviriens.

Un homme se dressait au-dessus d'Ewilan, la protégeant de son incroyable carrure. Un titan à l'expression indéchiffrable, une phénoménale montagne de muscles et de puissance contenue.

Le cœur d'Ewilan se mit à battre à grands coups.

Maniel.

12

Une très vieille légende raconte que les plaines Souffle appartiennent aux khazargantes qui ne font que les prêter aux hommes. Un jour, ils les leur reprendront.

Thésaurus katinite de la connaissance

Le guerrier noir ne bougeait plus.

Maniel se laissa choir dans l'arène avec une souplesse digne d'un marchombre. Il se dressa près de ses anciens amis, plus impressionnant encore que dans leurs souvenirs. Ewilan se jeta dans ses bras.

– Maniel, balbutia-t-elle. Comment as-tu… Qu'est-ce que…

Il lui caressa les cheveux avec douceur.

– Du calme, jeune fille. Je me trouve ici parce qu'ici est ma place. Je suis ton homme-lige, t'en souviens-tu ?

– Comment pourrais-je l'oublier ? J'ai pensé à toi tous les jours, toutes les nuits depuis que tu m'as tirée de l'Institution. Mais je… tu étais…

– Affaibli ?

– Non, Maniel, intervint Salim après avoir jeté un coup d'œil au guerrier noir toujours immobile, tu étais fracassé. Complètement fracassé.

– Ce qui se joue aujourd'hui autorise qu'on transige avec les règles habituelles, répondit l'homme-lige, et mon état de santé ne revêt aucune importance. Je suis heureux de voir que toi, en revanche, tu n'as pas changé.

Maître Duom toussota. Alors que les regards se tournaient vers lui, il désigna le guerrier noir.

– Est-ce toi qui as... immobilisé cette créature ?

Maniel, les yeux soudain vides, pencha la tête comme pour écouter une voix que lui seul pouvait entendre. Il resta ainsi un court instant puis se ressaisit.

– Le temps presse, annonça-t-il. La partie d'Ahmour qui s'est matérialisée dans notre dimension peine à prendre ses repères. Elle est perdue dans un univers dont elle ne sait rien. C'est pour cela qu'elle se montre faible et lente.

– Faible et lente ? répéta Salim incrédule.

– L'Œil d'Otolep m'a soigné, jeune Ewilan, poursuivit Maniel sans prêter attention à l'interruption. Il m'a soigné comme il t'a soignée et, en échange, il m'a chargé d'une mission comme il l'a fait pour toi. La puissance de l'Œil d'Otolep fige le guerrier noir en ce moment, mais cela ne durera pas. Il faut que tout s'achève. Ici et maintenant.

– Je ne comprends pas, fit Ewilan.

– Ce n'est pas grave. L'heure de ta mission approche. Tu comprendras quand elle sonnera.

Ewilan lui saisit la main.

– Tu restes avec nous, n'est-ce pas ?

– Non, répondit Maniel en désignant le guerrier noir du menton. Je vais faire ce qui doit être fait. Ensuite je serai libre.

– Mais...

– N'oublie pas, Ewilan. On a toujours le choix. Toujours. Il suffit de faire le bon.

Maniel lui adressa un clin d'œil et se détourna.

Il redevint sans transition le prodigieux combattant que son serment d'homme-lige avait créé, et que l'Œil d'Otolep avait transformé jusqu'à le rendre surhumain.

Il s'approcha du guerrier noir d'une démarche féline et quand un tentacule, brusquement revenu à la vie, cingla l'air en direction de son visage, il l'évita sans peine. Ses mains puissantes se refermèrent sur le cuir visqueux et, d'une irrésistible traction, il arracha l'odieux appendice. Le guerrier noir poussa un hurlement sauvage et se jeta sur lui.

Maniel se contenta d'esquiver le coup d'épée et se plaqua contre le torse de son ennemi. La lame dentelée était trop longue pour présenter un danger à cette distance, mais les trois tentacules restants se refermèrent sur lui et commencèrent à serrer.

Sans se soucier de l'effroyable pression qui s'exerçait sur son torse, l'homme-lige banda son incroyable musculature et, lentement, souleva le guerrier noir. Stupéfaits, ses amis alaviriens le virent équilibrer son fardeau et se mettre en marche alors qu'une grêle de coups capables de défoncer un mur d'acier s'abattait sur sa tête, son dos, ses épaules.

Maniel ne broncha pas.

Ce ne fut que lorsqu'il s'approcha du cratère fumant ouvert dans l'arène qu'Ewilan comprit.

– Non, hurla-t-elle.

Maniel s'arrêta une seconde au bord du gouffre. Il tourna la tête vers elle comme pour graver son image dans sa mémoire et lui sourit.

Puis il fit un pas en avant.

Ewilan se jeta à plat ventre sur le bord du cratère dont le fond bouillonnait comme le cœur d'un volcan, dégageant une chaleur insoutenable. Il n'y avait plus de trace du guerrier noir.

Ni de Maniel.

Un brutal sanglot secoua Ewilan et des larmes douloureuses ruisselèrent sur ses joues. Elle ne sentit pas les bras qui l'entraînaient ni les mots réconfortants qu'on lui prodiguait. Seule une voix réussit à s'immiscer en elle.

Pareille à un rêve.

« *On a toujours le choix, Ewilan.* »

13

La même légende raconte que les khazargantes ont prêté les plaines Souffle aux Haïnouks pour qu'ils y naviguent sur leurs grands voiliers. Jamais ils n'ont autorisé les hommes à y bâtir leurs cités-états.

Thésaurus katinite de la connaissance

Le ciel était ténébreux.

Effrayant.

Des nuées sombres passaient, bouffies, boursouflées, bousculées par un vent chaotique dont la violence avait redoublé depuis la mort du guerrier noir. Elles se déployaient, se creusaient, s'enroulaient les unes aux autres comme de titanesques serpents, filaient au ras des gradins déserts en faisant voler les objets oubliés par les Valinguites lors de leur débandade, soulevaient des gerbes de sable qui fouettaient le visage des Alaviriens regroupés autour d'Ewilan.

– Ellana est introuvable, annonça Salim en revenant vers ses amis, un morceau de tissu noué autour de la taille. Elle a dû reprendre connaissance et se mettre à l'abri…

Personne ne releva l'absurdité de ses paroles.

– Et Bjorn ? demanda Ewilan en s'essuyant les yeux d'un revers de manche. Où est Bjorn ?

– Il est là-bas, de l'autre côté de l'arène, répondit Altan. Je l'ai aperçu tout à l'heure.

– Il faut l'aider ! s'exclama Siam. Les Géants...

– J'ai vu Bjorn mais aucun Géant, la rassura Altan. Il a dû réussir à les abattre.

– Non, rétorqua la jeune Frontalière. Si Bjorn avait réellement vaincu quatre Géants du Septentrion, rien au monde ne saurait l'empêcher de nous raconter son exploit.

– Allons-y, décida Ewilan. Siam a raison, il devrait nous avoir rejoints.

Mathieu secoua la tête.

– Je retourne auprès d'Artis.

– Artis est blessé ? s'inquiéta Élicia.

– Non. Mort. Yalissan Fiyr l'a tué.

La voix de Mathieu se brisa.

– J'étais moribond. Ma vie s'enfuyait par le trou que Yalissan Fiyr avait percé dans ma poitrine. Juste là. Artis m'a soigné. Il a rêvé pour moi sans s'occuper du danger qu'il courait, sans accorder la moindre importance à sa propre existence. Il est mort pour que je vive.

Mathieu se détourna, ignorant la main tendue de Siam.

– Et avant de mourir, il m'a demandé d'être heureux, murmura-t-il en s'éloignant. Heureux. Rien que ça...

Ewilan ferma les yeux, tendant toute sa volonté pour résister au chagrin qui menaçait de l'emporter.

Maniel et Artis morts...

Ellana et Illian disparus...

Tout cela pour obtenir un médaillon dont elle ne savait que faire. Tout cela, peut-être, pour rien. Un cri de Salim la fit sursauter.

– Bjorn est là-bas, je le vois !

Le chevalier se tenait au loin, appuyé sur le manche de sa hache.

Immobile.

Son combat contre les Géants l'avait entraîné à l'autre bout de l'arène. Sans tenir compte de la mise en garde d'Edwin, Salim s'élança vers lui. Le cœur serré par une indicible angoisse, Ewilan lui emboîta le pas.

Bjorn se dressait, serein, au milieu d'une hallucinante scène de massacre. Les corps des quatre Géants du Septentrion gisaient au sol dans des postures qui attestaient de la violence de l'affrontement, comme en témoignaient les multiples blessures dont était couvert le chevalier.

Bjorn souriait, mais ses yeux étaient clos.

Aucun mouvement ne faisait plus tressaillir sa poitrine.

Salim le contempla, incrédule, puis la réalité se fraya un passage dans son esprit.

– Bjorn... bredouilla-t-il. Bjorn...

Il s'effondra dans les bras d'Ewilan qui le serra contre elle. Le berça. Doucement.

– Il est mort ! s'exclama-t-il avant d'éclater en longs sanglots douloureux.

– Erreur, bonhomme, je me repose.

Salim et Ewilan poussèrent un cri de stupeur. Bjorn avait soulevé une paupière et si sa voix avait été presque un rêve, ses mots, eux, étaient bien réels.

– Espèce d'irresponsable ! s'emporta Ewilan en riant et pleurant à la fois. N'as-tu aucun respect pour tes amis que tu veuilles les faire mourir d'angoisse ?

– Désolé, jeune fille, articula avec peine le chevalier, mais ces Géants ont cogné avec entrain sur ma pauvre carcasse. Je dois avoir une dizaine d'os cassés, j'ai perdu beaucoup de sang et ce qui n'est pas perdu se balade dans mon corps en dehors de son circuit habituel. Je suis incapable de bouger ne serait-ce que le petit doigt. La mort m'attend, mais je lui ai demandé de patienter pour vous saluer une dernière fois.

– La mort ? s'indigna Salim. Tu plaisantes, n'est-ce pas ? Tu n'es pas blessé aussi gravement que cela ?

Bjorn mit un long moment avant de répondre. Son visage était livide, sa respiration imperceptible. Une perle rouge apparut à la commissure de ses lèvres.

– Ce fut un beau combat, dit-il enfin. Je ne regrette rien. Il est tellement plus noble de mourir dans la gloire que dans l'obscurité.

– Tais-toi ! lui ordonna Salim. Nous allons te soigner, tu ne mourras pas, tu ne peux pas mourir. Tu es mon ami. Si tu meurs, je ne te le pardonnerai jamais. Si tu meurs, je te jure que...

Ewilan n'écoutait plus. La dernière pièce du puzzle se mettait en place dans son esprit. Chacune des paroles énigmatiques qu'elle avait entendues tout au long de son parcours prit soudain un sens.

Bjorn était mourant, seul un rêveur était capable de le sauver.

Il fallait l'emmener d'urgence auprès d'une confrérie grâce à un pas sur le côté. Mathieu aurait pu s'en charger, mais Ahmour bloquait les Spires.

Sauver Bjorn.

Détruire Ahmour.

« *Ce pendentif monstrueux est la clef que tu cherches, jeune humaine. Le seul moyen de combattre ton ennemi.* »

La véritable nature du médaillon devint limpide. Comme devint évidente la manière de l'utiliser. Ewilan réalisa au même instant qu'elle savait cela depuis longtemps. Elle avait juste laissé sa peur l'aveugler.

« *Tu resteras à jamais dans la mémoire des tiens comme celle qui a vaincu le démon.* »

Quelqu'un devait transporter le médaillon dans l'Imagination. Le transporter physiquement. Et, grâce à l'Œil d'Otolep, elle était la seule à posséder ce pouvoir.

« *Ta vie sera plus courte encore, pareille à une étoile filante...* »

La seule qui devait...

... se sacrifier !

Cette pensée lui donna le vertige. Il lui restait encore tant de choses à vivre, tant d'amour à donner. À recevoir...

« *On a toujours le choix, Ewilan. Il suffit de faire le bon.* »

Ewilan recula de trois pas et leva la tête vers le ciel.

– Je suis prête ! hurla-t-elle.

Les nuages noirs se déchirèrent.

Une forme titanesque s'abattit sur l'arène, ne déployant ses ailes immenses qu'au dernier moment pour un atterrissage impressionnant de puissance et de délicatesse.

– *Alors je suis prêt aussi,* émit le Dragon.

14

Le seul monde qui mérite d'être conquis est celui que délimitent notre peau et nos pensées. Les autres existent pour être visités. Simplement visités.

Ellundril Chariakin, chevaucheuse de brume

La masse du Dragon minimisa tout à coup le gigantisme de l'arène, la réduisant à de modestes proportions, tandis que la fascinante beauté de l'être fabuleux en faisait oublier l'impressionnante architecture.

Le Dragon s'étira avec nonchalance et braqua ses yeux mordorés sur les Alaviriens qui approchaient avec prudence.

– *Je me suis plus souvent commis avec des humains depuis que je te connais, Ewilan, que durant les mille ans passés...*

– Je suis prête.

– *En es-tu sûre ? Lors de notre dernière rencontre, tu t'es surtout montrée irrévérencieuse. Tu m'as déçu...*

– Le temps presse. Bjorn est en train de mourir.

– *Chacun suit la ligne de son destin tel qu'il est écrit dans le grand livre de l'univers.*

– Je ne crois pas en l'existence d'un destin inéluctable, mais je suis prête, vous ai-je dit.

– *Très bien. Ne souhaites-tu pas faire tes adieux ?*

Ewilan se tourna vers ses parents et ses amis qui l'observaient avec inquiétude. Mathieu venait de déposer le corps d'Artis dans le sable, près de Bjorn qui avait fermé les yeux.

– Je... je sais comment détruire Ahmour, annonça Ewilan.

– Le Dragon va s'en charger ? demanda maître Duom, prêt à se réjouir.

– Non, il va me faire pénétrer dans l'Imagination.

– Mais...

– Tu avais raison, maman. Le médaillon est une partie d'Ahmour, la clef qui l'attire dans notre dimension. Si nous la lui restituons, il n'aura plus aucun repère pour se guider et devra quitter les Spires. Pour toujours.

– Si c'est aussi simple, réagit Salim, pourquoi le Dragon ne s'occupe-t-il pas de ça lui-même ?

– Parce qu'il ne suffit pas de transporter le médaillon. Il faut le remettre à sa place. La place qu'il n'aurait jamais dû quitter.

– Quelle place ?

– Le cœur d'Ahmour.

– C'est de la folie ! explosa Salim. Cette créature est trop...

D'un geste sans appel Élicia le fit taire, puis elle braqua ses yeux violets dans ceux de sa fille.

– Comment reviendras-tu ?

– Je... je...

– Tu ne comptes pas revenir, n'est-ce pas ?

Elle avait murmuré pourtant tous avaient entendu ses mots. Salim bondit.

– C'est hors de question ! Je vais avec toi !

Ewilan lui adressa un sourire triste.

– Impossible, mon vieux. Le Dragon est un véhicule monoplace.

– Tu ne me fais pas rire ! Je vais avec toi. Je me fiche que tu ne sois pas d'accord ! Je me fiche de l'avis de ce monstre rouge derrière toi, je me fiche de tout ! Je vais avec toi !

Si des larmes de détresse embuaient ses yeux, ses poings serrés témoignaient de sa détermination.

– *Le temps presse, jeune Ewilan. Tu me l'as toi-même fait remarquer.*

Ewilan hocha la tête et regarda ses amis un par un. Jamais elle n'avait compris avec autant de force combien elle tenait à eux.

– Il n'y a pas d'autre solution, expliqua-t-elle. L'eau de l'Œil d'Otolep m'a guérie, mais elle m'a aussi transformée. Je suis la seule à pouvoir pénétrer autrement qu'en esprit dans l'Imagination.

– Il n'en est pas question ! trancha Élicia. Je ne te laisserai pas te sacrifier !

Elle lança un regard assassin au Dragon.

– Tu entends ? lui cria-t-elle. Jamais je ne te laisserai emporter ma fille ! Jamais !

Le Dragon ne broncha pas.

Ewilan avait la gorge nouée par une incroyable boule d'angoisse et de tristesse. Elle aurait voulu se jeter dans les bras de sa mère, s'y blottir une dernière fois, mais savait que si elle agissait ainsi, elle n'aurait plus la force de partir.

– Nous n'avons pas le choix. La barrière entre les dimensions ne résistera pas indéfiniment. Ahmour va se matérialiser et nous mourrons. Tous les hommes mourront. Je dois les sauver.

La caresse d'une main parcheminée sur son épaule la fit sursauter tandis qu'une voix calme s'élevait dans son dos.

– Je vais me rendre dans l'Imagination à ta place.

Ellundril Chariakin se tenait près d'elle, sans que personne l'ait vue approcher ou apparaître. Son visage sillonné de rides était souriant et ses yeux noirs brillaient d'une flamme tranquille.

– Mais... C'est impossible... balbutia Ewilan, refusant la lueur d'espoir créée par les paroles de la vieille marchombre. Vous n'êtes pas une dessinatrice, vous ne pouvez pas... personne ne peut...

– Je suis bien trop âgée pour me soucier encore des frontières, des barrières ou des limites quelles qu'elles soient, la détrompa Ellundril Chariakin. Depuis longtemps je vais où je veux sans que rien ni personne s'y oppose. En revanche, je n'ai jamais voyagé à dos de Dragon. Voici donc une occasion que je ne peux manquer.

Elle posa une main paisible sur le cuir rouge du Dragon, tapotant sa patte comme elle aurait tapoté celle d'un animal familier.

– Tu es d'accord pour m'emmener, n'est-ce pas ?

– *Ce sera un honneur.*

La réponse du Dragon avait retenti dans tous les esprits, signifiant que le temps du doute et des questions était révolu. Ellundril Chariakin nota toutefois l'air soucieux d'Ewilan. Elle hocha la tête.

– Tu t'inquiètes parce que les événements ne suivent plus le cours défini par l'Œil d'Otolep et ce fameux livre du destin ? Je suis une marchombre, fillette, et ma vie n'obéit ni à un vieux grimoire ni à un lac. J'ouvre les chemins et le destin se plie devant ma liberté. Tout ira bien.

Elle tendit la main. Ewilan en baisa la paume ridée avant d'y déposer le médaillon.

– Merci, souffla-t-elle.

– Ne laisse pas la reconnaissance fausser ton jugement, Ewilan. Je n'agis pas par altruisme. J'ai simplement envie de découvrir de nouveaux horizons et j'ai conscience que tu es à ta place dans ce monde, bien plus que moi. *Approche, jeune loup.*

Salim fit un pas en avant, son cœur battant la chamade, sa volonté tendue pour se contrôler. Pour ne pas éclater en sanglots.

– *Te voilà bien ému, jeune loup. Voici une nouvelle qui te rassérénera. Ellana est sauve. Je l'ai conduite dans les sous-sols où elle se remet de sa blessure. Nous avons beaucoup parlé. Je lui ai légué mon être et mon passé, mais il me reste deux ou trois choses pour toi. Approche un peu plus.*

Salim obéit. Ellundril Chariakin posa les mains sur son front et, soudain, une incroyable vague lumineuse déferla sur son esprit. Lorsque la légendaire marchombre retira ses mains, Salim réalisa qu'il avait changé.

En profondeur.

Il sentait de nouveaux savoirs couler en lui, une nouvelle gamme de perceptions, des aptitudes inconnues...

– Waouh ! fit-il simplement.

Ellundril Chariakin lui adressa un clin d'œil complice puis se détourna pour passer la main dans les boucles d'Ewilan. Comme si elle avait agi ainsi toute sa vie, elle se hissa ensuite sur une patte du Dragon et l'escalada jusqu'à se jucher sur son dos. Elle s'installa entre deux crêtes osseuses avant de flatter le cuir de sa monture.

– C'est quand tu veux, noble ami.

Le Dragon ramassa sa prodigieuse musculature et jaillit vers le ciel en un seul et formidable élan. Ses ailes se déployèrent, battirent deux fois, puis sa silhouette se nimba d'un halo doré et il disparut. Il venait de passer dans l'Imagination.

Mue par un réflexe incontrôlé, Ewilan se glissa à sa suite.

Les tentacules d'Ahmour s'étaient tendus pour interdire le passage au Dragon. D'un jet de flammes éblouissant, il les carbonisa. Les tentacules se régénérèrent instantanément, mais il était trop tard. Le Dragon avait franchi la barrière.

Ses ailes battant avec vigueur, il parcourut les Spires, volant entre les possibles, droit vers la masse sombre qui bouchait l'horizon. D'autres tentacules fusèrent vers lui. Aucun ne l'atteignit.

Il était trop vif, trop puissant.

Son feu trop brûlant.

Sur son dos, minuscule silhouette vêtue du cuir des marchombres, Ellundril Chariakin se tenait droite et rayonnait d'une énergie sauvage. Le Dragon, insaisissable, se coula entre les monstrueux tentacules qui s'agitaient, pris de frénésie. Son feu ardent lui ouvrit une nouvelle portion de l'Imagination et soudain, il fut au-dessus d'Ahmour.

Ellundril Chariakin se dressa sur son dos. Dans son poing levé au-dessus de sa tête, le médaillon flamboyait d'une lumière blanche éclatante qui illuminait les Spires comme l'aurait fait un soleil miniature.

La légendaire marchombre écarta les bras et plongea.

Droit dans le cœur du démon.

Pendant un bref instant, il ne se passa rien, puis le corps démesuré de l'entité maléfique se convulsa. Ses tentacules se rétractèrent, sa masse noire se gondola, se dilata jusqu'à doubler de volume. Elle palpita un moment, effrayante et toute-puissante, puis elle se mit à rétrécir.

À une vitesse ahurissante.

Les Spires étaient le royaume du silence, pourtant Ewilan crut entendre un hurlement désespéré lorsque Ahmour, réduit à un point minuscule, fut chassé de l'Imagination.

Refoulé à jamais dans l'univers d'où il était issu.

Il ne restait aucune trace d'Ellundril Chariakin.

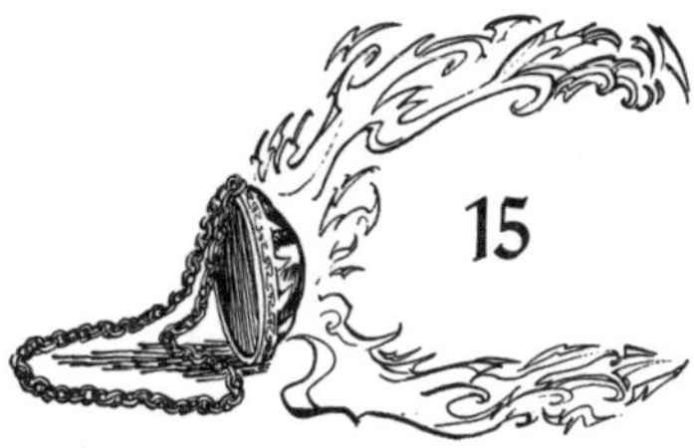

15

Leur véritable nom n'est-il d'ailleurs pas plaines Souffle des khazargantes ?

Thésaurus katinite de la connaissance

Ewilan reprit contact avec la réalité.

Elle inspira profondément avant de répondre à la question silencieuse de ses amis d'une voix dont elle peinait à dominer les tremblements.

– L'Imagination est libre. Ahmour ne nous menace plus.

Certains dénouements sont si bouleversants qu'on ne peut les accueillir avec des cris de joie. Des regards furent échangés, des mains pressées, mais les Alaviriens restèrent silencieux. Le premier, Salim esquissa un geste. Ewilan l'arrêta alors qu'il s'apprêtait à la prendre dans ses bras.

– Plus tard. Je dois conduire Bjorn auprès d'un rêveur.

– Je m'en charge.

Mathieu avait parlé d'un ton posé.

– Bien que je ne connaisse pas Ondiane, maintenant qu'Ahmour n'est plus je n'aurai aucune difficulté à m'y transporter. J'emmène aussi Artis avec moi. Il doit reposer auprès des siens.

– La charge ne sera pas trop importante ? s'inquiéta Élicia.

– Non. Surtout si je m'allège de ça.

Il tira l'épée glissée à sa ceinture et la laissa tomber dans le sable.

Geste pesé.

Définitif.

Il prit ensuite le corps d'Artis dans ses bras, saisit la main de Bjorn toujours immobile et dessina son pas sur le côté. Il disparut sans avoir accordé le moindre regard à Siam.

– Veux-tu également te rendre à Ondiane ? demanda Élicia à Edwin. Ta blessure est grave. Il faut la soigner.

– Il n'en est pas question, s'insurgea le maître d'armes. Je ne quitterai pas cet endroit sans Ellana.

– N'oublions pas Illian, ajouta Ewilan. Il ne peut pas être loin et je ne l'abandonnerai pas dans cette cité de fous.

Edwin palpa son abdomen en grimaçant.

– Nous devons faire vite. Les Valinguites ont eu peur mais ils reviendront tôt ou tard et il vaudrait mieux qu'alors nous soyons loin. Je propose que nous nous séparions afin de gagner du temps. Répartissons-nous par groupes de deux ou trois avec, au moins, un dessinateur par groupe. Quel que soit le résultat de nos recherches, nous nous retrouverons ici dans une demi-heure.

Il avait beau être affaibli, sa parole avait encore force de loi. Ses amis obtempérèrent et se dirigèrent vers les différentes ouvertures percées dans l'enceinte de l'arène.

Maître Duom, escorté de Salim, emprunta la porte dérobée sous la tribune d'honneur. Ils arpentèrent très vite un réseau de couloirs et de salles creusés dans la roche qui ressemblait fort à un labyrinthe. La plupart des pièces étaient vides, mais certaines contenaient un ameublement sommaire. C'est dans une de ces pièces que les deux amis découvrirent Ellana allongée sur un lit de fortune.

En les voyant entrer, la marchombre s'assit avec difficulté et porta la main au poignard qui pendait à sa ceinture. Puis elle les reconnut et un sourire illumina son visage. Salim se précipita près d'elle.

– J'étais sûr que tu n'étais pas morte ! s'exclama-t-il. Un vulgaire Ahmourlaï serait incapable de t'abattre, pas vrai ?

– Il a bien failli réussir, le tempéra Ellana. Si Ellundril n'était pas intervenue... L'as-tu rencontrée ?

Salim se mit à raconter les derniers événements. Sans articuler, sans prendre le temps de respirer. Ellana, qui n'avait pas encore retrouvé tous ses moyens, peinait à le suivre et dut le faire répéter plusieurs fois. Maître Duom, irrité par cette perte de temps, finit par quitter la pièce.

Le couloir était désert, silencieux... Non. Pas tout à fait silencieux. Maître Duom tendit l'oreille. Un bruit de pas approchait. Il se dissimula dans l'encoignure d'une porte et attendit. Une silhouette ne tarda pas à apparaître. Massive, vêtue d'un habit de cérémonie rouge, un long fouet à la main...

Baaldoub avançait d'une démarche furtive, jetant de fréquents coups d'œil autour de lui comme s'il craignait de rencontrer un des monstres qu'il avait coutume de lâcher sur ses prisonniers. Illian gisait sur son épaule, inconscient.

Maître Duom se jeta devant le Saigneur de l'Arène.

– Halte ! ordonna-t-il d'un ton péremptoire. Où crois-tu aller avec cet enfant ?

Baaldoub observa un instant le vieillard qui osait barrer son chemin puis un sourire torve éclaira son visage difforme.

– Cet enfant est l'élu, expliqua-t-il avec une fausse amabilité. Je l'ai tiré des décombres de l'arène, placé en sécurité dans une cellule et maintenant je le conduis auprès de son maître. KaterÃl sera...

– Pose-le à terre, l'interrompit maître Duom d'une voix qui ne souffrait aucune contradiction. Immédiatement !

Baaldoub obéit avec lenteur avant de se redresser de toute sa taille. Il leva son fouet, se ravisa, le rangea dans sa ceinture et avança, son énorme poing serré.

– Vieux fou ! cracha-t-il. Je vais te réduire en bouillie.

Maître Duom sentit un frisson de colère le parcourir.

– Par le sang des Figés ! s'exclama-t-il. J'ai passé l'âge de me faire insulter. J'admets que depuis notre départ d'Al-Jeit je n'ai pas servi à grand-chose, mais il ne sera pas dit que Duom Nil' Erg n'aura pas eu sa part de gloire.

Il fit un geste vers le visage de Baaldoub, comme s'il le menaçait d'une badine invisible. Le Saigneur de l'Arène éclata de rire.

Un rire bref.
Très bref.
Moins d'une seconde.
Son nez, ses lèvres et ses dents explosèrent sous l'impact de la poêle en fonte qui s'était matérialisée entre les mains de l'analyste.
Baaldoub vacilla.
La poêle s'abattit à nouveau. À la volée.
Repassa dans un revers destructeur.
Frappa une quatrième fois sur le sommet du crâne avec assez de force pour endormir le Valinguite pendant une semaine.
Baaldoub s'effondra comme une masse.

Ils regagnèrent l'arène peu après, Ellana toujours faible s'appuyant sur Salim, Illian qui avait repris conscience blotti dans les bras de maître Duom. Leurs amis les accueillirent avec des cris de joie. Le lieutenant Padjil, dernier survivant de l'escorte alavirienne, avait été libéré par Siam et Altan. Peinant à admettre sa liberté, il se tenait près d'eux, jetant des regards stupéfaits sur les gradins déserts, un air incrédule peint sur le visage.
Ewilan se précipita vers Illian. Le jeune garçon lâcha l'analyste pour bondir à son cou.
– Je veux partir, déclara-t-il, en éclatant en sanglots. Je veux retourner à Al-Jeit.
Ewilan lui murmura des paroles apaisantes au creux de l'oreille.
– Nous partons. Maintenant. Nous rentrons chez nous. Tout va bien, tout est fini…

Illian se calma et s'essuya les yeux.

– Tout est vraiment fini ?

– Tout.

– Promis ?

– Promis.

Elle le posa à terre, lui tendit une main qu'il saisit avec force et, ensemble, ils se tournèrent pour observer Edwin et Ellana.

Ils s'étaient rejoints en titubant au centre de l'arène. Ils se dévorèrent un instant du regard puis leurs bras s'ouvrirent et ils s'enlacèrent.

Rayonnants de bonheur.

Un applaudissement appuyé se fit entendre. Tout proche.

– Quelle scène superbe pour la fin d'une si belle histoire ! J'en pleurerais d'émotion si sa mièvrerie ridicule ne me donnait envie de vomir !

Dix paires d'yeux se tournèrent en direction de la voix.

La voix que tous avaient reconnue.

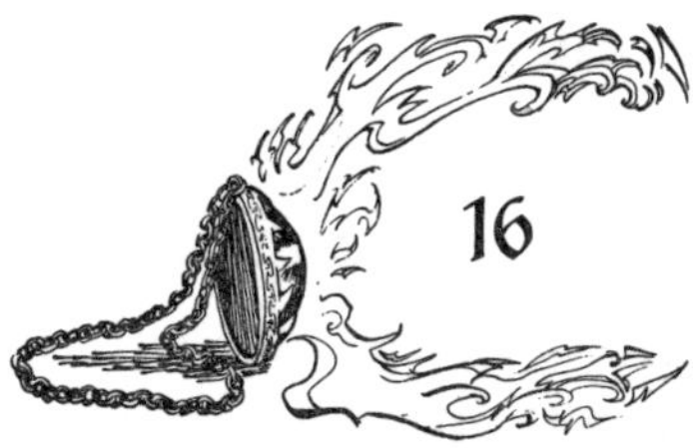

16

Si tu veux absolument te battre, commence par te battre contre toi-même.

Précepte haïnouk

Étrangement, la première pensée d'Ewilan fut que le vent s'était calmé. Le ciel avait retrouvé sa limpidité même si le soir approchant commençait à tendre des écharpes rosées au-dessus de leurs têtes. L'air était doux et ne conservait plus trace des miasmes qui l'avaient imprégné un peu plus tôt. Seuls les corps jonchant le sol de l'arène et le cratère encore fumant qui y était ouvert témoignaient de la violence des affrontements qui s'étaient déroulés.

– Pas trop de morts, j'espère...

Éléa Ril' Morienval les toisait d'un air goguenard, les bras croisés sur la poitrine.

– Je ne vois pas ton fils, Élicia. A-t-il succombé ou, aussi lâche que son père, s'est-il enfui ?

– Tu n'es qu'une misérable rognure, grinça Élicia.

– Cet avis n'engage que toi. Ton mari n'a jamais paru le partager. D'ailleurs à ce sujet, vous êtes-vous expliqués ? T'a-t-il donné les détails croustillants que je n'ai pas eu le temps de te raconter ? Et toi, dans ta grande bonté tellement prévisible, lui as-tu pardonné ses errements ? Je ne doute pas de ce dernier point comme je ne doute pas qu'il te trahira à nouveau.

Presque malgré elle, Élicia se glissa dans les Spires. Par un sursaut de volonté, elle en ressortit aussitôt.

Sans avoir dessiné.

Éléa Ril' Morienval éclata d'un rire mauvais.

– Quel étrange sens de l'honneur, railla-t-elle. Si je t'attaquais ou si je m'en prenais aux tiens, tu n'hésiterais pas à me tuer. Mais là, alors que tu sais quel péril je représente, tu restes impuissante à prendre la décision qui s'impose. Et tu n'es pas la seule. Regarde ta fille, cette dessinatrice hors pair. Malgré tout ce que je lui ai fait subir, elle est aussi incapable que toi de passer à l'action. Inutile, bien sûr, d'évoquer Altan. Il a élevé la lâcheté au rang d'un art. Il ne bronchera pas. Ne parlons pas de Duom, ce vieillard pétri de morale, ni d'Edwin si coincé qu'il n'a jamais réussi à t'avouer son amour, Élicia. Dommage pour toi, il aurait fait un meilleur époux que la larve que tu as choisie.

– Tais-toi, Éléa ! menaça Altan. Ou sinon…

– Ou sinon quoi ? Qui laisseras-tu mourir cette fois pour protéger ton petit confort personnel ? Tu ne réponds pas ? Tu as raison, rougis et tais-toi, c'est ce que tu fais de mieux. Vous formez une bande de piètres héros !

Ellana fit un pas en avant mais, encore trop faible pour tenir debout seule, elle tituba et dut se retenir à l'épaule d'Edwin. Elle fusilla Éléa Ril' Morienval du regard.

– Dès que j'aurai récupéré, grinça-t-elle, je me chargerai de toi. Je te le jure.

– Des promesses, toujours des promesses…

Salim sentait la tension crépiter dans l'air. Approcher de son paroxysme. Pourtant, il savait que si le raisonnement d'Éléa Ril' Morienval était tortueux et pervers, ses conclusions étaient exactes. Ellana mise à part, et encore ce n'était pas certain, personne ne l'abattrait de sang-froid. Quelle que soit l'envie qui les taraudait.

– Je ne vous oublie pas, cracha la Sentinelle en le regardant. Toi et la petite blonde sans saveur qui finira par se marier avec son sabre. Vous suivez docilement la voie de vos aînés. Ne vous inquiétez pas, vous deviendrez vite des adultes insipides.

Éléa Ril' Morienval leur jeta un dernier coup d'œil méprisant et se détourna en faisant voltiger ses voiles noirs. Elle s'éloigna à pas lents en direction du cratère et s'arrêta pour contempler ses profondeurs encore rougeoyantes.

– Dommage, fit-elle. C'était un beau jouet. Ne vous méprenez pas, j'en trouverai un autre. Vous n'avez pas fini d'entendre parler de moi…

Elle pivota, se dirigea vers la porte dérobée.

– Tombe !

L'ordre n'avait été qu'un murmure.

À peine plus qu'un souffle.

Éléa Ril' Morienval vacilla. Elle battit deux fois des bras, jeta un regard surpris sur les Alaviriens immobiles puis le sable de l'arène s'effrita sous ses pieds. Elle bascula dans le vide.

Sans un cri.

Illian raffermit sa prise sur les doigts d'Ewilan.

17

Si tu veux absolument être heureux, commence par regarder le monde.

Précepte haïnouk

Un long silence succéda à la chute d'Éléa Ril' Morienval. Un silence que Salim fut le premier à rompre.

– Que s'est-il passé ? demanda-t-il. Comment est-elle tombée dans ce trou ?

Une série d'épaules levées fut la seule réponse qu'il obtint.

– Je n'en ai aucune idée, lui répondit enfin Ewilan, touchée par son air stupéfait. Et je dois t'avouer que je m'en fiche. Des choses autrement plus graves sont arrivées aujourd'hui, tu ne crois pas ? Éléa Ril' Morienval est morte. Savoir pourquoi ou comment n'a pas le moindre intérêt.

Elle avait prononcé ces dernières paroles en pressant la main d'Illian. Le jeune garçon leva vers elle un visage reconnaissant. Déjà Edwin reprenait la situation en main.

– Nous sommes dix, dont trois à pouvoir effectuer le pas sur le côté. Altan, tu te charges de Duom, Élicia d'Illian, Ewilan de…

– Non.

– Comment non ?

Ewilan tourna vers le maître d'armes un visage serein et résolu.

– Aquarelle fait certainement partie du butin de guerre que l'armée valinguite a ramené d'Hurindaï. Je ne quitterai pas cette cité sans elle !

– Par le sang des Figés, ragea Edwin, j'avais oublié les chevaux. Écoute, je sais combien tu tiens à ta jument, mais il n'est pas concevable que nous risquions nos vies pour des animaux, aussi précieux soient-ils.

– Qui parle de risquer nos vies ?

– Moi. Nous nous trouvons dans une cité ennemie, Ewilan. Dans peu de temps des soldats vont arriver ici, des dizaines de soldats, avec des archers. Nous devons partir.

En guise de réponse, Ewilan se dirigea vers le mur d'enceinte. Elle se glissa dans l'Imagination, goûtant, pour la première fois depuis une éternité, la beauté des Spires débarrassées de la présence d'Ahmour. Dessiner lui fut d'une facilité déconcertante. Son pouvoir avait encore crû et les limites, lointaines, qu'elle lui assignait avaient explosé.

Exploser.

C'est exactement ce que firent muraille et gradins. Sauf qu'aucun débris ne retomba au sol. Transformés en brume, ils se dissipèrent dans la brise tiède qui s'était levée. La grande avenue menant au palais de KaterÃl apparut devant eux.

– Je vais chercher Aquarelle. Vous venez ?

Edwin secoua la tête en maugréant puis, malgré lui, sa grimace se transforma en sourire.

– Volontiers.

Ils furent attaqués à mi-chemin par une troupe résolue à leur barrer le passage. Élicia changea en boue le sol de pierre sur lequel se tenaient les soldats. En un instant, ils s'y enfoncèrent jusqu'au cou. Elle inversa ensuite la transformation et les Valinguites, prisonniers d'un carcan de granit, cessèrent de se débattre pour se contenter d'appeler au secours. La foule qui s'était amassée sur les trottoirs reflua, prise de panique, et les Alaviriens poursuivirent leur chemin sur l'avenue déserte.

Moins d'une minute plus tard, une volée de flèches parties d'un toit faillit les surprendre. Ewilan les chassa en dessinant une brutale rafale de vent puis, jugeant qu'il était sot de courir des risques inutiles, elle acheva son travail en créant une bulle de protection autour d'eux.

Dès lors les flèches et les pierres s'y écrasèrent sans qu'ils aient besoin de s'en soucier. Un ou deux ordres criés par des Valinguites possédant le Don rebondirent sur l'écran mental d'Ewilan sans le menacer et maître Duom se fit un plaisir d'éteindre d'une averse les bottes de paille enflammées placées sur leur route.

La porte du palais sauta de ses gonds avec un bruit retentissant. Les gardes postés derrière refluèrent sans avoir tiré une flèche.

– Allons-nous essayer de mettre la main sur KaterÃl ? demanda Salim.

– Ce serait tentant et certainement sage pour l'avenir de Gwendalavir, mais cela prendrait beaucoup de temps, jugea Edwin. Nous nous contenterons de récupérer les chevaux. C'est pour eux que nous sommes là.

Ewilan approuva d'un hochement de tête et se glissa dans les Spires. Un serviteur qui passait la tête par une porte se figea soudain, ligoté par une longue corde sortie de nulle part. L'extrémité de la corde se tendit et l'attira irrésistiblement vers les Alaviriens.

Lorsqu'il fut près d'eux, maître Duom s'inclina avec courtoisie.

– Auriez-vous l'obligeance de nous indiquer la direction des écuries ?

Le serviteur, les yeux écarquillés par la terreur, obtempéra avant d'être libéré et de s'enfuir à toutes jambes.

– Désolé, les amis, annonça Salim alors qu'Edwin donnait le signal du départ, je dois faire un détour par nos anciens appartements. On se rejoint plus tard, d'accord ?

Ewilan tiqua.

– Les Valinguites sont désorganisés et l'Art du Dessin nous protège, mais nous n'effectuons pas un voyage d'agrément. Qu'as-tu à faire de si important ?

– Un truc à récupérer. Essentiel.

Seule Ellana comprit de quoi il s'agissait. Elle intervint.

– Je crois que Salim a raison. Il ne doit pas laisser l'objet en question aux mains de KaterÃl, ce serait un sacrilège. Je l'accompagne.

Maître Duom lui jeta un coup d'œil dubitatif.

– Sauf le respect que je te dois, tu n'es pas en pleine forme...

– C'est important, insista Salim.

– J'ai compris, bonhomme, j'ai compris. Je vais avec toi. À nous deux, nous sommes capables de ficher une dérouillée à la moitié de l'armée de Valingaï, non ?

Salim sourit au vieil analyste.

– Une moitié chacun. Merci du coup de main.

Abandonnant leurs compagnons, Salim et maître Duom se glissèrent dans les couloirs déserts. Ils retrouvèrent sans peine leurs anciens quartiers, causant une frayeur de tous les diables à un serviteur qui fouillait leurs affaires. En les apercevant, le Valinguite poussa un cri d'effroi et s'enfuit en courant.

– Je me demande ce qui a causé une pareille peur à ce pauvre homme, fit maître Duom.

– Quelle question ! s'exclama Salim. C'est vous, bien sûr ! Vous êtes effrayant.

– Espèce d'impertinent, s'emporta l'analyste. Surveille tes paroles, veux-tu !

Salim sourit.

– Ne vous fâchez pas, votre réputation est effrayante, pas votre physique. Tout Valingaï doit parler en ce moment du terrible Duom Nil' Erg qui a réduit le Saigneur de l'Arène en bouillie. Et à coups de poêle, s'il vous plaît !

– Méfie-toi quand même, rétorqua maître Duom en souriant malgré lui, et dépêche-toi de récupérer ce que tu es venu chercher. Je doute que ma réputation, pour terrible qu'elle soit, fasse fuir une escouade entière de soldats.

Salim, conscient que leur sécurité demeurait précaire, obtempéra. Il commença par enfiler le gant d'Ambarinal puis regroupa les armes de ses amis et quelques-uns de leurs sacs.

– Allons-y, lança-t-il. Je crois que je n'oublie rien.

Maître Duom ne réagissant pas, il insista :

– On y va ?

Le vieil analyste hésita un instant puis attrapa le bras de Salim, un sourire roué aux lèvres.

– Crois-tu que nous ayons le temps d'effectuer un petit détour avant de rejoindre nos compagnons ?

– Je vois mal comment je vous refuserais ça, répondit Salim. Qu'est-ce que vous avez en tête ?

– Tu vas comprendre. Suis-moi.

KaterÃl tenait conseil avec ses officiers. La panique qui s'était emparée de la cité avait totalement désorganisé son armée. L'Appel Final avait échoué, les Ahmourlaïs avaient été décimés, SarAhmour en personne avait péri, les étrangers, beaucoup plus dangereux qu'il ne le pensait, étaient libres, la Dame Noire comme l'élu étaient introuvables, Yalissan Fiyr mort. Une véritable catastrophe. Encore que... Débarrassé du culte d'Ahmour, Valingaï perdait en puissance de conquête mais lui, KaterÃl, retrouvait la pleine maîtrise du pouvoir. Un pouvoir qui restait supérieur à celui de n'importe quelle autre cité. Se pouvait-il que la catastrophe tourne à son avantage ?

– Voilà ce que nous allons faire, commença-t-il.

Il n'eut pas la possibilité d'expliquer son plan.

La porte de la salle explosa, des cordes surgirent du néant, le ligotant à son fauteuil tandis qu'un bâillon se matérialisait devant sa bouche, l'empêchant d'utiliser son Don. Avant qu'ils aient pu bouger, ses officiers subirent le même sort. L'état-major de Valingaï au grand complet avait été réduit à l'impuissance en moins d'une seconde!

Deux Alaviriens, Duom Nil' Erg et le jeune Salim, entrèrent et se campèrent devant KaterÃl.

– Votre Majesté, fit le vieil analyste en inclinant la tête. Veuillez pardonner cette intrusion peu protocolaire, mais nous n'avions ni le temps ni la possibilité de solliciter une audience.

KaterÃl émit un borborygme qui fit sourire Salim et laissa maître Duom de marbre.

– Je vous remercie de m'accorder ce temps de parole, reprit-il. Nous quittons votre accueillant royaume et il aurait été inconvenant de ne pas vous saluer une dernière fois. Je souhaitais également m'assurer que vous ne sous-estimiez pas Gwendalavir et ses habitants. Je vais donc abuser de votre bienveillance et dresser un rapide bilan de notre passage dans votre riante cité. L'arène est détruite. Totalement. Le culte d'Ahmour, faute de prêtres et de démon à adorer, est désormais obsolète. Une bonne partie de vos jouets, j'entends par là Géants, coureurs, maître d'armes et autre Saigneur, sont hors service, la plupart de manière définitive. Je passe sur les soldats que nous avons dû enfoncer dans la roche pour éviter qu'ils ne se blessent et sur ceux qui sont devenus fous en apercevant notre vieil ami le Dragon venu nous rendre visite.

L'analyste pencha la tête vers le roi et fit mine d'écouter avec attention.

– Décidément, votre Majesté est trop bonne ! s'exclama-t-il. Bonne et prudente. Elle fait preuve d'une grande sagesse en renonçant à une quelconque action belliqueuse contre Gwendalavir. Comment ? Vous allez plus loin ? Vous renoncez à vous approcher à moins de mille kilomètres de l'Empire ? Ce n'est plus de la sagesse, Majesté, c'est de la clairvoyance divine.

Le regard de KaterÃl, d'abord furibond, était devenu angoissé. Il aurait donné la moitié de son royaume pour être délivré du vieux fou qui le tourmentait, mais le vieux fou en question n'en avait pas fini avec lui.

– Il faudrait entériner cet accord de manière officielle, cependant vous paraissez fatigué et je craindrais de dépasser les limites de la bienséance en vous demandant une signature sur un bout de papier. Que faire ?

Il jeta un coup d'œil circulaire puis se frappa le front d'un geste théâtral.

– Je sais ! Salim, en guise de ratification, plante une flèche dans cette vilaine décoration là-bas au fond. Cela constituera un merveilleux souvenir pour notre hôte, doublé, je l'espère, d'un avertissement efficace.

Il montrait l'effrayante effigie d'Ahmour qui se dressait contre un mur, une statue haute de trois mètres sculptée dans un granit sombre et froid. Salim, qui avait suivi le monologue en se délectant de chacun des mots prononcés par le vieil analyste, haussa les sourcils.

– Ce serait avec plaisir, mais... je n'ai pas d'arc...

– Voyons, mon ami, depuis quand nous autres Alaviriens avons besoin d'un arc pour décocher un trait ? Une flèche, Salim. Maintenant !

Sous le ton badin, l'ordre était sans équivoque. Son cerveau tournant à pleine allure pour deviner comment l'analyste était au courant de l'existence du gant, Salim obtempéra. Il tendit le bras gauche, amena une corde invisible jusqu'à sa pommette, ouvrit les doigts...

Une flèche noire jaillit du néant, frôla la tête de KaterÃl et traversa la pièce en sifflant. Là où une autre se serait brisée, elle se ficha avec un bruit mat dans le cœur de la statue.

– Joli tir, apprécia maître Duom.

Puis il se pencha sur KaterÃl et le saisit au collet. Toute trace d'humour avait disparu de son visage et sa voix, lorsqu'il parla, était aussi froide que la mort.

– Vous ne possédiez qu'une chance infime de nuire à Gwendalavir et cette chance vous ne l'avez plus. Nous avons renvoyé votre démon chez lui. Tentez la moindre action contre l'Empire et, lorsque nous en aurons fini avec vous, il ne restera de votre cité que des ruines et de votre peuple que des cadavres !

Le vieil analyste se redressa, ses traits redevinrent débonnaires.

– Allons-y maintenant, nous ne devons pas abuser du temps et de la patience du monarque de Valingaï.

Salim, presque aussi stupéfait que les Valinguites, lui emboîta le pas alors qu'il sortait avec dignité. Lorsqu'ils furent dans le couloir, il lui saisit le bras.

– Je... je... Comment saviez-vous pour l'arc... euh... pour le gant ?

Maître Duom lui retourna un sourire éclatant.

– Je suis analyste, bonhomme, et je suis vieux. Deux qualités essentielles pour comprendre les choses.

Malgré ses efforts, Salim n'obtint rien de plus.

Les écuries n'étaient gardées que par une escouade de soldats qui, à l'instar de leurs camarades, choisirent de prendre la fuite devant les Alaviriens.

Aquarelle accueillit sa jeune maîtresse avec un hennissement de joie qui fut repris par Murmure. Ewilan flatta longuement sa jument, remarqua qu'elle avait été bien traitée puis se hissa sur son dos. Ses compagnons l'imitèrent, soit en enfourchant leurs chevaux qu'ils retrouvaient, soit en choisissant une monture parmi celles, superbes, de KaterÃl.

Edwin grimaça en montant sur sa selle et porta la main à son abdomen. Il refusa toutefois l'aide que lui proposait Altan, lui assurant qu'il allait très bien. Comme pour le prouver, il fut le premier à sortir des écuries.

Salim et maître Duom les attendaient devant le palais, les sacs et les armes de leurs amis entassés près d'eux. Un sourire hilare éclairait leurs visages.

– On dirait que vous vous êtes amusés, remarqua Ellana. Il n'y avait pas de danger ?

– Rien de méchant mis à part quelques gardes qui ont fait preuve d'un caractère exécrable, répondit Salim en éclatant de rire.

– Et ?

– Maître Duom leur a réglé leur compte à coups de poêle !

Le vieil analyste, débordant de fierté, choisit de feindre l'humilité.

– Ils n'étaient qu'une dizaine, cela n'a pas été difficile. J'ai juste dessiné une poêle très grande… et très lourde !

– Nous avons autre chose à vous raconter, ajouta Salim, mais cela mérite une soirée autour d'un feu de camp. Vous devrez patienter…

Traverser Valingaï ne fut guère plus ardu qu'atteindre le palais. Un escadron, embusqué dans une ruelle, tenta de les charger, mais le pouvoir des dessinateurs alaviriens était trop puissant pour qu'il ait la moindre chance de succès. Bientôt Ewilan et ses amis parvinrent devant l'immense porte de la cité.

– Je peux ? demanda Illian, presque timidement.

Ewilan opina avec un sourire.

– Casse !

La porte d'acier pesait des tonnes. Elle jaillit vers l'extérieur comme une météorite et s'abattit dans la plaine, vingt mètres plus loin.

Un khazargante se trouvait à proximité, broutant l'herbe avec la quiétude qu'offre une quasi-indestructibilité. Il leva la tête, contemplant, curieux, l'intérieur de ce drôle de rocher qui, depuis des générations, dépareillait les plaines Souffle de son hideuse architecture.

Le khazargante était repu, reposé, enclin à l'exploration. Il poussa un mugissement grave qui s'étira sur plus d'une minute et se mit en marche.

D'autres colossaux herbivores s'approchèrent à leur tour, faisant vibrer le sol sous leur masse inimaginable.

Le premier khazargante franchit la porte de la cité au moment où les Alaviriens s'en éloignaient. La queue du pachyderme heurta par inadvertance l'angle d'une construction, la réduisant en miettes. Sans prendre garde aux tonnes de pierre qui s'écroulaient ni aux Valinguites qui s'enfuyaient devant lui, l'animal poursuivit son chemin.

Tranquille et dévastateur.

Les khazargantes reprenaient leur bien.

Le glas venait de sonner pour Valingaï.

LÀ OÙ SOUFFLE LA VIE

1

La vague s'écrasa sur les rochers.

Une gerbe d'écume s'éleva comme si elle voulait devenir nuage puis retomba, bien avant d'atteindre les pieds des deux silhouettes assises au bord de la falaise.

Ewilan et Liven.

Ils s'étaient transportés là en fin de matinée grâce à un pas sur le côté et, depuis, ils n'avaient cessé de parler.

Alors que les Sentinelles étaient restées impuissantes face à Ahmour, Liven avait réussi à réparer la déchirure dans la barrière entre les dimensions, offrant ainsi à Ewilan le temps dont elle avait besoin pour combattre le démon et l'empêcher de se matérialiser dans leur monde. Cet exploit faisait de lui un dessinateur unique dans l'histoire alavirienne, pourtant il n'en tirait aucune gloire particulière. Son insatiable soif de gloire semblait au contraire s'être apaisée et c'est avec humilité qu'il évoqua son entreprise.

– Sans Kamil, Lisys, Shanira et Ol, je ne serais arrivé à rien, insista-t-il. Ce n'est pas un individu qui a œuvré, ni même un groupe d'individus. Nous avons travaillé jusqu'à former un seul être, une desmose dont le pouvoir est supérieur à la somme des nôtres. Bien supérieur. C'est ce pouvoir qui a remaillé la barrière, pas moi. C'est également lui qui m'a permis de te contacter malgré la présence d'Ahmour dans les Spires.

– Il n'empêche que tu es le fer de lance de ce que tu appelles desmose.

– Sans doute, mais chacun de nous est essentiel à son fonctionnement. Je serais stupide d'imaginer autre chose.

Les récents événements avaient mûri Liven, achevant de débarrasser son caractère de la suffisance qui l'avait entaché jusqu'alors. Il n'en était que plus séduisant.

– Je suppose que l'Empereur vous est reconnaissant ?

– Oui, bien sûr. Il a suivi notre travail de très près et nous a soutenus sans réserve lorsque certains professeurs de l'Académie ont cherché à nous mettre des bâtons dans les roues.

– Que veux-tu dire ?

– Le succès de notre desmose ajouté à l'impuissance des Sentinelles vont, je pense, conduire l'Empereur à demander que la formation des Dessinateurs soit repensée. Le fonctionnement de l'Académie risque d'être remis en question, ce qui ne plaît pas à nombre de professeurs, partisans d'une tradition immuable... et confortable. Pour contrer leurs arguments, Kamil s'est d'ailleurs lancée dans l'écriture d'un essai où elle explique que l'évolution est nécessaire si on ne veut pas que Gwendalavir finisse par disparaître. Elle appuie sa théorie sur les événements récents, depuis le verrou ts'lich jusqu'à l'intrusion d'Ahmour, et ne mâche pas ses mots. Il va y avoir du remue-ménage dans certaines sphères d'Al-Jeit !

– C'est sûr. Je vois mal maître Vorgan intégrer une desmose !

– Et toi ?

Le sourire d'Ewilan s'estompa.

– Et moi, quoi ?

– Quand te décideras-tu à prendre la place qui est la tienne, Ewie ?

– J'ai mis beaucoup de temps à comprendre où était ma place, Liven.

– Et ?

– Je sais maintenant.

Liven passa son bras sur les épaules d'Ewilan, l'attira contre lui, approcha son visage…

Elle se dégagea.

Avec douceur mais sans aucune hésitation.

Liven soupira.

– Salim ?

– Salim.

Par un monumental effort de volonté, Liven se contraignit à masquer sa déception. Il attendit que sa gorge se dénoue pour reprendre, d'un ton qu'il aurait voulu plus léger :

– Et où est-il, ce rival qui brise mes illusions ? A-t-il seulement conscience de sa chance ?

– Salim est à Al-Jeit avec Ellana. Ils règlent un dernier problème avant de…

– Oui ?

– Non, je te parlerai plus tard de ce projet. Je suis désolée, Liven.

Il la contempla longuement avant de lui adresser un clin d'œil complice.

– Je m'en remettrai, ne t'inquiète pas. Je ne suis pas du genre à me complaire dans la détresse. C'est simplement que toi et moi... Cela aurait pu être magique.

Elle lui prit la main et la serra avec force entre les siennes.

– Je sais, Liven.

Ils restèrent un instant silencieux puis Liven secoua la tête comme pour en chasser les dernières bribes de tristesse. Son sourire revint.

– Alors, ce projet ?

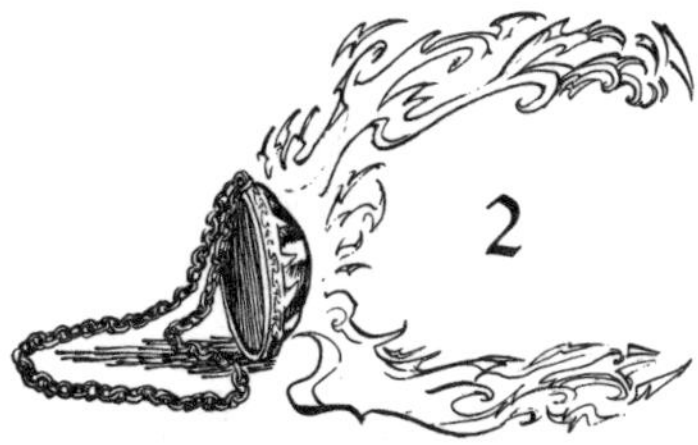

2

Jorune s'ennuyait.

Sa mâchoire abîmée lui faisait mal, comme sa pommette gauche fracturée en douze endroits et ses arcades sourcilières déformées, mais, plus gênant que ces douleurs désormais familières, il s'ennuyait.

Il s'était laissé prendre au piège des belles paroles de Riburn Alqin lui vantant les avantages qu'il aurait à siéger au nouveau conseil et il s'était fait rouler. Comme un imbécile. Les tentatives dudit conseil pour noyauter les structures politiques de l'Empire avaient échoué les unes après les autres.

Lamentablement.

Il avait été question aussi de garder un œil sur les activités de l'ensemble des marchombres, de veiller à ce qu'ils respectent des règles strictes visant à asseoir le pouvoir du conseil.

Un fiasco total.

Alors que les débuts avaient été prometteurs, les marchombres qui suivaient les consignes du conseil n'étaient désormais plus qu'une poignée et cette obéissance n'était due qu'à la crainte que lui, Jorune, s'occupe en personne de leur cas.

Or lui, Jorune, en avait assez de jouer les hommes de main, assez d'écouter les péroraisons ridicules de Riburn Alqin et de sa bande. Il soupira, assez fort pour qu'on l'entende dans la salle entière, et se leva avec ostentation. Il était le dernier véritable marchombre à siéger au conseil, il était craint, personne ne se permettrait la moindre remarque sur son comportement irrévérencieux. Il en éprouvait presque de la déception.

Riburn Alqin était en train de haranguer un maigre auditoire qui feignait d'être attentif. Il redressa la tête en apercevant Jorune sortir. N'osant l'interpeller, il consulta du regard les quatre membres du conseil assis derrière lui. Chacun affecta de n'avoir rien vu, aussi Riburn Alqin reprit-il son discours là où il l'avait interrompu.

– Le temps est venu de la modernité, le temps est venu de...

– Le temps est surtout venu pour toi et les larves qui t'entourent de quitter Al-Jeit !

Riburn Alqin sursauta, comme mordu par un serpent. La main sur le manche de son poignard, il chercha fébrilement qui, dans la salle, s'était permis de l'interrompre ainsi.

Il n'eut pas à chercher longtemps. Assise sur le dossier d'une chaise au milieu de l'assemblée, Ellana Caldin, la mine enjouée, contemplait les membres du conseil.

– Quitter Al-Jeit, reprit la marchombre, voilà un objectif digne de vous. Mais rassurez-vous, rien ne presse. Je vous laisse... Allez, je serai généreuse. Je vous laisse vingt secondes. Après je me fâche.

Et sa voix ne riait pas le moins du monde.

Au sortir de la salle, Jorune emprunta un long couloir taillé dans la roche humide. Il détestait cette manie du nouveau conseil d'imposer des réunions dans les plus profondes oubliettes d'Al-Jeit. Une manie qui en disait long sur leur suffisance et leur manque de réalisme.

Ces incapables ne se rendaient-ils pas compte qu'au rythme où allaient les choses, plus personne ne se soucierait du conseil et de ses manigances ?

Jorune sentait bien que face à cette débâcle, il devait agir, mais il ignorait comment et cette impuissance le minait. Il franchit une intersection, ouvrit une porte, posa le pied sur la première marche d'un escalier en colimaçon.

– Bonjour.

Jorune pivota avec une vivacité sidérante. Son poignard sortit en chuintant de son fourreau huilé, il fléchit les jambes et se mit instinctivement en position de combat.

Un garçon se tenait là, accoudé à un mur.

Non, pas un garçon.

Le garçon.

Celui qui lui avait ravagé le visage à coups de genou, celui qui l'avait dépouillé et laissé pour mort.

Celui qui l'avait humilié.

Celui qu'il s'était juré de retrouver et de faire payer. Très cher.

La lame de Jorune fusa, invisible et mortelle. Un coup de revers qu'il avait travaillé des jours et des jours jusqu'à le maîtriser à la perfection. Si discret que sa victime ne l'apercevait que lorsqu'il était trop tard, si efficace que personne ne lui avait jamais survécu.

Le garçon l'évita d'un simple mouvement d'épaules.

« Comment peut-il être si rapide ? » se demanda brièvement Jorune. Le tranchant d'une main s'abattit sur le côté de son cou, lui ôtant la possibilité de chercher une réponse à sa question. Il s'écroula.

Riburn Alqin retrouva très vite ses moyens.

– Saisissez-vous d'elle ! ordonna-t-il aux membres de la guilde présents dans la salle.

Personne ne bougea.

– Plus que dix secondes, annonça Ellana d'une voix aussi froide que la banquise.

Jorune reprit connaissance.

Il était allongé sur le sol, la tête vibrant encore du coup reçu et, à côté de lui, le garçon jouait avec le poignard dont il l'avait délesté. Jorune s'assit en feignant d'être plus mal en point qu'il ne l'était en réalité. L'élève d'Ellana avait peut-être réalisé des progrès mais si lui, Jorune, trouvait une faille... Comme s'il avait lu dans ses pensées, le garçon pointa soudain sa lame vers lui.

– Debout ! Nous sommes attendus.

Parfaite. La garde de ce gamin était parfaite. Comment Ellana avait-elle réussi à lui enseigner autant de choses en si peu de temps ? Jorune se leva avec lenteur et, sous la menace de Salim, commença à marcher.

Ils arrivaient au bout du long couloir lorsque des pas retentirent. Nombreux. D'un geste, Salim ordonna à Jorune de se plaquer contre le mur.

– Ils ne feront que passer, le prévint-il. Inutile d'espérer quoi que ce soit.

Un groupe d'hommes et de femmes surgit devant eux. Jorune reconnut Riburn Alqin et les membres du conseil. Ils étaient escortés par les marchombres qui avaient assisté à l'assemblée et marchaient à vive allure, bousculés par ceux qu'ils avaient pris l'habitude de traiter comme des inférieurs. Tous le croisèrent sans lui accorder la moindre attention.

– Que se passe-t-il ? ne put s'empêcher de demander Jorune.

– Tes copains du conseil ont décidé de démissionner.

– C'est ridicule ! s'emporta Jorune. Pourquoi auraient-ils...

Il se tut.

Ellana venait d'apparaître. Ses yeux noirs brillaient d'une lueur froide et elle tenait à la main un morceau de tissu de soie sombre qu'il reconnut instantanément.

Le gant d'Ambarinal.

Un filet de sueur se mit à couler sur son front.

– Je peux tout t'expliquer, balbutia-t-il à l'intention d'Ellana. Ce n'est pas ce que tu crois...

– Lorsque mon maître Jilano Alhuïn est mort, assassiné, le coupa la marchombre, j'ai juré de le venger. Durant des jours et des jours, j'ai traqué les coupables, mais je ne possédais aucune piste, aucun indice, j'ai dû renoncer. Comment aurais-je pu me douter que le plus grand, le plus noble des marchombres avait été assassiné par un lâche qui se faisait passer pour son ami ? Un voleur qui ne pensait qu'à lui dérober son bien ?

Ellana passa lentement le gant d'Ambarinal à sa main gauche.

– Ce n'est pas moi, protesta Jorune. Je n'ai pas tué Jilano !

– Lâche, voleur et menteur. Tu es vraiment un personnage répugnant, Jorune.

– Je te jure que...

– Tais-toi ! Je n'ai plus envie de t'entendre. Ni même de te voir. Il y a une porte au bout de ce couloir. Si tu l'atteins avant que j'aie compté jusqu'à cinq, tu auras la vie sauve. À cinq, je commencerai à tirer. Avec le gant d'Ambarinal.

– Tu n'as pas le droit ! s'écria Jorune. C'est un meurtre.

– Un.

– La guilde te le fera payer...

– Deux.

Le regard fou de terreur, Jorune se mit à courir.

– Trois.

Ellana banda l'arc imaginaire, amenant une corde qui n'existait pas jusqu'à sa joue.

– Quatre.

Jorune avait presque atteint la porte.

– Cinq.

Elle lâcha la corde. Un long trait noir jaillit du néant et fila en sifflant. Rapide comme la mort. Trois autres le suivirent, si vite que les gestes de la marchombre restèrent flous.

Ellana ôta le gant d'Ambarinal et le tendit à Salim. Chacune des quatre flèches avait trouvé sa cible. À l'endroit précis qu'elle avait choisi.

Elle aurait dû être heureuse, pourtant une pointe d'amertume s'agitait en elle, l'empêchant de se réjouir tout à fait.

Elle n'était plus sûre d'avoir effectué le bon choix.

– J'aurais aimé que tu connaisses Jilano Alhuïn, lança-t-elle à Salim. C'était un homme d'exception.

Puis elle s'ébroua, comme émergeant d'un rêve. Le voile gris qui avait accompagné sa décision se déchira avant de se déliter et de disparaître.

Jorune n'avait aucune importance.

– Partons, décida-t-elle. Plus rien ne nous retient ici.

La marchombre et son élève se fondirent dans l'ombre.

Comme deux écharpes de brume.

Resté seul, Jorune contempla stupidement les quatre flèches qui, transperçant ses vêtements à un millimètre de sa peau, l'avaient épinglé à la porte comme un vulgaire insecte.

Il ne courait plus aucun danger. Il le savait.

Pourquoi donc ne cessait-il pas de trembler ?

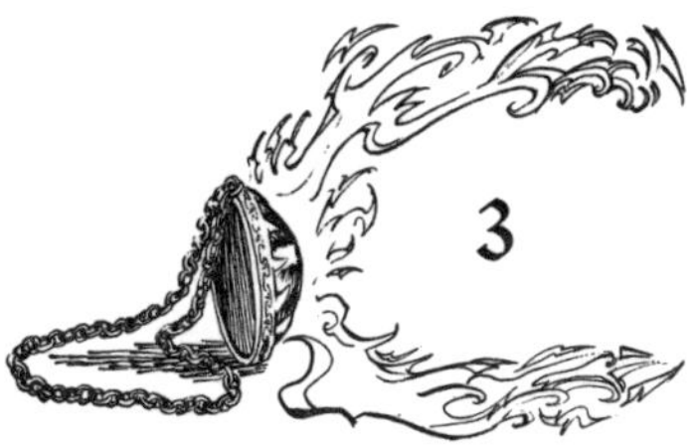

3

Altan et Élicia étaient assis dans les fauteuils de cuir fauve de leur salon, sous la grande coupole de verre. Installé près d'eux à plat ventre sur un tapis, Illian jouait avec des briques lumineuses qu'il assemblait pour créer des maisons à l'architecture fantastique. Il se leva d'un bond lorsque Ewilan se matérialisa dans la pièce et, avec un cri de joie, courut se jeter dans ses bras. Altan et Élicia se levèrent à leur tour.

– Où étais-tu ? demanda Altan. Nous étions inquiets.

Ewilan, surprise, ne réagit d'abord pas, puis un sourire naquit sur ses lèvres. Un sourire qui se transforma très vite en un rire impossible à contenir.

– Qu'y a-t-il de comique ? s'enquit son père. Tu es partie en milieu de matinée et le soleil est couché depuis plus d'une heure. Je trouve que...

– C'est amusant que tu t'inquiètes aujourd'hui, le coupa Ewilan. Que tu t'inquiètes alors que, pour la première fois depuis des mois, des années peut-être, je ne risque justement rien.

– Ce n'est pas qu'une question de risque, s'emporta Altan. Il s'agit d'un principe qui...

– Arrête !

Ewilan n'avait pas souhaité se montrer aussi incisive, pourtant sa voix avait résonné avec froideur. Presque dure.

– Arrête, reprit-elle. Comment, toi, peux-tu parler de principes ?

– Que veux-tu dire ?

Ewilan se mordit les lèvres mais il était trop tard pour retenir ses mots. Au même instant, elle prit conscience qu'il ne s'agissait pas d'une bévue. Il était indispensable qu'elle s'explique avec son père. Elle inspira profondément et se lança :

– Je veux dire que les révélations qu'Éléa Ril' Morienval nous a assenées en pleine figure ont fait mal.

Le visage d'Altan se ferma.

– Tu l'as crue ?

– Prétends-tu qu'elle ait menti ?

Le père et la fille se mesurèrent un long moment du regard, une tension presque palpable crépitant entre eux. Le premier, Altan détourna les yeux.

– Non, admit-il, elle n'a pas menti.

L'aveu frappa Ewilan comme un coup de poignard. Les mots prononcés à Valingaï par la Sentinelle félonne avaient eu un accent de vérité indéniable. Pour preuve, Altan n'avait pas tenté de se défendre. L'annonce de cette trahison avait blessé Ewilan, elle y voyait les germes des bouleversements qui avaient agité sa vie et celle de l'Empire, pourtant une part d'elle espérait encore. Entendre son père reconnaître les faits était une déchirure.

– Elle n'a pas menti, reprit Altan, elle a déformé les faits pour se doter d'une arme. Pour causer du mal. Je ne cherche pas à me trouver d'autre excuse que ce sournois sentiment de toute-puissance qui ronge si souvent les Sentinelles et les pousse à des actes d'un égoïsme effroyable. Ces actes me font honte mais je les assume et je n'ai de cesse de réparer les conséquences qu'ils ont eues sur Gwendalavir. Je voudrais juste que tu comprennes que, plus qu'avec Éléa, c'est avec mon ego que j'ai eu une liaison. Un ego qui était, à cette époque, d'une arrogance démesurée.

– Je discerne mal où tu veux en venir, répondit Ewilan.

– Je n'ai jamais cessé d'aimer ta mère. Depuis la première seconde où je l'ai vue.

Élicia avait reculé d'un pas pour ne pas troubler une discussion qu'elle savait essentielle. Elle hocha la tête pour marquer son assentiment. Seul Altan nota son geste.

– Tu n'as pas l'impression que c'est un peu facile comme argument ? rétorqua Ewilan avec colère. Je te trompe mais je t'aime... Désolée, je ne suis pas convaincue !

Altan soupira.

– Je suppose que tu as le droit de t'exprimer ainsi et je ne peux te reprocher ton manque d'indulgence. Je voudrais tout de même te mettre en garde. Tu parles de facilité et tu as raison. C'est facile de juger, facile de faire la morale, facile de condamner. Tu es une dessinatrice extraordinaire, Ewilan, le piège dont j'ai eu tant de mal à me libérer te guette toi aussi.

Il s'approcha d'elle, esquissa le geste de la prendre dans ses bras mais, devant son absence de réaction, il se ravisa. Un air las se peignit sur ses traits.

– Je suppose qu'il faudra également du temps pour que tu comprennes et que tu pardonnes... Où que t'entraîne ta réflexion, n'oublie jamais que je t'aime, d'accord ?

Un dernier regard, et il quitta la pièce d'un pas lourd. Ewilan se tourna alors vers sa mère.

– Je suis désolée, souffla-t-elle.

Élicia lui caressa les cheveux.

– Tu nous en veux, n'est-ce pas ?

Ewilan lui renvoya un sourire triste.

– Non. Vous avez fait ce que vous pensiez juste. Me confier aux Duciel, il y a une éternité, était une formidable preuve d'amour et vous n'avez pas choisi de partir en mission à l'autre bout du monde alors que nous venions de nous retrouver. Ces décisions ont toutefois contribué à nous séparer. Pourquoi nous étonner maintenant que nous ne formions pas une famille soudée, heureuse d'être enfin réunie ? Sais-tu que, parmi les milliers de souvenirs qui se bousculent sous mon crâne, une poignée à peine vous concerne ?

Élicia tressaillit, comme touchée par une flèche mortellement ajustée. Elle pâlit et, lorsqu'elle répondit, sa voix n'était plus qu'un murmure rauque.

– Et sais-tu, toi, que tu hantes chacun des miens ? Qu'il ne s'est pas passé un jour, une heure, depuis ta naissance sans que je pense à toi ? Sais-tu que je regrette plus que tout au monde les décisions dont tu parles, ces décisions qui nous ont séparées, ces décisions qui nous ont laissé seules l'une et l'autre...

La gorge d'Ewilan se noua. Annoncer sa décision à Liven ne lui avait posé aucun problème. En faire part à sa mère lui déchirait le cœur. Elle tergiversa.

– Comment allez-vous vous en sortir ? Je veux dire, avec papa ?

– Tu n'as pas vraiment écouté ce qu'il t'a dit, n'est-ce pas ? Ce qu'a raconté Éléa fait partie du passé. Un passé déformé par sa folie et son désir de vengeance. Prends garde à ne pas tout amalgamer. Si elle a souffert, cela n'excuse en rien qu'elle soit devenue un monstre et tu ne peux juger ton père sur les assertions d'un monstre. Je comprends toutefois que tu sois meurtrie, j'ai eu moi-même tant de mal à comprendre et accepter, mais il ne faut pas te montrer trop dure... Nous nous aimons. Vraiment.

Élicia serra Illian dans ses bras et l'embrassa.

– Et voici quelqu'un qui va nous aider à regarder vers l'avenir et contribuer à ce que les erreurs anciennes ne nous rongent pas trop. N'est-ce pas, bonhomme ?

Illian se blottit contre Élicia et lui sourit avec tant d'amour que l'étau qui comprimait le cœur d'Ewilan se desserra. Elle inspira profondément puis se lança :

– Maman j'ai pris une décision...

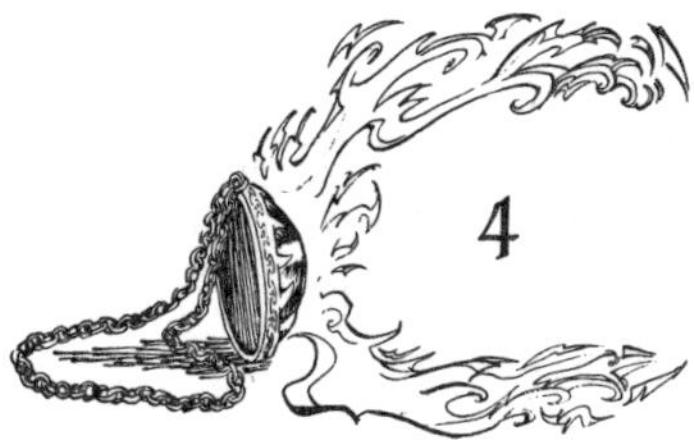

4

– Es-tu sûr ?

– Oui.

– Te rends-tu compte de la perte que ton départ représenterait pour l'Empire ?

Edwin sourit.

– Celui qui s'affirme indispensable est un prétentieux, celui qui croit l'être un imbécile.

Sil' Afian, Empereur de Gwendalavir, poussa un long soupir. Il resservit un verre de jus de baie glacé à son maître d'armes, remplit le sien avant de contempler en transparence le rouge vermillon du breuvage. Il essayait de gagner du temps afin de trouver des arguments pour convaincre Edwin de renoncer à son projet. Rien ne venait.

Son fidèle ami avait toujours agi selon ses convictions et, lorsqu'il prenait une décision, le faire changer d'avis était une gageure. Qui plus est, lui, Sil' Afian, le comprenait.

Il le comprenait si bien que seules ses responsabilités d'Empereur le poussaient à insister.

Il le comprenait si bien qu'il l'enviait même un peu...

– J'ai besoin de toi. Gwendalavir a besoin de toi.

– J'ai donné vingt ans de ma vie à Gwendalavir. Sans marchander, sans rien attendre en retour. J'ai oublié de construire ma propre vie pour me consacrer à des occupations que je jugeais plus nobles, plus importantes, persuadé que le fils du Seigneur de la Citadelle devait agir ainsi. Je ne prétends pas m'être trompé, je ne regrette aucun de mes choix, mais aujourd'hui je change de route.

– Justement ! s'emporta Sil' Afian. Pourquoi aujourd'hui ?

– Parce que j'ai vu des êtres proches mourir. Erylis, Maniel, Artis... Parce que j'en ai vu d'autres passer à côté de réalités essentielles... Parce que j'ai pris conscience que, prince ou mendiant, on n'a qu'une vie et qu'il est capital d'en faire quelque chose de bien... Parce que je passe, moi aussi, à côté de réalités essentielles... Parce que j'ai envie de penser à moi et à ceux que j'aime. De manière exclusive.

Sil' Afian écarta les bras avec fatalisme.

– Cela fait beaucoup de raisons.

– Je pourrais t'en donner d'autres. J'en ai assez de me battre, assez de faire couler le sang, assez de faucher des vies. Assez de commander et assez d'obéir. Assez de...

– Stop, j'ai compris ! Tu es têtu comme une mule. Je sais que je n'aurai jamais le dernier mot avec toi, et j'accepte donc que tu partes. Je suppose que tu as songé à un éventuel successeur ?

– Oui, bien sûr.

– Pour tes fonctions de maître d'armes ? Celles de général des armées alaviriennes ? Celles de commandant de la Légion noire ?

Edwin ne put s'empêcher de sourire.

– Je suis heureux que tu ne cherches pas à me remplacer comme ami.

– Ne change pas de sujet, fit Sil' Afian. Puisque tu me quittes, je veux des noms.

– J'en ai deux. Deux hommes braves et capables de prendre la relève sans rougir. Le premier est le seigneur d'Al-Vor.

– Saï Hil' Muran ?

– Oui. Il a l'habitude de commander et s'est illustré sur maints champs de bataille. Son nom est connu, la transition s'opérera sans heurt. C'est le choix de la raison.

– Le choix de la raison... Si je ne me leurre pas, cela signifie que ta préférence va à l'autre. Le choix du cœur ?

– Tout à fait.

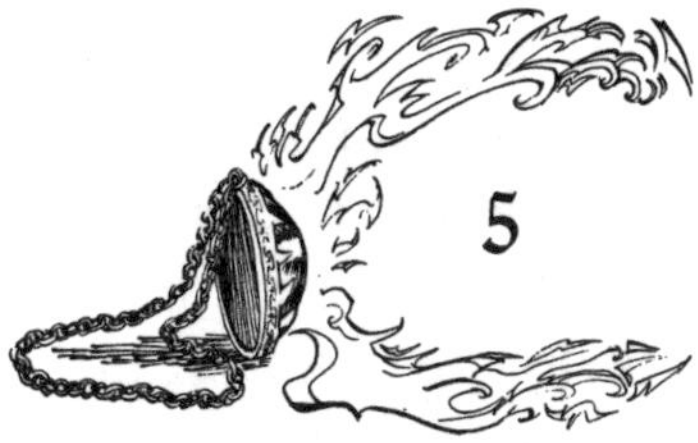

5

Siam se délectait du vent créé par sa course.

Un vent frais et sauvage qui faisait pleurer ses yeux et voler ses cheveux, lui rappelant les chevauchées éperdues de son enfance dans les Marches du Nord.

Ewilan avait proposé de la conduire à destination grâce à un pas sur le côté, elle avait refusé. Le temps était magnifique, elle n'était pas pressée et avait besoin de réfléchir. Trois raisons de décliner l'offre pour partir à cheval. Seule.

Elle avait pris son temps, progressant à petites étapes, passant de longues heures la nuit à contempler les étoiles, évitant bourgs et villages afin de savourer sa solitude. Elle avait franchi le Pollimage sans accorder un regard à l'Arche, mais s'était arrêtée deux jours au pied des Dentelles Vives, touchée par leur majestueuse verticalité. Elle avait abordé les collines de Taj, l'âme sereine et le sourire aux lèvres. Ce n'est qu'en arrivant près d'Ondiane qu'elle avait talonné sa monture.

Le vigoureux étalon emprunté dans les écuries du palais d'Al-Jeit parcourut au galop la côte qui conduisait à la confrérie.

Siam n'attendit pas qu'il stoppe pour sauter de sa selle. Elle tambourina à la porte jusqu'à ce qu'un guichet coulisse, révélant la mine surprise d'un rêveur.

– Je dois délivrer un message urgent à Mathieu Gil' Sayan et Bjorn Wil' Wayard, annonça-t-elle bien que ce ne fût pas tout à fait exact.

Le rêveur referma le guichet. Rien dans l'expression de son visage ne laissait deviner s'il avait compris ou même entendu la jeune Frontalière. Pourtant, après ce qui lui sembla être une éternité, le haut vantail de bois s'entrouvrit. Guidant son étalon par le licol, Siam pénétra dans la cour d'Ondiane.

Le rêveur l'observa de pied en cap avant de lui désigner un sentier qui contournait la bâtisse par la gauche.

– Ils sont dans le jardin nord. Vous pouvez vous y rendre, je m'occupe de votre cheval.

Siam le remercia et s'avança dans l'allée ornée de massifs fleuris qui serpentait entre la confrérie et l'à-pic qu'elle dominait. Son cœur battait la chamade et, malgré l'énergie sauvage qui courait dans ses veines, elle s'arrêta pour reprendre son souffle.

Bjorn et Mathieu conversaient sous un vieux pin rabougri qui les abritait mal de l'ardeur du soleil. Devant eux, s'alignaient des carrés de terre entretenus avec soin où poussaient des plantes connues pour leurs vertus médicinales et d'autres qui avaient été choisies pour leur parfum, leurs couleurs ou simplement du fait de leur rareté.

– Bonjour... compagnons !

Les deux amis tournèrent la tête et poussèrent un cri de joie. Dans un même élan, ils se précipitèrent vers Siam.

Lorsqu'elle parvint à s'arracher à leur étreinte, elle fut noyée sous un flot de questions si rapides et si nombreuses qu'elle dut les menacer du poing en riant pour qu'ils cessent.

– Vous allez vous taire, oui ! Vous ressemblez à deux commères privées de cancans depuis un mois. Mathieu, je croyais pourtant que tu étais resté en contact avec ta sœur...

– Nous bavardons au moins une fois par jour, mais une conversation en esprit ne vaut pas un échange de vive voix. Raconte-nous ce que vous avez fait depuis que nous nous sommes séparés.

– Attends. Je veux d'abord contempler Bjorn. Tu as l'air en forme, dis-moi. En bien meilleur état qu'à Valingaï...

– Les rêveurs d'Ondiane s'y sont mis à quatre pour me rafistoler, expliqua le chevalier avec un grand rire. Il paraît qu'ils n'avaient jamais vu quelqu'un arriver ici avec autant de blessures mortelles... et pourtant en vie. À leurs yeux, je suis un phénomène.

– Aux nôtres aussi, rassure-toi, lui lança Siam.

Elle leur narra ensuite par le détail la fin de leurs aventures valinguites, leur retour en Gwendalavir et l'accueil triomphal que leur avait réservé l'Empereur. Bien qu'ils aient déjà appris tout cela par Ewilan, ils l'écoutèrent avec avidité. Elle évoqua ensuite avec pudeur la situation des parents de Mathieu.

– Aux dernières nouvelles, conclut-elle, te voilà donc avec un petit frère.

– C'est sans doute la meilleure chose qui pouvait arriver à Illian, approuva Mathieu. Et peut-être à mes parents...

Pendant un moment le silence régna sur le jardin, puis Siam se racla la gorge et reprit avec un air faussement détaché :

– Et maintenant ? Quels sont vos projets ?

Bjorn se frotta les mains avec satisfaction.

– Je pars demain matin pour Al-Jeit. Mathieu m'a communiqué un message relayé par Ewilan en provenance d'Edwin qui parlait au nom de Sil' Afian... Bref, l'Empereur en personne souhaite me rencontrer pour un entretien de la plus haute importance. Je ne sais pas encore de quoi il s'agit, mais il y a des chances que ce soit bigrement intéressant !

– Je n'en doute pas une seconde. Et toi, Mathieu ?

Siam n'avait guère accordé d'attention à la réponse du chevalier. Celui-ci ne s'en formalisa pas. Il se doutait que, si la sœur d'Edwin était heureuse de le revoir sain et sauf, ce n'était toutefois pas pour lui qu'elle avait effectué le voyage depuis Al-Jeit. Il fit donc mine de réaliser que la journée était fort avancée et se frappa le front du plat de la main.

– Par le sang des Figés, il est tard ! Veuillez m'excuser, jeunes gens, il faut que je fasse mes adieux aux braves rêveurs qui se sont occupés de moi avec tant d'efficacité. Nous nous reverrons tout à l'heure, d'accord ?

Siam et Mathieu opinèrent et Bjorn s'éloigna en sifflotant un air guilleret. Lorsqu'il eut tourné l'angle de la bâtisse, Siam planta ses yeux dans ceux de Mathieu.

– Alors ? Quels sont tes projets ?

– Je vais rester ici quelques semaines. Les rêveurs d'Ondiane sont d'accord pour m'accueillir, le temps que je prenne une décision.

– Une décision ?

La voix de Siam s'était teintée d'inquiétude.

– Oui. Je souhaite entrer dans la confrérie. Devenir rêveur. Maître Carboist craint toutefois que ce soit sur un coup de tête. Il souhaite que je patiente avant de prêter serment.

Siam lui prit la main.

La serra.

Fort.

– Tu ne vas pas faire ça, Mathieu. C'est une blague, pas vrai ? Dis-moi que c'est une blague.

– Non, ce n'est pas une blague, répondit Mathieu étonné d'entendre que sa voix tremblait. C'est la voie que j'ai choisie. Rêveur. Comme Artis.

– Ce n'est pas parce qu'Artis t'a sauvé la vie que tu dois la sacrifier à son souvenir, s'emporta Siam. Il t'a demandé d'être heureux, pas de lui succéder !

– Je ne sacrifie pas ma vie, je lui donne un sens.

– Un sens... Et nous ? Et moi ? Ça n'a pas de sens pour toi ?

– Nous sommes trop différents, expliqua Mathieu, la gorge nouée par l'émotion. Tu es fille des Marches du Nord, je ne serai jamais un guerrier. Tu vis pour le combat, je ne veux plus voir couler le sang. Tu...

Siam lui plaqua sa main sur la bouche.

– Je suis partie d'Al-Jeit il y a dix jours, murmura-t-elle. J'ai fait le trajet pour toi. Je l'ai fait seule. Regarde-moi. Ne dis plus rien. Regarde-moi.

Elle ôta sa main.

Mathieu la contempla. Jamais il ne l'avait trouvée aussi belle, aussi désirable. Ses cheveux nattés que le vent avait ébouriffés, sa peau hâlée qui faisait ressortir le bleu lumineux de ses yeux, sa silhouette menue, sa grâce sauvage... Il la dévora du regard jusqu'à ce que, soudain, il remarque...

– Tu as laissé ton sabre à l'entrée d'Ondiane ?
Une question chuchotée.
Un espoir fou.
– Je l'ai laissé à Al-Jeit.
– Mais...
– Je n'en ai plus besoin. Je te choisis toi, Mathieu.

Bjorn, dissimulé à l'angle de la bâtisse, poussa un cri de joie qu'il étouffa avec le poing. Il savait depuis le début que si quelqu'un pouvait ôter ces stupides idées de confrérie du crâne de Mathieu, c'était Siam.
Et la petite avait réussi.
Sinon pourquoi Mathieu l'aurait-il embrassée avec autant de fougue ?

6

Maître Duom enjamba une énorme racine qui barrait le sentier avant de se baisser pour passer sous une branche couverte de fleurs mauves. Il s'arrêta un instant pour en humer le parfum sucré puis reprit sa marche.

Il avançait avec lenteur, perdu dans ses pensées. Il se savait vieux, pourtant son corps tenait encore le coup. Bien sûr, il se fatiguait vite, sa vue déclinait, tout comme son ouïe, et ses rhumatismes le faisaient souffrir, parfois de manière insupportable, mais c'était finalement peu de chose. Il s'inquiétait davantage pour la sagesse qu'on lui attribuait et qu'il savait, au fond de lui, ne pas vraiment détenir. La sagesse... Était-ce une qualité qu'on acquérait en vieillissant et si oui, pourquoi lui, à son âge, se sentait-il moins sage que bien des jeunes gens ? Kamil Nil' Bhrissau par exemple...

Le souvenir de la jeune dessinatrice le fit sourire.

Elle avait accepté sans difficulté de le transporter jusqu'à Illuin grâce à un pas sur le côté. Elle avait même paru flattée que l'illustre Duom Nil' Erg fasse appel à ses services. Elle n'avait pas vingt ans et possédait un Don qui éclipsait celui de la plupart des professeurs de l'Académie, voire celui des Sentinelles. Elle avait œuvré dans la desmose aux côtés de Liven, et Gwendalavir lui devait son salut. Elle était puissante, célèbre, pourtant elle avait conservé une fraîcheur et une simplicité qui la plaçaient plus près de la sagesse que les discours sentencieux de bien des vieillards. Dont les siens...

Illuin. Capitale du pays faël.

Pour autant que le mot capitale ait un sens chez un peuple qui ne bâtissait pas de villes.

Maître Duom s'y était rendu, des années plus tôt, mais cette fois il ne s'était pas senti le courage d'effectuer le voyage à cheval. Pas après son périple valinguite. Il avait donc demandé à son vieil ami Vorgan de l'y emmener, et appris à cette occasion que le grand spécialiste alavirien du pas sur le côté, n'ayant jamais eu la curiosité de rendre visite à ses voisins de l'Ouest, se trouvait dans l'incapacité de lui rendre ce service. Encore un qui, malgré son âge, était loin d'avoir atteint la sagesse...

Un étudiant lui avait alors parlé de Kamil qui, elle, connaissait le pays faël. Il l'avait contactée, elle avait été tout de suite d'accord. Elle l'avait laissé près d'Illuin, lui promettant avec un beau sourire, lorsqu'il s'était inquiété du retour, de revenir le chercher deux jours plus tard.

Bien que peu habitués à voir des Alaviriens chez eux, les Faëls n'avaient pas paru surpris par la démarche de maître Duom. Ils l'avaient accueilli cordialement et avaient répondu à ses questions avec amabilité. Oui, le lieu qu'il cherchait se trouvait à proximité. Non, il ne pouvait pas se perdre. Oui, il pouvait s'y rendre à pied. Non, il n'y avait pas de danger…

La forêt était magnifique. Dense sans être étouffante, plantée de nombreuses essences dont beaucoup lui étaient inconnues, peuplée d'oiseaux multicolores et d'une multitude de papillons qui donnait l'impression qu'il neigeait des fleurs. Une forêt qui ouvrait une porte sur l'âme faëlle.

Le sentier montait. Essoufflé, maître Duom s'appuya contre un tronc et attendit que les battements de son cœur se calment. Il reprit ensuite sa progression à pas lents, tirant des forces de la beauté qui l'entourait et atteignit le sommet de l'éminence que lui avaient indiquée les Faëls.

C'était un lieu dégagé, planté d'une herbe verte et drue parsemée de taches de couleur. Un lieu qui, plus encore que le reste de la forêt, baignait dans une paisible harmonie.

En son centre s'élevaient deux arbres.

Deux jeunes et vigoureux bouleaux à l'écorce argentée qui, au lieu de filer droit vers le ciel et la lumière, s'inclinaient l'un vers l'autre, mélangeant leurs ramures à tel point qu'il était impossible de savoir à qui appartenait quelle branche.

À leur pied, une pierre blanche était gravée d'une fine écriture faëlle.

Maître Duom s'en approcha.

L'amour nous offre l'éternité.
Au-delà de la mort.
Au-delà des apparences.
Unis.
À jamais.

Il s'assit dans l'herbe, grimaçant lorsque ses articulations protestèrent puis, alors que la douleur refluait lentement, une paix incroyable descendit sur lui. Une paix qu'il n'avait pas connue depuis... Non. Une paix qu'il n'avait jamais connue.

– Vous me manquez, murmura-t-il. Vous me manquez tous les deux.

Il sourit. Un sourire serein. Un sourire sage.

– Nous nous retrouverons bientôt.

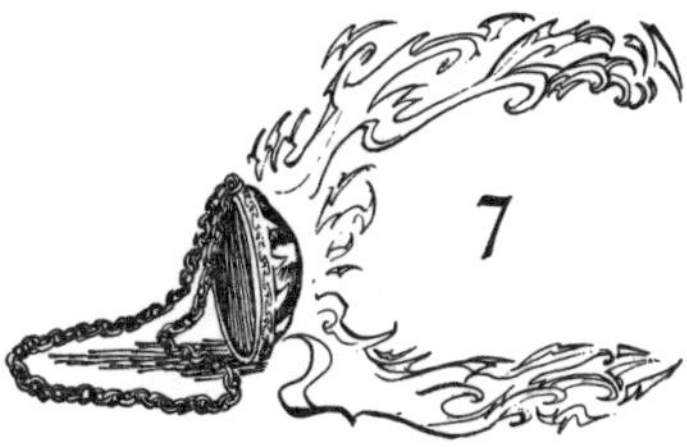

7

Un vent chaud balayait l'immensité des plaines Souffle, sculptant les hautes herbes comme il aurait sculpté des vagues sur l'océan, dessinant dans leur vert profond des formes magiques et éphémères. Marquant ainsi son éternelle toute-puissance.

Quatre silhouettes se tenaient debout au milieu de cette infinité.

Quatre silhouettes qui avançaient vers l'est en se donnant la main.

Deux par deux.

Une voile blanche apparut à l'horizon. Filant à bonne allure, le navire parvint rapidement au niveau des quatre marcheurs. Un audacieux virement de bord lui permit de négocier un virage serré sur deux roues tandis que la troisième fusait vers le ciel. Rattrapée par la gravité, elle retomba au sol avant que le bateau chavire, permettant ainsi à la bôme de passer en vrombissant au-dessus du pont. Le navire courut sur son aire pendant une vingtaine de mètres et s'arrêta.

Satisfait de sa manœuvre et heureux des cris de joie qu'elle avait tirés aux Fils du Vent, Oyoel éclata de rire. Il lança une échelle de corde par-dessus le bastingage et se laissa glisser à terre, suivi par une ribambelle d'enfants aux mines réjouies.

Les marcheurs s'étaient arrêtés.

– Je vous ai fait attendre ? leur demanda Oyoel.

– Nous ne sommes pas pressés, répondit Edwin. Nous avons la vie devant nous.

– Mais je suis tout de même content que vous ne nous ayez pas oubliés, ajouta Salim.

– Les Fils du Vent n'oublient jamais leurs amis, le rassura Oyoel. Un cousin m'a dit avoir découvert un moyen de franchir la Faille de l'Oubli, loin à l'ouest d'Envaï. Lorsque nous en aurons assez de voyager sur les plaines Souffle, dans un an ou deux, peut-être dix, je tenterai l'aventure. Aller là où personne n'est jamais allé... Vous voulez toujours vous joindre à nous ?

– Plus que jamais, lui assura Ellana.

– Dans ce cas, soyez les bienvenus sur mon navire.

Oyoel saisit l'échelle de corde et la maintint tendue afin de faciliter l'ascension à ses invités. Salim s'effaça.

– Après vous, princesse.

Ewilan déposa un baiser sur ses lèvres et attrapa le premier échelon.

Alors qu'elle prenait pied sur le pont, le vent, devenu brise, se faufila au milieu des tentes chamarrées, se glissa entre les cordages pour soulever ses cheveux et trouver son oreille.

Murmurer.

Quelques mots magiques qui se posèrent sur son avenir comme un rayon de soleil…

On a toujours le choix, Ewilan.
Il suffit de faire le bon.

Elle sourit, ses yeux violets étincelant de bonheur.
Elle avait fait le bon choix.

Et l'enchanteur,
maître des mots et des fleurs,
naquit,
enfant sage au milieu des tumultes...

À Clo, tout mon amour.

GLOSSAIRE

Ahmour

Démon originaire d'une autre dimension.

Invoqué par les Ahmourlaïs, il a envahi l'Imagination et tente de se matérialiser pour instaurer un règne de souffrance et de mort. Ahmour, que l'on nomme parfois « la méduse », bloque les Spires avec ses tentacules.

Ahmourlaïs

Prêtres valinguites voués au culte sanguinaire d'Ahmour.

Alaviriens

Habitants de Gwendalavir.

Altan Gil' Sayan

Une des Sentinelles les plus puissantes de Gwendalavir. Il est le père d'Ewilan et de Mathieu.

Artis Valpierre

Rêveur de la confrérie d'Ondiane, Artis est un homme d'une timidité maladive, peu habitué à côtoyer des non-rêveurs. Comme tous ceux de sa guilde, il possède le don de guérison.

Baaldoub

Surnommé le Saigneur de l'Arène, Baaldoub est chargé de l'organisation des jeux de Valingaï.

Bjorn Wil' Wayard

Bjorn a passé l'essentiel de sa vie à chercher les quêtes épiques et à éviter les questions embarrassantes. Cela ne l'empêche pas d'être un chevalier, certes fanfaron, mais également noble et généreux.

Expert de la hache de combat et des festins bien arrosés, c'est un ami sans faille d'Ewilan et Salim.

Brûleurs

Redoutables créatures alaviriennes heureusement peu communes.

Les brûleurs peuvent mesurer plus de dix mètres de long et n'ont aucun prédateur.

Chiam Vite

Chiam est un Faël, un redoutable tireur à l'arc et un compagnon plein de verve et de piquant.

Il adore se moquer des humains et de leur lourdeur, mais il fait preuve d'une solidarité sans faille envers ses amis alaviriens.

Coureurs

Oiseaux incapables de voler, hauts d'une cinquantaine de centimètres, les coureurs peuplent les plaines alaviriennes où ils creusent de profonds terriers. Leur chair délicate est un mets de choix en Gwendalavir.

Certains coureurs, vivant dans le désert Ourou, sont bien plus gros et carnivores.

Dames

Les dames sont des cétacés géants qui règnent sur les eaux de Gwendalavir. La Dame, elle, est une immense baleine grise qui semble posséder un pouvoir supérieur à celui des dessinateurs alaviriens.

Darkhan Ruin

Redoutable combattant valinguite.

Dragon

Il n'existe qu'un Dragon, une créature extrêmement puissante qui forme, avec la Dame, le couple le plus étrange de l'autre monde.

Duom Nil' Erg

Analyste célèbre pour son talent et son caractère épineux, Duom Nil' Erg a testé des générations de dessinateurs, définissant la puissance de leur don et leur permettant de l'utiliser au mieux.

Ses capacités de réflexion et sa finesse d'esprit ont souvent influencé la politique de l'Empire.

Échine du Serpent

Chaîne de montagnes escarpées se dressant entre Hurindaï et Valingaï.

Edwin Til' Illan

Un des rares Alaviriens à être entré, de son vivant, dans le grand livre des légendes. Edwin Til' Illan est considéré comme le guerrier absolu. Maître d'armes de l'Empereur, général des armées alaviriennes, commandant de la Légion noire, il cumule les titres et les prouesses tout en restant un personnage très secret.

Éléa Ril' Morienval

Cette Sentinelle déchue, aussi puissante qu'Élicia et Altan Gil' Sayan, est une figure ténébreuse. Son ambition et sa soif de pouvoir sont démesurées. Son absence de règles morales et sa cruauté la rendent redoutable.

Elle a été mise en échec par Ewilan et a juré de se venger.

Élicia Gil' Sayan

Élicia est la mère d'Ewilan et de Mathieu.

Sa beauté et son intelligence ont failli faire d'elle l'Impératrice de Gwendalavir, mais elle a choisi Altan. Comme lui, elle est Sentinelle.

Elis Mil' Truif

Maître dessinateur, professeur à l'Académie d'Al-Jeit et auteur de plusieurs ouvrages traitant du Dessin. Amoureux d'Éléa Ril' Morienval, il a trahi l'Empire pour elle.

Ellana Caldin

Jeune marchombre rebelle et indépendante. Au sein de sa guilde, Ellana est considérée comme un prodige marchant sur les traces d'Ellundril Chariakin, la mythique marchombre. Elle a toutefois conservé une fraîcheur d'âme qui la démarque des siens.

Ellundril Chariakin

Personnage légendaire, Ellundril Chariakin représente le modèle auquel aspirent les marchombres.

Elle est censée avoir tracé la voie que suivent les membres de la guilde.

Erylis

Compagne de Chiam Vite, Erylis était une Faëlle à la beauté légendaire mais également une redoutable archère.

Elle est morte durant une bataille lors du voyage vers Valingaï.

Ewilan Gil' Sayan

Nom alavirien de Camille Duciel. Surdouée, Ewilan a de grands yeux violets et une forte personnalité.

Elle est la fille d'Altan et Élicia Gil' Sayan, et possède le Don du Dessin dans sa plénitude. Elle a sauvé l'Empire de la menace ts'liche.

Géants du Septentrion

Humanoïdes hauts de trois mètres, effroyablement violents, les Géants du Septentrion vivent normalement au nord du royaume raïs.

Gommeurs

Arthrobatraciens ressemblant au croisement d'un crapaud et d'une limace. Ils sont utilisés pour leur capacité à bloquer l'accès aux Spires de l'Imagination.

Grouillards

Sortes de blattes géantes vivant dans le désert Ourou.

Gwendalavir

Principal territoire humain sur le deuxième monde. Gwendalavir est un empire dont la capitale est Al-Jeit.

Haïnouks

Appelés aussi Fils du Vent, les Haïnouks forment un peuple épris de liberté et pacifique.

Ils vivent sur d'immenses navires à roues au cœur des plaines Souffle.

Hander Til' Illan

Seigneur des Frontaliers, père d'Edwin et de Siam, Hander Til' Illan est le deuxième personnage de l'Empire.

Doté d'un charisme impressionnant, il dirige les Marches du Nord d'une main de fer.

Hurindaï

Cité-état qui se dresse au-delà de la mer des Brumes.

Illian

Jeune garçon sauvé de l'Institution par Ewilan et Salim, Illian possède un étonnant pouvoir proche de l'Art du Dessin.

Il est originaire de Valingaï, une cité qui s'étend au-delà de la mer des Brumes et du désert Ourou.

Institution

Centre de recherche scientifique secret implanté au cœur de la forêt de Malaverse, qui a été démantelé par Bruno Vignol.

Ewilan et Illian y ont été enfermés.

Jilano Alhuïn

Célèbre marchombre et maître d'Ellana, il a été assassiné dans des circonstances mystérieuses.

Ellana a juré de le venger.

Jorune

Redoutable marchombre, Jorune est utilisé par les nouveaux maîtres de la guilde pour asseoir leur pouvoir.

Juhin GitÃl

Cousin du roi d'Hurindaï.

En l'absence du monarque, c'est lui qui dirige la cité-état.

Kamil Nil' Bhrissau

Jeune étudiante à l'Académie d'Al-Jeit et amie d'Ewilan.

Kataï

Cité-état au sud de Valingaï.

KaterÃl

Monarque de la cité-état de Valingaï, KaterÃl est un homme impitoyable qui dirige son royaume d'une main de fer.

Khazargantes

Créatures herbivores démesurées vivant dans les plaines Souffle.

Légion noire

Troupe d'élite de Gwendalavir commandée par Edwin.

Les légionnaires ont une réputation de combattants farouches et loyaux, même si Elis Mil' Truif a réussi à circonvenir une poignée d'entre eux pour éliminer Ewilan.

Lisys Lil' Sha

Jeune étudiante à l'Académie d'Al-Jeit et amie d'Ewilan.

Liven Dil' Ventin

Très proche d'Ewilan, Liven étudie comme elle à l'Académie d'Al-Jeit.

C'est un dessinateur doué et ambitieux.

Maniel

Ancien soldat de l'Empire, sous les ordres de Saï Hil' Muran, Seigneur de la cité d'Al-Vor, Maniel est un colosse au caractère doux et sociable qui a aidé Ewilan à sauver l'Empire.

Entré au service de la famille Gil' Sayan comme homme-lige, il a été détruit par Éléa Ril' Morienval lorsqu'il a tiré Ewilan de l'Institution.

MarÃvek

Un des princes de Valingaï.

Marchombres

Les marchombres ont développé d'étonnantes capacités physiques basées essentiellement sur la souplesse et la rapidité. Ils partagent une même passion de la liberté et rejettent toute autorité même si le code de conduite de leur guilde est très rigoureux.

Mathieu Gil' Sayan

De son vrai nom Akiro (nom qu'il n'utilise pas), Mathieu est le frère aîné d'Ewilan.

Élevé comme elle par une famille adoptive, il a aidé sa sœur à délivrer leurs parents. Il est épris de Siam Til' Illan.

Merwyn Ril' Avalon

Le plus célèbre des dessinateurs.

Merwyn vécut il y a quinze siècles et mit fin à l'Âge de Mort en détruisant le premier verrou ts'lich dans l'Imagination. Il est au cœur de nombreuses légendes alaviriennes.

Nalio

Jeune étudiant à l'Académie d'Al-Jeit et ami d'Ewilan.

Il a été la première victime de la méduse.

Œil d'Otolep

Lac mythique, au-delà de la frontière est de l'Empire.

On prête à ses eaux d'étonnantes propriétés liées à l'Imagination mais nul ne sait vraiment de quoi il retourne.

Ol Hil' Junil

Jeune étudiant à l'Académie d'Al-Jeit et ami d'Ewilan.

Orin

Capitaine dans l'armée d'Hurindaï et aide de camp du roi.

Ourou

Désert impitoyable à l'est de la mer des Brumes.

Oyoel

Nautonier haïnouk.

Il lui appartient de diriger un des navires des Fils du Vent.

Padjil

Lieutenant de la Légion noire alavirienne et membre de l'expédition vers Valingaï dirigée par les parents d'Ewilan.

Plaines Souffle

Immense étendue d'herbe s'étendant à l'est de l'échine du Serpent.

Raïs

Cette race non humaine a été vaincue par les troupes de l'Empire.

Les Raïs ne quittent plus leurs immenses royaumes au nord de Gwendalavir.

Ils sont connus pour leur bêtise, leur malveillance et leur sauvagerie.

Rêveurs

Les rêveurs vivent en confréries masculines et possèdent un Art de la guérison dérivé du Dessin qui peut accomplir des miracles.

Riburn Alqin

Un des nouveaux membres du conseil de la guilde.

Manipulateur, sournois et médiocre marchombre, Riburn Alqin est méprisé par Ellana.

Saï Hil' Muran

Seigneur de la ville d'Al-Vor, Saï Hil' Muran est un des principaux personnages de l'Empire de Gwendalavir.

Salim Condo

Salim, d'origine camerounaise, est un garçon joyeux, doté d'une vitalité exubérante. Il est prêt à suivre Ewilan jusqu'au bout du monde. Ou d'un autre...

SarAhmour

Grand prêtre d'Ahmour, chef des Ahmourlaïs, SarAhmour a en sa possession un médaillon qui lui donne un pouvoir extraordinaire.

Sentinelles

Choisies parmi les meilleurs dessinateurs de l'Empire et formées à l'Académie d'Al-Jeit, les Sentinelles mettent leur pouvoir au service de l'Empereur. Elles surveillent également les Spires de l'Imagination.

Shanira Cil' Delian

Jeune étudiante à l'Académie d'Al-Jeit et amie d'Ewilan.

Siam Til' Illan

Jeune Frontalière, sœur d'Edwin, Siam est une guerrière accomplie dont le sourire cache une redoutable efficacité au sabre et une absence totale de peur lors des combats.

Sil' Afian

Empereur de Gwendalavir.

Sil' Afian est également un ami d'Edwin et des parents d'Ewilan. Son palais se dresse à Al-Jeit, capitale de l'Empire.

Terreux

Créatures malfaisantes du désert Ourou.

Les terreux ressemblent à des enfants, vivent sous le sol et s'attaquent en hordes à tout ce qui vit.

Ts'liches

Les membres effroyablement maléfiques de cette race non humaine ont menacé Gwendalavir pendant des siècles. Ewilan a déjoué leur ultime attaque et Siam a tué le dernier d'entre eux.

Valingaï

Cité-état qui se dresse au-delà de la mer des Brumes et du désert Ourou. Les Alaviriens ignoraient son existence jusqu'à ce qu'Éléa Ril' Morienval la mentionne.

Illian est originaire de Valingaï.

Vorgan

Professeur à l'Académie d'Al-Jeit et spécialiste du pas sur le côté.

Yalissan Fiyr

Maître d'armes de KaterÃl, guerrier redoutable et redouté, Yalissan Fiyr est de loin le meilleur escrimeur de Valingaï.

Glossaire établi en collaboration avec Claudine Bottero.

LES MONDES D'EWILAN

Une trilogie :

1. LA FORÊT DES CAPTIFS
2. L'ŒIL D'OTOLEP
3. LES TENTACULES DU MAL

L'AUTEUR

Pierre Bottero est né en 1964. Il habite en Provence avec sa femme et ses deux filles et, pendant longtemps, il a exercé le métier d'instituteur. Grand amateur de littérature fantastique, convaincu du pouvoir de l'Imagination et des Mots, il a toujours rêvé d'univers différents, de dragons et de magie.
« Enfant, je rêvais d'étourdissantes aventures fourmillantes de dangers mais je n'arrivais pas à trouver la porte d'entrée vers un monde parallèle ! J'ai fini par me convaincre qu'elle n'existait pas. J'ai grandi, vieilli, et je me suis contenté d'un monde classique... jusqu'au jour où j'ai commencé à écrire des romans. Un parfum d'aventure s'est alors glissé dans ma vie. De drôles de couleurs, d'étonnantes créatures, des villes étranges...
J'avais trouvé la porte. »

L'ILLUSTRATEUR

Après les Arts décoratifs et une licence à la Faculté d'art de Strasbourg, Jean-Louis Thouard collabore avec de nombreux éditeurs. Il utilise à son gré la plume et le pinceau pour raconter et illustrer des histoires, sous forme d'albums, de romans, de bandes dessinées ou de dessins de presse.
Jean-Louis Thouard vit actuellement près de Dijon.
Pour en savoir plus, découvrez son site :
www.lebaron-rouge.com

Impression réalisée sur CAMERON par

BRODARD & TAUPIN

GROUPE CPI

La Flèche

pour le compte des Éditions Rageot
en août 2005

Imprimé en France
Dépôt légal : septembre 2005
N° d'impression : 31126
N° d'édition : 4193